MIRROR IMAGE 镜像

朱燕玲工作室

# 夜叉渡河

路魆——著

中信出版集团 | 北京

图书在版编目（CIP）数据

夜叉渡河 / 路魑著. -- 北京 : 中信出版社,
2023.5
ISBN 978-7-5217-5529-9

Ⅰ. ①夜… Ⅱ. ①路… Ⅲ. ①短篇小说－小说集－中
国－当代 Ⅳ. ①I247.7

中国国家版本馆CIP数据核字(2023)第052649号

夜叉渡河

著　　者：路魑
出版发行：中信出版集团股份有限公司
（北京市朝阳区东三环北路27号嘉铭中心　邮编　100020）
承 印 者：鸿博昊天科技有限公司

开　　本：880mm × 1230mm　1/32　　印　　张：8.75　　字　　数：180千字
版　　次：2023年5月第1版　　印　　次：2023年5月第1次印刷
书　　号：ISBN 978-7-5217-5529-9
定　　价：58.00元

# 目 录

# 夜叉渡河

交州[1]徐姓，泛海为贾，忽被大风吹去。开眼至一处，深山苍莽。冀有居人，遂缆船而登，负糗腊焉。方入，见两崖皆洞口，密如蜂房，内隐有人声。至洞外伫足一窥，中有夜叉二，牙森列戟，目闪双灯，爪劈生鹿而食。惊散魂魄，急欲奔下，则夜叉已顾见之，辍食执入……

——《聊斋志异·夜叉国》

落雨了。

爷病重在床。

艮还要到河里去游泳。

——“睇住[2]有水鬼啊……”爷说。

——“记得担遮[3]啊……”爷又说。

——“知啦，知啦。”艮不耐烦地摆摆手。

艮不信有水鬼。水鬼就是夜叉，也叫水猴子，通常是一道扁平的阴影，有时是长犄角的小人，偶尔状如湿漉漉的、面目

1 交州，古地名，今广东、广西以至中南半岛一部地区。

2 ［粤方言］小心。

3 ［粤方言］撑伞。

狰狞的猴子。无论是什么，反正在爷的眼中，凶险的东西总会有不同的变体，障人耳目，迷人心窍。人老了都会胡思乱想，不必在意，艮想。

他看看窗外——

天色昏暝，细雨蒙蒙，时间已不早，必须抓紧时间到河里训练。下个月，市里选拔青少年泳队新成员，分配到镇上只有一个名额，艮不想放弃这个机会，不希望因为弥留之际的爷，耽误自己宝贵的训练时机。照顾爷本来是母亲的工作，但她那天穿得花枝招展的，走了好几天，鬼知道去了哪里。

母亲临行前交代艮，要及时喂爷吃药，只要吃了药，人就安分了，不会胡思乱想。

不是药的问题，是爷的记忆出了问题。自从病了后，爷的思维敏锐了许多，能清晰地想起许多先祖的往事，更频繁地说起他们的母系先祖来自夜叉国。《聊斋》里夜叉国的故事，爷给艮和坤两兄弟讲过无数遍，警告他们远离水边，以免遇到食人的夜叉，别把命丢了。

《夜叉国》里的徐氏商贾被夜叉抓走，与母夜叉配婚，生下几个后代，其中长子徐彪回到交州，当上副将，功成名就。爷相信，聊斋先生的志怪传说确有其事，在双胞胎兄弟童年时，他就这么告诉他们："我们这批人，其实就是徐氏和母夜叉后代的血脉分支。"不过他反复讲述，不是为了要兄弟认祖归宗，重返荣耀，正好相反，是要他们明白，夜叉跟人类本是分居两个世界的物种，隔着一条互不侵犯、互不跨越的界河，一旦有了交集，难免会引起彼此的恶意。所谓党同伐异，这两个物种都会残害那些试图通婚、私自离族脱群的成员。因此，爷整日害怕遥远的夜叉国会派夜叉来索命，要彻底斩除他们这条在人类世界中入世、血统不纯正的杂种分支。他还要兄弟二人对此严加保密，多加提防，不能向外人道出自己的身世，以免被抄家残害。他的种种妄言，说得煞有介事，却也无从查证。

“夜叉也会干斩除异己的事……”爷幽幽地说。

“徐彪不是做了副将吗?”弟弟坤总拿故事的美好结局反诘爷的悲观想法。

“你都识讲啦，人家徐彪是做了副将，才没人敢欺负他。”爷回答，“我们不过一介草民，今日不知明日事。”

这个故事，艮听得耳朵都起茧了，熟得几乎能背出原文来。都是些无稽之谈吧。艮从来不信爷的鬼话，只有坤信。信的人，反而先死了——艮觉得，坤，他应该已经死了……

关于坤的失踪……那年在雨中的河里游泳，艮一转过身，坤就不见了。真神秘。是梦吧。

很长一段时间，爷坚持认为，坤就是被水里的夜叉拖走的，人还在夜叉手里呢。某夜，夜叉给他托了梦，要他赎人，至于拿什么赎，夜叉却没说，心肠坏得很。“肯定是夜叉！不纯正的血统，都要斩草除根！肯定是夜叉！”爷连连哀叹。每次说起坤的失踪，爷都会用棕绿色的眼珠盯着艮，好似艮就是那只害人索命的夜叉。艮被他盯得浑身冒汗，天灵盖发冷，脚底生疮，走路踉踉跄跄。

艮打算穿件背心就出门，可是刚踏出门槛，房间里又传来爷的呻吟声。

爷一呻吟，艮就头痛，像孙悟空听唐三藏念紧箍咒。嗡嗡嗡。咦咦咦。好像一只溺水的猴子……他不得不回房间给爷喂药。但距上次服药，才过了一个小时不到，爷的胃又开始痛了。艮站在爷的房门前，里面那么黑，那么霉，全是阿咖酚散的味道。他每天要吃好几服阿咖酚散，像服用长生丹，其实是为了麻痹胃部的疼痛。死，其实早已里里外外地侵染了他。

“我唔食药，我要饮酒！”爷发孩子脾气。

“我妈要你食药……”艮说。

“唔听母夜叉讲！”爷跟母亲两人早就有牙齿印[1]。

怪了，爷病成这样，胃里长了个巨瘤，说话还中气十足，明明吃不下饭，却大啖酒肉，不是回光返照，就真的是被夜叉附了身。或许，人体器官也会回光返照？艮琢磨着。看，房间那么黑，垂死的眼睛却那么亮。这不就是目闪双灯的夜叉吗？艮记得清清楚楚，即便他不信那个邪。不过，眼前垂死之人的模样，竟那么可怖地跟夜叉重合了，特别是中间凹陷导致两侧高耸、状如驼峰的脑壳。爷说，他的头之所以这副模样，是日军用枪托敲的，但有时他又改口说，是跟别人争田地时，给人用锄头敲的。

唯一可确认的是，父亲当年曾亲眼看见过，因为夜叉身份的问题，爷跟人家斗殴，脑袋被人狠狠地打了一巴掌，还被迫跪在碎玻璃上承认错误，自那以后，他就患了间歇性精神异常，膝盖也坏了，看见玻璃就疼。所以，爷声称徐氏家族的先祖是

---

1 ［粤方言］有过节。

夜叉一事的真实性，大打折扣。特别是母亲，一旦爷说起自己的先祖是夜叉，她就骂他：“唔知丑！黐咗线！发噏疯！”[1]

可是，在爷的脑袋出问题之前，他就在讲述夜叉的故事了啊，跟那一巴掌没有因果关系。坤和艮都是听这个故事长大的。但坤更好奇，更相信爷的话，他相信一切都是真的，每一次反问都只是为了理清疑问，进一步确认自己拥有夜叉的血脉，生来与众不同，引以为豪。

爷总是搂着坤讲故事，因为全家人只有坤信他。艮讨厌坤，讨厌他的无知，傻里傻气，如果自己的祖先是夜叉，又不是什么帝王将相，那有什么可自豪的？每次坤忍不住要在同学面前夸耀这段令人羞耻、未经考证的家史，艮就气得想给他一耳光，揍得他像爷那样脑袋神经兮兮，这样就没人信他的话了。这不，最后坤成功把自己变成了故事的一环，消失在传说的迷雾中。在坤失踪后，艮心中并没有一丝愉快，而是感受到某种诞生自古老混沌的恐怖。心智，本性，神话。

艮好不容易才劝服爷吃药：用烧酒送服。药麻醉，酒催眠。但是，已经来不及出门了，天光被黑暗的云影挤得一点不剩，在这个时辰去游泳，被淹死也没人发现。爷房间的窗外正对自家的院子。潮湿温热的晚风吹动院子里的芒果树，落叶声在招魂似的，使得减弱的雨势很快又加大了，仿佛整个世界都被雨水包裹着。艮坐在床头，闻着爷身上那股混合体臭和酒臭的气息，难以呼吸，也不敢喘气。他只好生闷气，站起来，狠狠踢了

---

1 ［粤方言］不要脸！发神经！说疯话！

一脚床头，震得爷竹竿似的身躯颤巍巍，还呕了一口臭酒出来。

“你有无良心啊？！”爷一边呻吟，一边骂他。

“我妈仲未[1]返来，烦死人。”艮又踢了一脚。

“你妈这只母夜叉，回夜叉国啰！”爷说。他喝足烧酒，擦擦嘴巴，翻个身，沉沉地睡过去，还在梦里啖肉，牙齿敲得作响——嘎，嘎，嘎……艮以为爷被夜叉附身，一个哆嗦，跑回自己房间去。

其实也不是不信这世上有夜叉，只是不知到了明日，夜叉会以何种形态和外貌来迷惑人。是呀，宁可信其无呢。不信苍天，不信鬼神，就不会有什么报应，就不会有什么轮回。人本就是孑然一身的嘛，艮躲在闷热的被窝里想到。

外面的雨下得更大了，打在芒果树叶上，好似有只夜叉正用双锋利的爪子拨开树叶，攀缘至窗台，潜入房间里来……艮把被子捂得更紧。他经常梦见水，那些淹死了坤的水。半睡半醒间，艮听见窗户上方的通风口处，有窸窸窣窣的声音，像有几根手指在扒拉扇叶。不会是夜叉吧？不会的……艮鼓起勇气，钻出被子，爬到桌子上，看见通风口外，有一个黑乎乎的影子在移动。

哦，是坤。他的脸变黑了，牙齿有一点儿龅，头发乱糟糟的。

“是坤吗？为什么不进家里来？”艮问。

“我非中国人，言貌殊异……”坤的声音变得很低沉，“且同类觉之，必见残害……我亦非副将，恐去为人所凌……”坤

---

1 ［粤方言］尚未。

把原文部分念得很准确，当中夹杂着一些含糊的词语，不像人类的语言，还修改了部分意思。但艮听明白了。

“你回到族人身边了吧？过得还好吗？”艮对着通风口的缝隙说，“那个世界太远了，我不是徐彪，不能去找你。你要听爷的话，不要跟夜叉国来往，但既然他们接纳了你，你就好自为之吧。”

坤点点头，从扇叶伸进来一根手指。艮碰了一下，那根手指又冷又多毛，指甲又长又锋利。兄弟二人握手完毕，弟弟就消失了。艮闻着从通风口吹进来的野兽腥味入睡，前半夜，睡得很安稳，没有梦见水——之所以没有梦见水，大概是因为他梦见了坤的归来。坤托梦给他，说他过得很好。艮想起第一次梦见水，是在坤失踪的那晚，醒来后还发烧了，只好把自己捂在被子里，以为出一身汗，烧就能退。可是身体越来越热，那股热气啊，几乎把梦里的水都蒸干了，脑袋迷糊了好几天，差点烧坏。

待到后半夜，屋里有细微的躁动——是水流的声音。似乎有一条河从艮的梦里流出来了。

“死啰！水浸啦！”爷扯起嗓子，喊艮过去。

现在是凌晨四点。艮惊醒，赤脚跳下床，地上湿漉漉的，差点摔倒。他捻亮爷房间的灯，发现水是从爷的房间淌过来的。啊，雨下了一整夜，爷房间的窗户竟然漏雨，雨水沿着桌子淌下来，把床底变成一条河，泡烂了床脚，柜台上的药片都化开了。爷躺在床上，用被子裹住身体，像在河上漂浮的棺材。他的枕边还放着一把自己编的纸伞。

爷的喉咙被大量的痰液堵住，呼吸困难，话都说不清。但他嘴上照样骂骂咧咧的，骂艮手脚慢，要他赶紧过去把水抹干。那么多雨水，积了一辈子似的，什么时候才能抹干啊。艮怨恨起母亲来。夏季来临后，比起痰液堵塞带来的窒息感，另一种事物更令爷身心恐惧——是雨水。他病了后，变敏锐的不仅是思维，还有蛰伏的恐惧，对水的恐惧。恐惧被放大。他得的又不是狂犬病，却怕得连水都不敢喝。水之所在，正是夜叉之所栖。

“先吐净痰吧。”艮劝道。

“先抹干水！”爷指着床底。

“这么怕水，你还饮酒？”艮问。

“酒是酒，水是水，不一样的。”爷很爱狡辩。

艮拿来痰盂，扶起爷，要他先吐痰。爷喉咙里的痰，吐也吐不完，黏稠如丝，但清澈如水。艮觉得爷的肚子跟外面的河是连通的，要他停止吐痰的话，除非把河水抽干见底吧。那时候，弟弟坤的尸骨也能寻见了，爷就死心了。

“坤刚才回来了。”艮说。

“哦，是吗？”爷拿起烧酒，灌了一口。

“他说，他回到族人身边了。”

“这么讲，他很幸福啰？”爷半信半疑，“他没告诉你，他是怎么不见的？”

“没有……”艮说，“他当时是怎么不见的，我都跟爸爸妈妈还有警察说了。我还要讲什么？”

“年纪大，机器坏，我记不清了。你将当时的情形再讲一次。”爷清清喉咙，整理身下的垫子，好让自己躺得舒服些，“我给你讲故事那么多年，现在，你讲个故事给爷听。”

“不会。我不会讲故事。”

“怎么不会？你比聊斋先生还会讲。你爸妈信了，警察也信了。你爸要是不信，他会死吗？”

爷耷拉着瘦削的脸，睁着那两颗骇人的棕绿色眼珠，如夜叉的凝视，盯着艮。关于父亲的死，那是另一个故事。艮支支吾吾，心跳加速，只好跪下来用抹布擦水，甚至想躲到床底下。直到爷迷迷糊糊睡过去，他才又想起那天的情形。

坤出事那天，正是艮第一次尝试渡河的日子。坤不跟来就没事了，艮安慰自己。

艮想渡到河心洲去。他从未上过河心洲，但他是从那里来的，那里是他的故乡。准确地说，河心洲其实是爷的出生地。河心洲的面积原本很大，是附属河左岸的一部分，许多年前，那块土地上面还建有房子。不知为何，有一年发生地陷，土地被截断了，河水把截口越冲越宽，处于边缘的房子逐间倒塌，沉入水底。那块孤零零的土地，便因此分隔独立出来了。

河心洲如今还剩最后一间由大理石砌成的石房，依旧稳固地立在洲心位置。爷就在那间石房里出生，他说他的祖辈是些古怪之人，是人跟夜叉的杂交种，相比隐居在山林或偏远的海岛，他们认为在人迹罕至的河心洲盖房，才是绝佳选择，不仅能远离他人迫害，安稳生活，而且若想赶集游玩，置办物品，只要渡河就能上岸。所谓大隐隐于市。但长大后，爷还是决意上岸生活，他就是怕水嘛，只有远离水，才能躲开夜叉国的追杀。人在他的故乡里，还存在另一个故乡，大概就是这个意思吧。渡河，就是归乡。

“为什么不坐船？”那时坤问他。

艮思索一会儿，也不明白为什么非要游过去，但他的四肢是那么渴望触水，像只两栖动物那样，穿过暗流，划过水波，再爬上岸。艮爱上游泳，对爷来说是个打击，正如一个品格优良、恪守家规的家族，某天出了个作奸犯科的贼孙。最后艮回答：“坐船不是好汉，渡河就要游的！”

艮叫坤在岸上等着，帮忙看着衣服，叮嘱道：“千万别下水！”

太阳被厚厚的雨云笼在深处，天是微黄色的，河水也是同一个颜色，好像下面有一条河，上面也有一条河，那么，人到底是在水底，还是在水上呢？黄河之水天上来。河面漂浮着一团团的水葫芦，有些散开来，还有发胀的鱼尸，沤臭的浮木，看起来深不可测，更搞不清河底藏有什么不可知的东西。坤看着艮的脚，每当他往水边挪一步，就跟过来一步。

“你回去！”艮说。

“你怎么不回？”坤很倔，“爷说，水里有夜叉。”

“你信吗？”

“我信啊。”

“你信你就回去。”

“夜叉抓姓徐的人。交州徐姓，泛海为贾。”为了劝住艮，坤背起《夜叉国》，但他永远只记得第一句，还把“贾”念成“假”。艮纠正他很多次了，他不长这个记性。

“你才姓徐，我是姓李的。”艮说。

坤叫徐坤。艮叫李艮，他随母亲姓。爷跟母亲之所以长期不和，很大程度是因为姓氏的问题。母亲要艮随她姓李，爷一直不同意。奇怪的是，自从坤失踪后，爷忽然答应母亲的要求，为艮改姓李。艮至今没有搞清楚背后发生了什么，又有什么玄机。

第一次渡河，艮在河边徘徊很久，不敢下水。他沿着水边走，想找个安全的地方下脚。在榕树下，有一头拴着的牛，绕着树踱步，绳子在树身磨出一道圆滑的痕。硕大的牛眼一直盯着河面，像在等谁。它在反刍，满嘴白色泡沫，那模样让艮想起每夜吐痰的爷。人要是会反刍，大概是为了把未消化干净的往事，吐出来再咀嚼咀嚼吧。爷每夜吐痰，则是想在死之前，把不干净的东西从身体里清出去。

艮解开牛绳。牛很快蹚水下河，仿佛对面有什么等着它。两个牛角，呈一线背脊，露出河面，身体其余部分交给了水，只要轻轻划动蹄子，水就能把它托起来。艮原本想用牛来试探水的深浅，但牛还没游到河心，牛角和牛背就都消失在缭绕的烟雨中，眼前浮浮沉沉的只有河面的各种杂碎。

艮迟迟不敢下水，还被坤盯着，觉得脸挂不住。

“你回去！”艮又说。

“我要是回去，我就告诉爷。”坤威胁说。

“那——你在这里等着。”艮妥协了。

榕树硕大缠绕的根茎，从岸上延伸到水里。艮想起攀岩的人，于是抓住树根，一边摸索，一边斜着身体，走入河里。树根很快扎入河底，艮抓不到了。那时大半个身体已经入水，往回走可不是好汉，他尝试让自己浮起来，视线几乎跟河面平行，河心洲的轮廓时隐时现，这段距离被雨一抹，变得无比遥远。

看来这辈子都不可能游到对面去。

艮很好奇，爷的祖辈在河心洲石屋里的生活到底是什么样的呢？生活在那块土地的中心，每日每夜都要提防坍塌发生，死盯着河水不断冲刷河心洲的边缘，一点点向内蚕食，他们怎么能在这种担忧中活下去？艮浮想联翩，不敢往水深处再踏出一步，对自己能游出多远，没有把握。

“人撑船，鬼潜水。”

艮一惊，因为说话的是坤，声音那么近，不是在岸上对他说话，而是在他背后。他猛地一转身，但坤并不在那儿。由于转身力道太大，艮的身体被河水荡了出去，脚突然踩空——水底下似乎有只长满鳞片的手抓住他的脚脖子，要把他往水底拽。是夜叉吗？！艮蹬了一脚。那只手的力气那么大，将他往下拽，他的鼻子都浸没到水里了，还喝了好几口黄汤，眼睛在微黄的水里好像看到赤身裸体的坤，正站在河心洲的渡口上向他挥手——难道坤先自己一步游到河心洲了？

等艮扑腾着爬回榕树底下，坤早已不见了踪影，只有艮的衣服在那里。艮不敢再下水，他等了很久，直到暮色降临，始终没看见那头牛上岸……

同样，坤也至今没有上岸。

“事情经过就是这样……”艮不知在地上跪了多久，膝盖泛红，有股湿冷感。但窗户仍在漏雨，水越来越多，堵也堵不上，抹也抹不干。

“妙哉！你这故事，连聊斋先生听了都要鼓掌啊！哈哈哈。”爷发出恼人的闷笑，还继续嘲笑艮，“天道好还，但愚而迷者不悟耳。可哀也夫！[1]”

艮抬头望天，天已微亮。他想起昨日训练被耽搁，今日凌晨还要起来照顾爷，就算尽心照顾，爷还要含沙射影，数落他。他憋得一肚子气：“要抹，你自己抹！”说罢，艮把抹布扔在爷的被子上，转身离开房间，不管爷这次怎么呼天抢地，他都要出门游泳。

但人还没踏出门口——

“啊，菩萨来了！”

爷突然坐起来，翻身下床，赤脚踩在水里，“砰”一声，打开那把纸伞，一边弓着身走，一边给谁撑伞似的向前举着，嘴里念叨：“菩萨渡河，睇住，睇住！”粤自古有言，在屋里担遮，会看到不干净的东西。其实前几天，艮就好几次看见爷这样做，在给某位看不见的渡河菩萨撑伞，换了副模样，像极了扶乩的人。凭他那条皮包骨的大腿，被玻璃扎坏的膝盖，搓衣板似的腰板，他平时明明连坐起的力气都没有。种种回光返照的诡象，看得艮胆战心惊。

在坤失踪期间，家人请一位老头来扶乩，问神明有关坤的下落。那老头不知是真被附身，还是为了蹭主人家的食物，露出狰狞的神情，四处嗅探，钻进厨房里，也不用筷子汤勺，赤手吃光了酒肉，在地上呼呼大睡起来。醒来后，老头胃胀，把吃下的东西全吐了出来，吐得哗啦啦一地的黄疸水，后来几天都在骂艮一家害他请了个饿死鬼附他的身。但爷说，那不是饿

---

1　引自《聊斋志异·画皮》，意为：天道往复还报，只是愚蠢且又糊涂的人不醒悟罢了，可悲呀！

死鬼，请来的是夜叉。

爷举着伞，在房间里来来回回走了几趟后，终于把菩萨送过了河。然后，他脚也不擦，躺回床上去，恢复疲态，喘着大气。此时，客厅的钟响了，每敲一下，爷就疼得呻吟一下。艮听得脑壳疼，他不想再错过任何训练机会。他想了个办法，用烧酒喂爷服下比平时多几倍的药粉，估计能多缓解一阵他的疼痛。

雨终于小了。也许会是个晴天。

经过院子时，艮看见芒果树下那个小小的坟茔落满了枯叶。坟茔下埋着的是什么呢？一般人来到艮家的院子，都以为那是坤的衣冠冢。但坟茔下埋的，不是人的尸骨，也不是坤的衣冠，而是一只猴子。那年没打捞上坤的尸体，倒是发现了一只淹死的猴子，不知是从哪里来的，被泡得肿胀，龇牙咧嘴，满口锋利发黄的牙齿，非常恐怖。爷一口咬定那就是水猴子。水猴子是水鬼，所以在某种意义上，也就是夜叉。爷凑合着把死猴子捞回去，请河对岸寺庙的和尚来超度它，求冤亲债主放过自家人，超度完成后，还将其埋在自家院子里。那么多年过去，估计骨头都化水了。

艮行至水边，天又阴了不少。他目测过，市泳队选拔队员的测试距离，大约就是从他所在的水边，一直游到河心洲的渡口，若能成功游过去，也许就能及格，得到加入市队的机会。艮伸出脚探水，现在是夏天了，水还是很凉，烟雨缭绕，笼住河面。对岸的寺庙，只露出一个塔尖，突起的河心洲也看不到。当河风掠过，雨幕稍微变得稀薄时，才能勉强分辨出它的轮廓。海市蜃楼，大概就是这般光景吧。

镇上没有游泳馆，这条河是唯一的训练场。前阵子，艮只敢在岸边游。浅水区水草莽莽，容易缠住脚，游过这段距离，抵达深水区，才能继续渡河。当年坤正是在这里失踪的，在同一条河。或说，这已不是同一条河了，时间推移，淹没坤的水早就流入了大海。每次在水下踩到什么骨头，他都以为是坤的尸骸，这些年，他从水里捞起了鸡、狗、牛、羊等各种动物的骨头，但没有一块骨头看着像是人的。捞不到也是件好事，至少没有证据证明坤死了。

为了找坤，父亲也在这里淹死了。艮没想到，自己只不过随便说了句话，父亲就丢了命。

坤不见后，艮跟家人说，他看见坤游到河心洲了，在渡口跟他招手，说不定他躲在石屋里正等着家人去救他。现在想来那也许是幻觉，是夜叉施的障眼法。父亲是搜救队的成员，他和母亲，还有爷，三人决定坐船到石屋去找人。艮想跟着去，要看看那间神秘的石屋。但父亲叫艮在家等："万一坤从其他地方回来，看见家里又黑又没人，会害怕呢。"

河心洲面积虽不大，但有一片密林。夜晚的树林，淅淅沥沥，像许多动物在交谈，雨打在塑胶雨衣上的声音和人的呼吸声，都会破坏这份静谧的形状。船靠岸后，父亲先上岸，发现渡口周边的泥泞很平整，没有人的脚印。母亲坚持往深处继续走，一想到小儿子衣服也没穿，在雨夜的密林里彷徨，瑟瑟发抖，她就忍不住哽咽。树枝交错横生，湿漉漉的树叶反射着电筒光，母亲老以为那是野兽的眼珠，一惊一乍。父亲认为河心洲没有野兽，平时连人也不来。爷笑了一声，称父亲没在这里生活过，很多事情不清楚，这里其实有种半人半兽的东西。他又在暗示这儿有夜叉。夫妻二人没搭理他，拨开树枝，朝石屋走去。

石屋不大，有两层，大理石表面长满青苔，部分被青藤覆盖。半块门板腐朽了，朝屋内倒去，几个窗户的玻璃也破了，里面好像有不寻常的声音，用电筒一照，一群蛙类从朽木底下跳出四散。他们把石屋找遍，也没找到坤。雨势加大了，屋外的密林发出近似玻璃破碎的响声，带来一种危险的听觉，爷的膝盖又疼了。他们找了个地儿坐下来，计划等雨停后再坐船离开。

爷没坐多久，就拿着电筒四处看，指着一处空墙说，当年全家福就是挂在那儿的。他抬头看着空墙，不时点头，似乎在端详全家福上的家庭成员，还说起他的一个大哥，保留着夜叉特有的脸骨膨大的面相，有着暗沉发黑的肤色，在阳光下很容易被人认出来。后来，爷的大哥在街头被人打死了。那几年，还有很多所谓的夜叉后代被人认出来，像爷那样被迫跪在玻璃上，当街打死，扔到河里，河水都染红了。

一只鸟飞进石屋躲雨，啄食地上的残渣。在鸟觅食的地方，他们发现了鱼骨；在鱼骨四周，有生火的痕迹，散落冰冷的炭；还有几个脚印。爷踩上去，发现脚印的尺寸比他的脚要大得多，那只脚骨节膨大，边缘不光滑，脚板划痕杂乱，看得出是长年赤脚走路造成的。

“果然是夜叉的脚印！”爷惊叹，“真聪明，徐氏先祖传授它们的生火技能，都流传下来了。”

“成日发噏疯。”母亲埋怨说，“在外面怕人，在家里怕夜叉，自己吓自己。”

“聊斋先生有言，家家床头有个夜叉夫人。”爷哼地一笑，“你就是那只母夜叉。”

“懒得同你讲。只要不姓徐，不就没人知道你们是夜叉后代了吗？”母亲趁机提起孩子姓氏的问题，“既然你那么喜欢坤，那就让艮随我姓，总可以吧？”

“没得商量。”爷反对。

“姓徐姓李，有什么关系。人都不见了。”父亲环视空寂的石屋，忧戚地说。

三人从河心洲的石屋归来后，恰好天降暴雨，屋里停电。一根孤零零的蜡烛燃起。大人们沉重无欢的脸，在烛光下好似夜叉。一个女邻居经过门口时说，河流在暴涨。母亲流着眼泪，在客厅审问艮：

“你这个衰仔肯定有事瞒住我们。”

“他该讲的都讲了。”父亲说。

“是呀，别怪他，那是夜叉作祟。”爷帮腔。

“你收声啦！”母亲又气又伤心。

“坤在水底。他在夜叉国。”艮说，“爷是对的，是夜叉抓走了坤。你们要下去找他。”

“水底世界怎么可能存在？”父亲问。

“不去看看，怎么知道？”艮从来不信夜叉那一套，但这是目前最好的理由。

为了给家人一个心安，父亲带着搜救队再次潜到河心洲底下那些坍塌的废墟中去，只发现一堆瓦砾。但回到水面后，大家察觉父亲并没有回来。当他们再次下水，看见他被废墟的一根钢筋卡住了脖子，早已窒息身亡，像根浮木荡来荡去。一位搜救队成员回忆，他们当时还看见一道庞大的黑影，从尸体身后游走，是一只千年老鳖吧。

“那不是老鳖。”爷说，“我儿子也不是被钢筋卡死的，你看他脖子那些手指抓痕，老鳖可没有手把人勒死啊。只有一种可能……是夜叉来索命。”

他们最终也没找到坤，还把另一个家人的命搭了上去。在暴涨的河水冲上来的各种垃圾里面，爷发现了那只淹死的猴子，悄悄将其带回家，超度，下葬，堆坟。不久后，警察送来一份报告，他们已确认那些抓痕是死者自己抓出来的。

失去孙子，又失去儿子，爷不再出门见人，形容憔悴，一点风吹草动就能让他胆战心惊，甚至失禁，直至被查出胃癌，终日躺卧在床。父亲死后，母亲整日不着家。她每次回来，艮都看见她换上了鲜艳的新衣服。爷说，那只母夜叉在外面抓男人吃呢。

某天，爷突然把艮叫到床边，问道：“奇怪，坤的水性什么时候变这么好，能游到河心洲去？”

“呃，我们是夜叉的后代，水性能不好吗？”艮回答，借力打力，“对吧？”

“你说坤没穿衣服站在渡口，可是，岸上不见他脱下的衣服呀。”

“被水冲走了。”

爷是不是意识到什么了呢？还是他想讨好母亲，好把她留在这个家？不久后，爷竟然答应母亲的要求，托人去派出所把艮的姓改成李。徐艮，终于变成李艮。

“太迟了，艮都这么大了。”母亲早已不在乎，姓什么都与她无关了。

如今艮比以前更了解这里的水况，他相信自己不会淹死在这里。他很快就游出了浅水区，想象自己是一条鱼，是一只鸬鹚，舒展身体，继续向前划行。忽然，他看见河面上出现了一个异象——

雨雾中，有一个黑色的影子，在水面漂浮，朝着岸边来了，而且速度极快。“夜叉在水中，推行如矢，瞬息千里……”他一惊，浑身抽搐，呛了几口，往回扑腾，像条落水狗似的爬上岸。那东西背部宽阔，上面隐隐有人影，好像坐着个人呢。是夜叉把坤送回来了吗？不对，那东西有角，原来是一头水牛，坐在牛背上的人，是一个穿着青袍、盘着发髻的老男人，坐姿稳如磐石，衣襟也没湿。看模样是个道士。河对岸只有一座寺院，没有道观，不知此人从何而来。艮长这么大，从未在现实中见过道士。

道士从牛背上一跳，如仙人般，轻轻落在岸边的石头上。牛慢慢走到榕树头，继续永无止境的反刍。艮认出来了，是当年那头牛。《崂山道士》里的道士神奇得很，只要剪个纸月亮，就有月亮辉光照亮斗室，还能从月中唤来嫦娥为其斟酒。不过眼前的道士有点邋遢，可能是个神棍。但颇为奇特的是，艮的衣服都被雨濡湿了，道士没有担遮，身上的衣服却还很干。艮不知如何是好，呆呆地站着。

“细路[1]，得闲帮我买瓶烧酒吗？”道士递给他一个空酒瓶。

“你有手有脚，怎么不自己去？”艮问。

“我不能离榕树太远。”道士指着榕树说，“几百年前它刚发芽时，我就住在上面了。”

“哈哈，你是土地公离不了庙？”艮反问，不知道士葫芦里卖什么药，“那我有什么好处？”

“我看你印堂发黑，恐怕有血光之灾。”道士皱着眉，从头到脚把艮打量一遍，“你家最近是不是有人亡故？为你算一卦如何？保你逢凶化吉。”

“不必了。”艮摆摆手，把道士递着空酒瓶的手推回去，“你要是在树上住了几百年，肯定会看见当年我弟和我爸在这里出事，也就不会问我家是不是有人亡故了。”

“我又不是神仙，哪能事事周全，眼观四方？”道士说，“但给你算一卦，绰绰有余。”

“算了。我走了。”艮说。他打算到下游换个位置下水，心中纳闷为何总有人出来阻挠自己渡河。在家里，爷整日吓唬他水里有夜叉。好不容易到了河边，又冒出个装神弄鬼的道士，说有血光之灾。

他一路走，道士一路像吊靴鬼[2]般跟着。走到桥底，拗不过，艮只好让道士占一卦。道士笑着拿出几枚大钱，放进龟壳里，晃动几下，再抖出，大钱逐枚掉在地上。

“上卦离为火，下卦坎为水，火在水上，是未济卦。”道士蹲

1 ［粤方言］小孩。

2 ［粤方言］跟屁虫。

下来解读卦象，不知所云，“所谓，小狐汔济，濡其尾，无攸利。”

“讲人话。”艮继续穿过桥底的另一端。

“小狐狸不识水，渡河一事，要慎始慎终，切莫狂妄。一旦尾巴沾水，尾大不掉，恐怕会中途溺死。”道士说。

“我没有尾巴。”艮没听明白，但听起来卦象不吉利，便随口答道。

“李艮，你怎么还不回家？！你姑找你！”一个沙哑的声音从桥上传来。

艮抬头望向桥面，发现是那个女邻居。太阳突然闪了一下，晃得他眼冒金星。他低下头，待视力恢复时，那个道士已不见了踪影。远处那头水牛还在反刍，身体永恒静止，只有嘴巴在重复咀嚼，一圈又一圈。艮有种不好的预感。天黑了。

院门半敞，在风中晃动，似乎有人不久前才匆匆离去。艮走进院子，注意到在那个坟茔上，有一只拇指大的灰色蚱蜢，在一片枯叶上清理它沾满雨珠的腿脚。镇上的孩子从来不敢抓这种叫“鬼蜢”的灰色蚱蜢。大人说，只有绿色的可以抓，灰色的不可以，因为上面有魂魄寄生。从爷的窗户望进去，一片漆黑，似极度扩张的瞳孔，没有生命气息。

“爷……爷……你醒了吗？”艮趴在窗口，轻声呼唤。

“睇住有水鬼啊……记得担遮啊……”黑暗中传出缥缈的细语。

他推开家门。屋里没开灯，漆黑如墨。雨水蔓延至整个客厅，无边无际。艮涉水而行，犹如渡河。来到爷的房门前，艮感到似乎有什么充满敌意的、巨大的东西，正在里面等着他。

他捻亮灯，翻翻床褥，空空如也，触感冰冷，充满霉味，好像一个被弃置的巢穴。爷去了哪里？他去散步了吗？艮呆呆地坐在床头，一直坐到傍晚，没等到爷回来。母亲在某个幸福的爱情天堂里，不舍得回来。父亲和坤，在真实的地狱里，忍受六道轮回。房间好像也下起雨来，闷热如雨林。艮浑身冒汗，身体某个部位吸满了水，沉重异常。他拿起爷遗留在床头的纸伞，失魂落魄，移步至门外。天穹之上，悬月微露。

“你怎么还在家？”又碰见那个女邻居。她问艮。

“我应该在哪儿？”艮反问。

“你个傻仔，还不知道吗？你爷死了。你姑在寺院等你好久啦！”说完她就潜入夜色中。

小姑和女邻居都是镇上的喊口婆。每当有人去世，人家就请她们去哭丧，她们的哭声凄切，有力道，是除了寺院的钟鼓声之外，另一种曾遍布这个镇的声音——钟鼓声使人暂时平息苦痛，哭声则有助于加强苦痛。有人说，她们是活的黑白无常，哪里有人死，哪里就会有她们的影子。表面上小姑对这个称谓不以为然，但过后唠叨个不停：“仆街[1]，我喉咙都哭哑了，说我是活菩萨还差不多。”

这里的人迟早是要去寺院一趟的，活着时不去，死了也要去。在镇上，人死了可以先送到寺院，请和尚念经，超度亡魂，第二天再送回死者的出生地办葬礼。

雨又下起来。艮撑着纸伞，朝寺院走去，再次走过那座桥。

---

1 ［粤方言］常用来骂人、咒人，意为“倒霉”“见鬼”等。

两岸万籁俱寂。河右岸那座寺院，在雨幕中散发出一团模糊的、但无比辉煌的金色。河左岸那株高耸的榕树，寂寂无声，那头牛是否还在树下反刍？那个道士是否在树上注视着他？回想白日的光景，艮惊觉，原来道士早已道出爷的死亡。

如雨夜幽魂行过奈何桥，艮备感孤独，越靠近寺院，却感觉越冷。在寺门前，艮满心踟蹰，不敢踏入。往昔所造诸恶业，皆由无始贪嗔痴，佛祖肯定不会原谅自己犯下的错，艮心想。缭绕的诵经声，听起来是随着雨水从天空落下的，每一滴雨都是一个经文，濡湿他的皮肤，冰冷蚀骨。

上次来寺院，是父亲死的时候。小姑背着父亲的尸体前往寺院，她说不能用车载着去，因为死者去寺院前的那段路，一定要由亲人背着去。超度，不仅仅是死者的事，亲人的参与才是意义所在，苦修一般陪死者走完最后一段阳间路，回向已故之人。

艮不知是否有这种讲究，抑或那只是小姑自己定的规矩。几个小时前，小姑也是这样背着她老父亲的尸体，从家里走到寺院，拾级而上，穿过香火，踏入前殿，来到位于纳骨堂后方的偏殿，请求法师超度。爷这段最后的路程，应该由我背他走完。他有种莫名的悔恨。爷到底是怎么死的？我天天守着他，他怎么偏偏在我出门这天就死了呢？艮不敢再往下细想。

雨夜的寺院，变成一个更为幽微的世界，事物的密度陡然增大：虫鸣，雨水，香火，灯笼，经诵……皆因夜色的浓郁，凝聚在小小的寺院空间里。他对玄妙的佛法一窍不通，但它又似乎存在，人向前向后走的每一步，都早已在封闭的轮回循环中。双眼迷蒙，难辨曲径，在和尚的指引下，他才最终找到做超度法事的偏殿。其时，小姑正坐在殿门前的长椅上，腰都累弯了。

艮心虚了，不敢被小姑发现，于是跑到一尊高大漆黑的佛像背后躲起来。

远远望去，爷还穿着艮最后见他时的那套衣服，躺在偏殿中央一张铺着黄色缎子的长桌上，赤着脚，看起来比几个小时前更瘦。灵魂是身体的气囊，要是灵魂出窍，身体也就瘪了一半。他张着嘴，嘴唇发白，了无生气的模样宛如木雕。

夜色渐浓，参加超度仪式的亲戚都赶来了。他们在爷的尸体前，颔首默立。一位和尚站在长桌前，正做着超度前的准备。他跟白天遇到的道士竟然长得那么相似，也许是双胞胎吧，就像艮和坤那样。

“法师，”小姑对和尚说，“我爸前几天在屋里担遮，说是给渡河菩萨担的。怎么回事？”

“你爸看到的不是菩萨。”和尚回答。

“啊……那是……”

“冤亲债主。”

“是夜叉。”小姑一惊，“他孙子还没来，你能顺便超度他吗？他是大祸星，把徐家三口男丁都克死了，他家就剩他一个。你知道我们祖上跟夜叉攀亲，惹下冤孽。上次我哥死了，现在轮到我爸。求你超度化解，好让我们一家跳出六道轮回吧。”

“现生中的迷妄邪见之人，皆可超度。”和尚说，“但消除业债的事，只能你们亲自做。超度，终究只是一种调解。佛，只是一道桥。”

超度开始了。艮依然不敢出去。四周环绕的菩萨，眼睛那么慈祥，却比爷的凝视更令他感到害怕、愧疚、恐慌。诵经声，烛火和灯笼，纷纷贯入艮的耳目。昏昏欲睡，天地颠倒。一时许，超度完毕。到了第二天破晓，小姑又会把爷送到河心洲的石屋去，举行一场葬礼。亲戚依次离开偏殿，在别处等候。

艮弓着腰，趁机走出来，想在爷面前跪下。但地面湿滑，他失足，偏偏没有跪到蒲团上，膝盖直直地磕在地板上，筋骨发出沉闷的声音，剧痛瞬间传遍他全身。爷当年被迫跪在玻璃上，比这个更痛吧？他咬着牙，没叫出声，以免把亲戚引来。

“请出去，你不能在这里。”那个和尚忽然从帐幕后走出来。

“法师好，我是他孙子。”

“你迟到了。你叫什么名字？”

“徐……哦不是，我叫李艮。”

“谁给你取的名？”和尚一边收拾法事道具，一边冷冷地问道。

“我爷。”艮指着那具冰冷的遗体说，“有什么特别吗？”

“哦，我只是想起东海巡海夜叉，也叫李艮。”

艮忽如惊鸟，浑身发冷，胃里翻江倒海，差点吐在殿上——啊！哦！爷早就知道了。他知道的，在坤失踪的事上，我在说谎，我在编故事——要不然，他怎么会答应母亲，为我改名李艮？因为我就是夜叉。是我。害人的夜叉就是我。坤，本来是要回家的，是我不让他走。“既然你觉得自己是夜叉后代，肯定会游泳。不会游泳，怎有脸说是夜叉后代？你看爸，他还是搜救队成员呢。你怎么不证明给我们看？”我逼问他，

“下来啊。下水来。”坤伸出一只脚。我一把拉住他，把他按到水里，推他出去。肯定是水草缠住他的脚。夜叉会变形，水草是夜叉的手。很快坤不见了。那天的雨跟今天一样大。无尽的雾气缭绕世界。

一直以来，爷都没有揭穿我，只是为我改名李艮，在我身上施加黥刑，擦也擦不掉！天道好还，但愚而迷者不悟耳。可哀也夫！艮跪着匍匐在爷身上，但那片生命的平原，早已没有起伏，没有温度。

“法师，夜叉是大祸星吗？”艮有一丝哽咽。

和尚默默指着外面某个殿里，一尊面目狰狞的菩萨，那正是艮方才在其后躲起来的菩萨。

“那是金刚夜叉明王，原是啖人肉、饮血浆的夜叉，后受佛感化，最终成了八部众之一，摧伏邪魔。”和尚说完，就缓缓走出偏殿，即将隐入雨中。

“你要走了？要我给你担遮吗？”

“不必。和尚担遮，岂不是无法无天。”

和尚离开后，艮再次来到夜叉明王像前，久久仰望着，凝视着。看，它有三面六臂，每一面看起来分别就像是他死去的三个亲人啊。贪。嗔。痴。

艮不知爷是怎么死的，但他要承担所有死的重负。

艮回到偏殿，扎稳马步，把爷的身体翻转，用绳子拴在背上。爷的身体很凉很轻，人一死，所有能量都消失了，只剩一片虚浮。艮背着爷，步出寺院大门，走到河边。夜色中的河心洲像一个遥远的世界，遥不可及。但艮决定要亲自把爷送回石屋。爷的出生地。他们共同的故乡。那些和尚跟道士，千年如一日，分别站在河左右，见证土地的更迭，见证家族的生死繁衍，他们目睹一切，也目空一切，但只作天人语，不言人间辞。艮不懂因果业报，不懂佛祖如何感化夜叉。他只觉得，要是今夜渡过此河，成功抵达彼岸，那么他所犯下的一切错误，就能在破晓时分，同时得到生者与死者的原谅。结果肯定会比入选泳队更好。

艮背着爷，一步一步踏入水中。入水那一刻，爷的身体突然像一团吸饱水的棉花，一根被濡湿的狐尾，一块沉重的龟壳——死死套牢了他，挣脱不得，要把他拖到水底。若我李艮，真的是夜叉，我应能泳擅渡。但我只是凡胎肉体，一旦入了水，只能不停地游，不停地游，越过水草，避开暗礁，抵御暗流……他调整呼吸，尝试让身体在水中浮起来，划动四肢，朝河心洲游去，横渡冥河，经历人生第一次死亡。他多么希望，在某刻回头时，还能看见那座寺院，看见那个佛光普照、灯火摇摇的美丽新世界。

# 最后一次变形

一个秋日上午，我准备去县监狱探望表哥。县监狱设在偏远的峡谷，又地处戈壁腹地，食物匮乏。放眼望去，除了散落的佛塔遗址，它是那儿唯一的现代建筑，囚犯插翅也难飞。传闻称县监狱这样选址，是为了营造一种极乐净土的氛围，好让囚犯远离社会污浊之气，在遥远的戈壁大漠中静思己过。没有出租车司机愿意载客到那儿去，都嫌远，但主要是嫌晦气。极乐净土可不会这样遭人嫌。

车打了几次火，也没启动。我这才想起，因为使用年限和机件老化问题，车前几天已被强制报废了。这原本是表哥的车，在他入狱后就归我了。看来只能打出租车去。得知我要去县监狱，出租车司机纷纷摆手，一溜烟开走。当我以为要错过这次探监的机会时，一辆红色出租车停在我面前。司机摇下车窗，是个年轻的男人，笑脸盈盈，问道："刚才有兄弟跟我说，有个客人想去县监狱，是你吗？""是我。这单你愿意接？"我问。"干吗不接？别人有急事，总不能见死不救是吧。"他说，想了想又补充道，"不过费用得收双倍。""你这是趁火打劫。"我退后两步。他努努嘴，摇起车窗。我只好把车窗按住，说："行！行！走吧。"

车刚驶入戈壁公路，司机就问：“去探望谁呢？”“我表哥。”我回答。“他犯了什么错？”司机继续问，丝毫没考虑到这是在干涉别人的私事。我犹豫一会儿，还是告诉了他，虽然表哥在服刑，从前也犯过一些小错，但绝不是什么大奸大邪、十恶不赦的人，因为在这世上，没有比他更善良、更乐于奉献的人。

“而且，他还会变形的戏法。”我说。

“缩骨功吗？蜷成一团，把自己塞进行李箱那种？”

“你说的这个，简直小菜一碟，跟他的变形天赋没法比。”我说，“他比孙悟空还厉害。孙悟空会七十二变，但他什么都能变——除了没见过的，世间万物都难不倒他。”

“啊——听你这么说，那我知道他！”司机满脸惊奇，“他竟然是你表哥？！”他挺直腰，凑向我，肚子里似乎有一堆问题要问我。车身不由得晃了一下，我提醒他别把车开到峡沟里去。

“是吗？”

“谁不知道他呢？那场庭审可是街知巷闻的。”司机说，“跟我讲讲他的故事吧，变形是门艺术，我这种凡夫俗子也只有听听过把瘾的份儿了。那这样，这趟车费按正常价算如何？”

为了省一半费用，我把表哥的故事出卖了。在他出狱前，我也没足够的钱买辆新车，因此，我没有把故事全盘托出，而是像山鲁佐德的《一千零一夜》那样，把它拆成一个个小故事，分次讲给司机听。他每个月如约载我去探监时，我就给他讲一点。我就这么雇了个专职司机。司机也很乐意，说想等到表哥出狱那天，亲眼见见他本人。其实甜头仅有一次，之后的行程，司机坚持要收我双倍费用。我现在骑虎难下啦，后来更是发现，这根本是在引狼入室。

“他这样的人，变成蚊子就能飞出去，会乖乖蹲牢里？”司机有次问道。

“我也纳闷呢。这几年，表哥在狱里表现良好。每次去探望他，都没听狱警说起他有企图通过变形越狱的行为，反而再过些日子，他就能提前释放了。如果他有心越狱，像他这种拥有变形天赋的人，你可永远别想抓到他。他只要变成一棵胡杨树，就能在戈壁活上几百年。”

“是啊！为什么呢？”司机追问。

“他是因为变成一辆车出了车祸，才被送进去的。这一点，你们应该都知道。”我说，“但究其根本原因，你们还一无所知……”

“干吗要你去探望他？他家人呢，不会无父无母吧？”司机妄自猜测，“这样的人生，是很容易走偏的。”

“不，他有妻子，有孩子，有母亲。只是父亲跑了。除了他们三个外，我算得上是他最亲近的人啦——自小住在他家，和他一起长大，不仅熟知他变形天赋的秘密，而且，最重要的是，他坐牢的事很大程度是因为我……我是这世上最有义务去探望他的人。”

俗话说家丑不可外扬，可不知为何，我说得越来越起劲儿。是为了能有个人理解我在这个故事中的艰难处境吗？还是为了消除自己的内疚？实际上，我正在为身旁这个男人在不久的将来闯入我们的家庭，瓦解我们的生活，不知不觉中撕开了一道口子。随着故事深入，这口子越开越大，侵蚀原野的风沙正悄无声息地倒灌进去。

每个月十五号，是我探望表哥的日子。

我跟他见面的时间，每次只有十五分钟。为了这十五分钟，我要忍受半天孤寂的旅途，穿越人烟稀少的戈壁公路，清晨出发，傍晚归来。除非是特殊节假日，家里的孩子和两个女人很少去探望表哥，我成了固定的替代者。慢慢地，我也替代了他在家庭中的位置和角色功能。

我事先声明，我原本没想过要融入他的家庭，更别说替代他。是我母亲跟父亲离婚后，把年幼的我交给她姐姐照顾，跑去过潇洒的单身生活。前阵子，她还打电话给我，说认识了几个对她有兴趣的男人，打算逐一去见见他们。她没问我在姨妈家里过得如何，因为她知道，她姐姐一定把我照顾得很好，毕竟她姐姐一直想要一个像我这么开朗又阳光的儿子，而不是自己那个有着变形天赋，却性格忧郁，不讨人喜欢的亲生儿子。这等于说，我被母亲过继给了她姐姐。每个人都在嫌弃表哥的性格，每个人却又尽可能地利用他的变形天赋，谋取便利。没人会承认这一点，但我知道，在大家眼中，拥有变形天赋的表哥，只是一个没有人格可言、任人使唤的万能工具，并美其名曰："为大家做贡献。"

若不是表哥去坐牢，把生活重担压在了我肩上，我后来断不会为了照顾他家人和赔偿受害者，去找了份工作；也不会为了载他家人出行，学会开车，过上体面的家庭生活。时间一长，很多人还以为我们才是一家人呢，忘了那个在狱中受苦的男人。我希望母亲能像姨妈爱我那样去爱我，叫我回去跟她生活。对此，母亲是这么回应的："你现在不是挺好吗，姨妈喜欢你，我也有自己的新生活。何必回来跟我住?”她大概不愿意见我吧,我长得特别像爸爸,她见到我就像见到他。我记得,母亲说她的婚姻是愚蠢的,每次见到我,就好像见到她愚蠢的过去。这就是为人子女的悲哀。那我为什么不好好珍惜姨妈的爱?为什么要离开这个家庭?照理说,姨妈也算半个妈妈。既然那只自私的大杜鹃把卵产在别的鸟巢里,孵化后的雏鸟就没必要回去寻母了,天性驱使它要做的,是把宿主的雏鸟拱出巢外,独占所有的爱!

“我是强盗的儿子,对吧?”我自嘲似的说。

我希望司机回答:“不,兄弟,这不是你的错。”

他只是抿抿嘴,态度似是而非:“表哥很可怜。”

表哥还没结婚时,我们偶尔陪姨妈到广场去散步,遇到好事的邻居,总会被问到婚姻问题。有几次,姨妈下意识地拍拍我肩膀,应和道:“我儿子条件不错啊,一表人才,给他介绍个呗。”表哥在一旁难堪极了,姨妈口中所说的儿子是我,不是他。不过,他却比我先结婚。他那时在旅游区做导游,在游客里认识了从南方来的嫂子。嫂子被他的变形天赋迷住了,不顾家人反对,远嫁到戈壁中的城市来。只是,嫂子这种狂热的幸福,没能因此维持多久。变形最初是一种迷人的艺术天赋;后来,它被迫沦为博人眼球的奇观;再后来,它跟多功能遥控器一样,普普通通,却又能让生活便利起来。

邻居跟姨妈多番沟通,终于给我安排了一个相亲对象。我受够了单身生活,满怀期待,准备赴约。但我捉襟见肘,花是我从姨妈的花店拿的(她的花店是这个干燥的北方县城唯一的花店，生意很好），西装皮鞋是从表哥那儿借的，礼物也是嫂子为我挑的。我还明确表示，我不能打车去相亲，那样不够体面。表哥非常体贴，他立刻变成一辆崭新的劳斯莱斯。我当时还不会开车。表哥又说，我只需要坐在驾驶座上，装装样子就行，他会负责行驶的。这种事，他早已习以为常。但这很可能是他的最后一次变形。

繁华的十字路口，在等待红绿灯期间，众多汽车排成一列，发动机轰隆作响。我身下这辆劳斯莱斯，在转绿灯之前突然一个转弯，要从车堆里找一条出路离开似的，像头被激怒的哀伤的公牛，最后撞了好几辆车，伤了几个行人。事故发生得没有任何预兆。

伤者质问我："发什么疯？不会开车别上路！"

我惊魂未定，指着那辆劳斯莱斯，说："你们……你们问他啊！"人们没有在车里找到第二个人，坚持认为我就是那个肇事司机。

庭审前，表哥变回一个人，对我说："对不起！那时……我突然厌倦了各种变形伎俩，不想再搞那些虚的了……只想实实在在地过一种现实生活……头脑一热，就冲了出去。"

"你任性也要挑时间看场合，你这样搞会死人！"我指责道。

"对不起。牢让我来坐吧。狱中生活，你是受不了的。"他嗫嚅道。接着，他双眼放光，兴奋地说："看，睡不着，我可以变成一匹马啊，每天睡两个小时就够了；吃不饱，我也可以变成一只蜥蜴，吃一只甲虫就能活一个月；口渴的话，我还可以变成一头骆驼。记住我的话，在庭上，你就这么讲吧……"他明明说厌倦了变形，却还在情绪饱满地描述他会如何用变形抵御狱中的劳苦。但事实证明，在他入狱期间，正如狱警所讲，他连一次变形都没有做过，已改过自新，决心重新做人，以肉身承受刑罚的鞭笞。

最后一次变形，他发誓要永远变回一个人，踏实地生活下去！

庭审期间，我如实陈述了表哥会变形的事实。但陪审团不相信，他们要求表哥当场演示一次变形戏法。当时，坐在证人席上的是表哥。受审的是我，因为当初目击者只看到我从车里出来，却没有留意到肇事车辆莫名地消失了。对于陪审团的要求，表哥哀求似的回答："我不想变形了……不想了，真不想了……我只想实实在在地过一种现实生活……这可以吧？"

他不在别人眼前证实自己会变形，坐牢的肯定是我啊！

表哥与我对视几次后，最终明白，除此之外，别无他法。他不得不违背自己的诺言，当众演示了变形戏法。这辆重新出现在人们眼前的劳斯莱斯，还保留着肇事时的撞击划痕，以及受害者的血迹（他不能变成一辆全新的车，遗留的痕迹是无法抹去的，这是他天赋的缺陷）。此刻证据确凿，真相大白。他虽能变成世间万物，但为了避免无法变回人，必须谨慎选择所要变形的事物。假若变成一张纸，被火烧掉，或者变成一堆沙，被水冲走，那他将永远湮灭，无法变回人。在他和外物之间，存在一道巨大的裂痕，他必须小心地跨过去，并保证自己能活着跨回来。

法庭最终判定，当时导致汽车失控的是汽车——也就是我表哥——本身的意志，与我无关。但法庭认为，我需要承担赔偿的连带责任，只惩罚一辆车是难以服众的，而且若不是我有需要，表哥不会为我变成汽车。于是，表哥替我去坐牢，为他的天赋付出了沉重的代价。入狱后，他的财产，妻儿，甚至他的母亲，都归我所有了似的。他说，他这是托我去照顾他们，替他完成他无法履行的责任，甚至连他的尘世生活也托我替他过了。这也意味着，他把生活重担转移到我肩上，而他只想在牢里过一种隔绝人世的生活。我怨恨表哥这么轻易就卸去了尘世负担，还怀疑他当时是故意制造车祸的——但这种想法只维持了很短的时间，因为我回忆起种种往事，再次确定表哥自始至终都是一个无比善良，又乐于奉献的人，只是他生性忧郁敏感，让大家误会了他。

正是这场“著名”的庭审，让表哥成了县城里的“名人”。人人敬而远之。唯独这个司机，把表哥的变形称为一种艺术，还愿意载我穿越戈壁。我理应感谢他的帮忙和理解。

“如果你表哥心里够踏实，接受自己，为大家做做贡献，又怎么会出车祸？还把自己搞进牢里，真是丢人。”在庭外，姨妈握着我的手说道，流露出恨铁不成钢的痛苦。

庭审结束后，嫂子带着侄子回了南方娘家，住了很长一段时间。邻居都说，嫂子个性温婉。但在我看来，那多半是娇气、精明和狡猾。表哥入狱后，侄子很少说话，只有眼睛滴溜溜地转，时刻在盘算什么坏主意似的，一旦开口，说的却都是刻薄的话。侄子对我很不客气，觉得我欠了他们一家，要我拿一辈子去还。姨妈一如既往地待我好，只是她有一个违背道德的念头。她希望儿媳妇干脆跟我结为夫妻好了。若不谈性格问题，嫂子确实是被南方水土滋养过的女人，拧一把就能拧出水来。

在表哥出狱前几天，我才打电话叫嫂子回来，说一起去接他出狱。

嫂子回来后，见到她那张红润的脸，我便知道，那个全是树木和雨水的遥远之地，重新焕发了她的生机。我和她商量接表哥出狱的事。她说想先休息一下，进了房间，卸下行李，脱衣服，洗漱，抱怨，最后重重地躺在床上。门开了一条缝，她扔出一堆衣服，叫我拿去洗一下。她的衣服，有种奇特的咸，不是汗的咸，它不存在我的认知里。从南方回来后，侄子一改沉默的常态，兴奋地跟他奶奶描述大海的壮阔。嫂子身上的那种咸，大概是海水的味道吧。虽然姨妈给予我们的偷情以道德的合法性，但我们最终没有行苟且之事——准确来说，是我最终没有进一步行动。

嫂子说我是无胆匪类，反正等表哥出狱，她会跟他提离婚。她厌倦了戈壁的生活，厌倦了表哥的忧郁，厌倦了变形的奇观。她发现表哥的变形能力，无法为她带来长久的幸福，就像戈壁上的岩石，被风沙侵蚀，不断变形，最终只能被磨灭殆尽。这是唯一的结局。“别离婚。”我说，“再说，表哥也给不起赡养费。”“我不要他的钱。”嫂子冷冷地说，“你不想娶我吗？是不是嫌弃我？”“怎么会嫌弃呢？”“放心吧，我才不会嫁给你，净让别人说闲话。”我想起嫂子跟我母亲一样，也有个姐姐。我竟然担心他们离婚后，嫂子会把儿子交给她姐姐照顾，自己跑去风流快活。我不想侄子重蹈我的覆辙，去瓦解别人家庭，破坏别人家庭的幸福。“我条件也不差，养得起你们。”我说。“你不要脸我还要呢!”她说，“你还不知道吧，你侄子把你当成杀父仇人。”“表哥又没死。”“他的小伙伴跟他讲，坐过牢的人等于在社会上死掉了。”“这是歧视，是偏见。难道他也这么认为?”“反正他觉得你杀死了他爸。”

每个月十五号，我照常去探望表哥，照常跟司机讲述故事。

出租车司机已熟知这个家庭大部分的琐事。有时，他载客结束，来到附近，会买点东西上来，跟姨妈拉家常，对表哥表示同情，又来问我表哥的童年往事。有段时间，嫂子和侄子在南方娘家，司机每次来都不忘问起她们的情况，但都没见到母子俩。在我的车报废后，姨妈出远门没有车，经常叫我给司机打电话，叫他来帮忙。在表哥出狱前一天，姨妈要到很远的城北去买些柚子叶回来，给出狱的表哥洗澡（是嫂子吩咐的，她老家的人都这么干，为出狱的人洗晦气），还是出租车司机专门来载她去的呢。他很快就从我的专职司机摇身变成这个家庭的专职司机。

在表哥出狱当天，司机早早就在楼下等候。

出门前，姨妈对我说：“去吧，把你哥接回来。我准备一下晚饭，你想吃什么?”“随便吧，手擀面。”我说。嫂子起床很晚，拖拖拉拉，下楼时已接近中午，去到监狱将是傍晚。我以为司机等得不耐烦已经走人了。谁知他还在楼下，一见到嫂子，马上摆出一张笑盈盈的脸，展示自来熟的天赋，说个不停：“这位大美女就是嫂子吧……哇，侄子怎么这么可爱……今天是表哥回来的日子，得吃顿好的呢……”嫂子在后座低声问我，这人是谁。我回答，只是一个朋友。他过分热情的言行，令我苦恼，不安。但我什么也没说，反正今天结束后，他就会从我的生活里消失，我再也不需要忍受他隔三岔五地上门打扰。

离目的地还有几里路，太阳落山。风蚀岩的影子，倾斜在戈壁上，颀长硕大，弯曲不平，如伫立千年的残兵。嫂子突然喊停车，要去看看日落。出租车司机立马说，他知道有个地方，是观赏落日的最佳地点，没等我劝阻，便擅自把车驶入戈壁滩，在风蚀岩间曲折穿梭。停车后，我们顺着司机所指方向，看见一轮血红的落日，正好悬浮于某块风蚀岩中间的凹陷处，缓缓下降，最后被巨兽吞食咀嚼似的，飞溅一抹血丝云彩，投射高空。嫂子望着远处发呆。司机问侄子："很快就要见到爸爸了，开心吗？""你爸坐牢，你会开心吗？"侄子反问。司机顿了一下，又说："哦，没事，出来重新做人。""你不了解他，他最不想做的就是人。"侄子说，"有次他变成一条蚯蚓，逗我玩，吓得我差点踩死了他！"司机语塞，附和几句便不再说了。

我劝嫂子赶紧上车，表哥已经等了很久。

"过去的几个月，我在海边住了一阵。"嫂子说，"哎，我想要一间靠海的房子。"

"这里曾经也是海啊。"我说。

"你这样讲没意义，人是活在当下的动物。你哥以前常带我去看日落，还变成马让我骑，当时真有几分豪迈。其实多看几次，也就没啥意思了。现在想想，这种浪漫真他妈恶心。"嫂子说，"我要回去了！你要接就自己去接个够吧！"

还有几里路，就到监狱大门，嫂子坚持要带侄子回去。她不想见表哥，不想接近那座建筑。司机打圆场，提议先送我到监狱，再回来接母子俩。“你想我们冻死在这里吗？”嫂子说。司机笑呵呵地赔不是，将我们送到公路上，然后对我说：“你从这儿走路去的话，其实不花多少时间。”“嗯。”我目送出租车消失在公路的尽头，两个红色尾灯仿佛是黑暗地平线上的两颗红巨星。垂死的，衰老的恒星……

顶着冷风，好不容易才走到监狱门口。我看见表哥站在那儿，神色凄怆地望着我。几年后，我们终于在旷野中相见，相互拥抱。往日在狱中隔着电话的交谈，只是一场发生在不真实空间中的幻觉。我尽力想说些什么话，祝贺他出狱，但他入狱并非因为有什么过错，他只是代我坐牢。他问为什么嫂子没有来接他。我只好解释道：“她中途不舒服，让司机载回去了。”他点点头。我望望无垠的戈壁：“没车怎么回去呢？”“你又要我变车载你回去？”表哥这突如其来的揶揄，让我难以回应。“是的，你应该这么做，否则我会冻死在这里。”但我没说出口。我不勉强他，也没资格要求他这么做。他已经坚持几年不变形，也许适应以人的形态生活了吧，说不定连变形的技巧也生疏了。他想做一个凡人，我没有权力阻止他。但我现在冷得骨髓都快结冰，他为何不能大发慈悲，再为我变一次呢？好人做到底，送佛送到西。

旧日种种怨恨，不知为何又从心底冒出。实际上，我没有欠他一分一毫，这次的代价是由我俩平分的：他被牢狱监禁，我被他的家庭监禁——这两种生活同样没有自由可言，并非他的牺牲就更高贵。这时响起几声喇叭，一辆车驶来，两道光柱切割黑暗，照着孤立无援的我们。从车上走下来的是狱警，他刚好换班，说可以载我们回家。表哥对狱警连连表示感谢。上车后，一片沉默。过了一会儿，表哥嘴里突然迸出一句话：“以后——别再说变形了！”这语气多么强硬啊，把我吓了一跳。他从前总是畏畏缩缩的呢，为了不惹是生非，你好我好大家好，他努力和平地处事，揽责任上身，家人和亲戚叫他变什么，他就尽量配合变什么，过后又不断自责、反省和悔过，生怕自我牺牲做得不够。今天他在谋求转变，做出了抵抗的姿态。然而，在这看似强硬的态度底下，仍难掩他一贯的懦弱本色，他不时瞟我一眼，担心刚才的话伤害了我。

“他学会了重新做人。”坐在黑暗前座上的狱警补充道，声音似乎来自戈壁外的虚空。

姨妈端来一个火盆，摆在门口，叫表哥进屋前先跨过去。“柚子叶水也烧好了，待会儿洗洗澡。”火烧得那么大，火舌足有半人高，横亘在表哥和姨妈之间。这不是烟，不是雾，是火，他怎么才能跨过这么高的火墙，回到里面那个温馨的家去呢？姨妈没觉得有任何不妥。“你不想我回家就直说。”表哥沉吟。这时，嫂子走出来，往火盆里倒点水，火势立刻弱下来。我们原本被火映得通红的脸，染上了一层灰黑。两个黑面神。表哥跃过冒烟的火盆，进了屋。夫妻俩没有多寒暄。侄子正斜躺在沙发上看电视。

“来，叫爸。”嫂子说。

“他是个杀人犯。”侄子径直走进书房。

表哥杵在客厅中央，像尊被遗弃的佛像，脸被火烧过似的僵硬发黑。

“没事，没事，慢慢来。”

——这句不知从哪里冒出来的话，声音听着很熟悉，却又不属于这个家庭的任何一个人。我从缭绕的烟气背后，依稀看到了出租车司机的脸——他竟然还在这里。

“你怎么还在？！”我还没问出口，嫂子就先向表哥介绍起来：“这是阿光，载我们回来的司机。”

我坐他的车坐了大半年，都不知道他姓甚名谁。嫂子第一次坐他的车，便知道了他的名字，还叫得如此亲近。“辛苦了，辛苦了！”表哥勉强挤出个礼貌的笑容，走向前，握着那个阿光的手腕，表示感谢，江湖兄弟似的，其实根本不知道那人心里在打什么主意。我不方便再当众开口，好不容易找了个间隙，对他耳语道：“快滚吧，这儿不需要你了。”“诶，你怎能过河拆桥呢？我好歹给你们当了这么久司机。姨妈的车费我可没收她的。”阿光说，“更何况，今天见到偶像，我有很多话要说。”表哥当然是他的偶像，表哥会变形，而他会变色，是一只变色龙。

“阿光，这么晚了，留下来一起吃饭吧。”姨妈边说，边走进厨房继续准备晚饭。

“啊……不打扰吗？”阿光问。

“你少来吧。”我嘀咕。

“不会不会。我们家这段时间给你添麻烦了。”

表哥去洗澡，洗完出来，浑身散发着柚子叶的清香。他在沙发上坐下来，百无聊赖地按遥控器转台。经过几年的牢狱生涯，他没有对这个家感到陌生，也没有四处望望，重温往日记忆，好像一直住在这儿。我坐立不安，不知道该把自己往哪儿搁。表哥是正牌男主人，神宗归位，我这种野神仙只能退避。以前每逢有客人来，表哥都会试着招呼一下大家，刻意地说些什么，缓和场面的气氛。现在他只是坐在那儿，自顾自地看电视，不管嫂子，也不管阿光。他这是在彰显自己在这个家的地位吗？但他脸上的肌肉在不自然地跳动，在阴暗的客厅里，在刺眼的电视荧幕光线下，看起来格外明显。他只是在强装不在乎，其实心里紧张得很。他注定是个弱者。嫂子和阿光不知在聊什么，电视荧幕的光打在他们的脸上，一会儿白色，一会儿绿色——两只青面獠牙的鬼。

准备晚饭的中途，姨妈走出来，说擀面杖不见了，接着又说了句匪夷所思的话："你可以变根擀面杖吧？"屋里没人回应她，她走到表哥跟前，又把话重复了一遍。

"你还不知道吗？"表哥仍盯着电视。

"知道什么啊？面都快和好啰。"

"我已经……很久不干那种事了。"

那场庭审，姨妈没有入场参加，对表哥的决定一无所知。

"我可以帮你和面。"表哥说，"但你要我变擀面杖？你为什么不到楼下的垃圾堆去捡根木棍？今晚非要吃面吗？"

"你弟爱吃。"

我拉着姨妈回厨房。我告诉她，表哥几年前决定重新做人，不再变形。"重新做人？"姨妈说，"行吧，你教你哥好好做人。因为人就不该是他那种嘴脸的！"

"没事，我去买吧。"阿光站起来说。

“好，又得麻烦你了。”姨妈朝客厅答了一句。

“阿姨，”阿光拿起了车钥匙，“表哥那可是艺术，变擀面杖，是不是有点大材小用？”

表哥蓦地直起身板，竟然有点泪眼蒙眬。因为从来没有人这么理解过他。“妈，你听听，这才是人话。”

“才刚从牢里出来，还没学会尊重人？”姨妈气冲冲地走出来，“变擀面杖能有多难？”

“不是难不难的问题，是你们把我当猴耍太久了。”

我后悔早上说要吃手擀面——但问题的本质，不在于吃什么。要是我说吃龙虾，在这个缺水县城买只龙虾不容易，姨妈铁定会叫表哥变成一只龙虾给我们吃。

阿光很快把擀面杖买了回来，晚餐得以准备妥当。吃饭时，表哥总叫阿光多吃点，似乎由衷地感激阿光刚说的那番话——但毋宁说，他是在避免跟其他人说话，特别是那个把脸埋在碗里、向上抬起一双白眼的儿子。晚餐后，阿光要走了。我送他下楼，叫他有多远滚多远，别再来打扰这个家。“哈哈，你跟我又有什么区别？”关上车门前，阿光这么说。

出狱这天，姨妈不合时宜地提起变形一事，嫂子和侄子又过分冷淡，表哥只好到我的房间来睡。此情此景，仿佛回到了我们那个神话般的童年阶段。我也跟阿光讲过这些事。

四年级，母亲将我交给姨妈照顾。我们表兄弟从此住在一起，睡同一张床，上同一所小学，吃同样的食物。我们同样热爱阅读，限于当时的条件，读的都是儿童读物，不过类型有所不同。表哥沉迷幼稚的童话和漫画。而我经常收集当时流行的

《冒险小虎队》，用侦探视角审视表哥的生活，早在那时我就做了个预测：表哥长大后，会因为过于沉迷幻想，导致现实生活失败。小学时期的表哥还不像后来那样懦弱，他立马反击说，未来并不像侦探小说那样是有迹可循的。分歧持续了很久，直到一个童话绘本的出现，我们才和好了。后来，我得知那是卡夫卡《变形记》的童话绘本。绘本开头跟原文基本一致，描绘的是格里高尔醒来后变成一只甲虫，引起家人的惊慌和不解，但结尾大相径庭：这只名为格里高尔的甲虫，在家人的鼓励下，获得自由，飞向蓝天，过上了幸福的生活。

我和表哥的和解，不是出于对这本书的共同喜爱。当时我打赌说，要是他也能变成一只甲虫，我就低头认输。表哥整夜地读，学习武功秘籍似的，一遍又一遍，烦躁不安，在房间里踱步，直冒冷汗，发起高烧。高烧在第二天清晨退去，到晚上睡觉时，表哥的身体开始忽冷忽热。我贴着墙角睡，尽量离他远一点。他叫我别把这事儿告诉姨妈。可是我认为，我有义务告知她，寄人篱下的我要发挥在这个家的作用，不能做一条白吃白喝的蛀虫。每当我要去打小报告，表哥就以契约精神要挟我，称我们还在打赌，不能破坏赌局的公平。

我本该立即停止这个幼稚的赌局，而不是等到后来某日，当我醒来时发现，他果然变成了一只甲虫，有着光滑冰冷的外壳，和六条长着绒毛的细腿。我吓得闭上眼睛，等待噩梦结束。当我再次睁开眼，表哥已经变回一个人，但性情也变了。那些冷热交替、呓语连连、神经紧张的日子，像个熔炉似的，把表哥的灵魂、身体以及某些只存在于幻想中的物质，统统融为一体，进行了一场复杂的精神化学反应，而产物则是一个忧郁敏感，行动迟缓，同时获得了某种能力——或说是被激发出了天赋的表哥。在我眼前，他再次演示了从人变为甲虫的过程，那个在《变形记》原文和童话绘本中都没有详述的变形过程。

它跟电影里狼人的变身过程——血肉模糊，衣衫破碎，淌着涎水——不一样，也并未拥有梦幻事物的圣洁表象。他先是匍匐，蜷缩在地；四肢像花朵在黄昏时合拢那样，收起来；随后，六条虫腿又如花朵在清晨绽放那样，生长出来；接着，是上升，在天花板上漂浮；翅膀的振动声，使房间变成一个运转的马达，震个不停。总的来说，它令人极度不适，但又令人感到超越理性的震撼。我不得不认输。这是表哥显现他变形天赋的开端，同时暴露并加强了他个性中懦弱的一面。我确信，他的变形是我们童年幻想的后遗症，是梦中臆想在现实的自由延伸，完全可以在另一个象征性的层面上，接受它，谈论它，以减轻它在我们童年时期引起的惶恐不安。

姨妈为自己生了一个天赋异禀的孩子骄傲不已，整日要他在亲戚面前变形，博得满堂喝彩。有时家里的客人多了，他甚至要变成一张凳子，供别人坐，然后大家忘了这事儿似的，发现主角不见了，四处寻找他。变成凳子的表哥，根本不知那些人在找什么，明明自己就在他们眼前。我讨厌姨妈的做法。表哥的天赋是被我激发出来的，我更有权利去使用它。我最常干的事，是要表哥变成班上那个我喜欢她，她却对我不屑一顾的女生，借他的口对我示爱，享受幻想之爱。

姨妈的骄傲没持续多久，因为她终于发现，表哥变了一个人。虽说，表哥仍像个扯线木偶似的，服从姨妈的摆布，却沉默寡言，行为古怪。有时他失踪一整天，当我们急得快要报警时，才发现墙角的那只蟑螂就是他。他说，桌底下的世界，比他想象的要复杂：那里到处是食物碎屑，够他吃一辈子；那里蛛网遍布，陷阱重重；那里还有很多墙洞，四通八达……他沉迷于观察身体转化为另一种物质形态时那种完全陌异的感觉。他说，鱼并非没有活着的感觉，水从四面八方压迫着它，就是它活着的全部感觉。“子非鱼，安知鱼之乐”这句话对他从来就不适用。他又说，蚂蚁不是聋子，身体其实遍布听觉器官，树叶落地的声音都能引起全身震动。

在学习变形的初级阶段，表哥只能变形为单一整体的事物，比如花鸟鱼虫。后来，经过练习，他可以变形为有固定形态的非生命事物，举个最形象的例子：他能变成一颗沙子——但不能变成一堆沙子。“如果变成一堆流动的沙子，我还能聚集起来吗?”他对此缺乏信心，也缺乏控制力，若失败了，身体很可能会因此解体。解体的恐惧，自始至终制约着他的变形能力。

姨妈带表哥去看医生，又不敢道出他会变形的事实，生怕他会被送进精神病院，隔靴搔痒地问医生该如何治疗臆想症。表哥安慰姨妈说，这没什么大碍，他只是找到了新的生活乐趣，那是艺术的一种门类。但姨妈还是认定表哥出了精神问题。那段时间，我成了姨妈唯一的依靠，唯一的交流对象。她跟我母亲一样，都是婚姻的失败者。正因为两姐妹同病相怜，姨妈才愿意照顾我，衷心希望妹妹去寻求一条婚姻以外的出路。但正如我们所见，在后来的多年里，我母亲一直周旋于不同的男人之间，不断陷入，又不断被抛弃。姨妈终于心灰意冷，不让我回到那个失败的母亲身边，逐渐把我当成她的另一个亲生儿子。若我是她儿子，那么表哥则是一条通向世间所有大门的万能钥匙，对她而言，不再有强烈的情感交互需求。

导游工作肯定黄了，一时又不知干什么，表哥只能整天待在家。姨妈私下叫我去劝劝表哥，别浪费他的变形天赋，假如能以此谋生，找份工作养活老婆孩子，没什么不好的。“我不去。他都下定决心了，劝他什么？”我故意提高音量，好让在客厅看电视的表哥听见。“他那么沉迷变形，现在全世界都给他这个机会，为什么他还郁郁寡欢？”姨妈埋怨道。

这几年，表哥没碰过女人，晚上到嫂子的房间去，每次却都被赶出来。有时嫂子带着侄子一声不吭地出门，等她下楼后，我走到阳台朝下看，会看到阿光的红色出租车，刚好在街角转弯处消失。她越来越不着家，对表哥的境况毫不关心，他的变形问题已经与她无关，她只想离婚，搬到海滨去。她一天唠叨几次，说想要一座靠海的房子，故意刁难表哥，逼他答应离婚。在侄子眼里呢，他只是一个杀人犯，是一只漂泊在这间房子里投胎无门的幽灵。这反而给了表哥极大的动力，他决定攒钱买一套靠海的房子，把一家老小从这黄沙漫天的县城解救出去。我和表哥未曾亲眼见过大海，只有他甘愿为一种遥远得不现实的生活奋斗。明明变形的艺术才是他的本命，我劝他放弃，不值得为那个女人苦了自己。

“那你说，我该干点什么？”

“这轮不到我回答。”

“这都是因你而起的。你不该叫我打那个赌。”

“好，你要我怎么补偿你？”

“你有考虑过跟她在一起吗？”

“嫂子？怎么会。”

“对，你不需要女人。你需要的是一个娘。”

不久后，表哥离开这个阴沟般的家，出去找工作了。每天回来，他一脸苦相，倒不是因为工作没着落——虽然普通百姓不喜欢他，但很多公司争着请他呢。雇主看中的正是他的变形能力，想借他解决某些疑难杂症。比如有私家侦探所请他去监视男女偷情。他变成苍蝇就能无孔不入，避免长期跟踪露马脚，又能省去安装摄像头的麻烦。那些雇主表面上应允他以人的身份做些力所能及的活儿，不过很快，就要他变成各种奇奇怪怪的东西。这让他非常恼火。他只想做些平凡的工作。

除了得到众多雇主的关注，还有另一群人在深夜时到家里来看他。也是在那时，我才知道，表哥并不是唯一会变形的人。他的同类朋友为他感到惋惜，他们变成鸟，变成马，变成风，变成只存在于神话的奇异生物，总之以各种方式诱惑他，要他回归变形生活，远离世俗纷争。这些朋友不肯罢休，持续干扰他的生活，最终都被扫地出门。他心意已决，决定敞开胸怀，接受生活摧残，他宁愿变成酒鬼，变成失业者，变成一个小偷，无论变成什么，他始终是一个人。朋友不再来后，表哥仍觉得他们没离开。有时坐在门前，一阵风刮来，他就在想，这是某个朋友变的吗？他还怀疑自己坐着的藤椅也是朋友变的，因为他从没买过这么一把椅子。万物生成，万物毁灭，久而久之，他不再猜测事物本相了。

这年冬天，表哥最终病倒。高烧和发寒交替出现。大家都以为，他是因为精神萎靡和抵抗力下降才病的，我却在夜里发现了超乎寻常的真相。每天深夜，表哥衣衫单薄，在寒冷的走廊里梦游，在无意识之中进行无穷无尽的变形。原来他并非拒绝变形，只是深陷于不能按自己意愿变形的悲苦。我躲在暗处，默不作声，任由他在各种物质形态间转变。他正是在切换物质形态，恢复肉身时的短暂空隙，才受了风寒。有些人不甘只成为人。有些齿轮一定要运转，才不会生锈。此前，他只能变成有固定形态的事物，经过漫长的压抑后，他的变形天赋在这些死寂、纯净、被寒冷重重包围的深夜里，回归了自由，得到了一次能量跃迁，上升至另一种更高的层次。他终于可以变成一阵风，在走廊前后回旋，或变成一摊水，渗入地板缝隙后重新聚集起来……种种曾令他感到恐惧的具有流动性的事物，此时纷纷与他同在。

他的变形能力仍具有深入开拓的可能。我始终在等，等他哪天能同时变成两种以上的事物，比如变成两只鸟，三匹马，四个人，或者变成一堆沙……

他白天出门工作，我便尾随而去，发现他在杂技团找到一份工作。我买票进去，坐在观众席上，从头到尾都没见到他。我知道，他一定是变成了什么。是那只骑独轮车的猴子，跳舞的黑熊，跳火圈的老虎，还是说，他就是那个火圈？白天过度消耗体力的工作，黑夜近乎自残的狂欢，在这两种严酷的环境中，他病得越来越厉害。除了我，没人知道他在病榻中那道苍白恐怖的欢颜，到底是从何而来的。他还说，自己很快就能送老婆一套靠海的房子。

其间，我接到一个陌生男人的电话，叫我去看看我那个垂死的母亲。我没想到母亲已沦落至此了。那个男人的声音——沉稳，温暖，不同于她以前遇到的男人。他们在一个南方城市生活，曾有过一段短暂而幸福的日子，但长期的焦虑和酗酒摧毁了她的健康。母亲希望我和姨妈能去见见她，想亲口告诉我们她这一生的错误与不幸，对我们又是多么愧疚。同一天，表哥给嫂子留下一封信后离家消失了。在信里，他答应了离婚，还附上了一份签好字的离婚协议书。令人难以置信的是，他说自己在海边买了套房子，要嫂子带侄子收拾行李搬过去生活。那天我和嫂子一起出门。

“要我先陪你过去吗？”分别前，我问她。

“不用。你有空可以过来坐坐。”

我找到那个男人的住址。但他告诉我，就在昨晚，母亲逃走了，她不希望我见到她垂死的脸，打算自己找个地方去死。他不知道我母亲去了哪里，也不会去找她。说这些话时，男人的语气充满柔情，我坚信，他是爱我母亲的。我感谢他曾照顾我母亲，给予她真正的爱。我临走前，那个男人对我说，我作为儿子，有责任去找找母亲，见她最后一面。然而我也坚信，母亲的病没有想象的那么严重，她只是遵循顽劣浪荡的寄生天性，投奔至下一个男人的爱巢中去了。我没有去找母亲，马上转道启程去南方的某处海边找嫂子。

越靠近海，波涛声就越引起我的恐慌。可当我望见蔚蓝的海洋时，内心没有任何波澜，甚至认为那不过是一个积水的大土坑，千万年过后，等它再次干涸时，也将成为一片绝望的戈壁大漠。而那间靠海的房子，离大海实在太近了，随时有被大浪卷走的危险。我在离房子不远的草地上看见了侄子。他在玩泥巴。我走过去。他抬头望我一眼，说要给我看点东西。他玩的不是泥巴，是蚯蚓。他正用小铲子把它们切成段：一分为二，二分为四……“老师说，蚯蚓断成两截还会再生。”他说，“那它们认得彼此吗，还是同一条蚯蚓吗？”“我不是蚯蚓，不知道。你应该问你爸。”“算了，问你也是白问。我妈和叔叔在屋里。”“哪个叔叔？”“开出租那个。”“你喜欢你爸，还是叔叔。”“叔叔。”“为什么？”“他开车稳。”“那我呢？”

他把一截蚯蚓扔到我身上。

嫂子请我到客厅里坐，她去泡点茶。刚进去，一阵不祥的风朝我扑面而来，仿佛是房子呼出了一口气，但屋内并没有开窗。我坐在沙发上，环顾一圈，没见到阿光。这里有个宽阔的落地窗，被海包围，海景一览无遗。由于太近海，每次浪潮翻涌，玻璃窗溅得满是水花泡沫，发出恐怖的“砰砰”声，但为了防止海水涌入，要长期关上。人在这儿住久了，估计会神经衰弱。嫂子问起我妈的情况。“不用担心，她很幸福。”我盯着嫂子说，“看来你也过得不错。”我脸上肯定是露出了鄙夷不满的神情吧！她脸色一沉，说：“这是他欠我的。”“你一点儿都不关心他的去向？”我问。这时，有个人从卧室走出来，一见到我，就张开双臂迎接我，叫我哥。“免了。”我只是一个客人，是来这里做客的，而眼前这个出租车司机，将成为这里的男主人。“行，你们聊，我看孩子去。”嫂子走后，屋里只剩我和阿光两个人。对于阿光，我不想再指责他什么。没看见嫂子现在的气色好多了吗？那可是他的功劳啊。

阿光说，他在卧室找到一个装满沙子的玻璃瓶，瓶身下压着一张纸条，说是给我的。随后，他把沙瓶和纸条拿给我。是表哥的字迹。

我拿着沙瓶走出阳台，刚打开沙瓶，一种味道瞬间涌出来，甚至盖过海的腥味。那不是沙子的味道——而是表哥衣服的味道。我对它再熟悉不过了：忧郁，古怪，混合各种事物的气息，虽然独特，但难以具体形容。我马上盖上盖子，生怕海风带走里面任何一颗沙子，使他再也无法恢复成形。我紧握沙瓶，久久地看着茫茫海潮，心里滋生出一个不道德的残忍念头：他这种人消失，也许对世界会好一点吧。他的天赋是我激发的，也应该由我来亲手结束。我再次拧开瓶盖，慢慢倾斜瓶身，强忍一种杀戮的罪恶感，把沙子倒入海面，望着它们被海浪冲散荡开，沉入黑暗陌生的海底。沙子即将流尽时，瓶中有一张白纸露了出来。我把它倒出，颤巍巍地打开，逐字阅读——

致表弟：

那天，我发现自己看不到天空了。后来我想，可能是因为我成为天空的一部分了吧。我，不适合当丈夫，也不适合当父亲，阿光比我合适多了。我也不适合当儿子，你这个从小有妈生却没妈爱的孤儿比我合适。我也不适合当人类。都让给你们吧。今天的结局，不怪谁。我反而要感谢你们，让我四分五裂。感谢你们，让我的变形艺术走到了顶峰。最后一次变形，我不再变回人，因为这世间，再没我的位置了。但我已经是那山川日月，是这天地万物。不死，不灭。

这封似遗书又似感谢信的留言，暗含高高在上的嘲讽，令我备受羞辱和愤怒。我撕碎了信，连同瓶子一起扔进海里。随后，我浑身颤抖起来，感到前所未有的恐惧，虚弱无力，回到客厅，缓缓坐下……

“是表哥留给你的对吧？”阿光问，抿了一口茶，“最近怎么不见他？我和你嫂子还要感谢他为我们买了这房子。”

“……”

我再次认真地环顾这房子，发现这里的一切其实如此脆弱和易碎。每当汹涌的浪涛拍打落地窗，一种如骨头碎裂的声音，便从墙壁后传出来。随后，我察觉到一束细微的裂缝，从地板一直延伸到天花板。看吧，涌流的水管是他的血管，缠结的电线是他的神经，闪烁的电视是他的眼睛……我发出像是从十八层地狱受刑者的喉咙里来的声音，回答阿光：

“你没看见他吗？他无处不在。而你身在其中。”

阿光霎时苦笑，脸上的肌肉剧烈颤动，切割他的五官，像一块受到猛烈撞击的落地窗玻璃，将要猝然碎掉！我匆匆离开这间海滨房子，不敢再回望它一眼。

回家后，我决心忘掉那趟海滨之旅的种种不安，去过一种真诚独立的生活。我计划了一次徒步旅行，准备穿越戈壁，去看佛塔遗址，去感受极乐净土之妙，洗涤身心。但当一阵挟带沙砾的狂风扫在我脸上时，我突然觉得自己不过是一个被海浪遗弃在黄沙上的螺壳，风一灌进去，马上发出空洞刺耳的尖叫，在这戈壁大漠上，响彻千年。

# 心猿

要向不相信我的人，比如审问我的警察，或者此刻正在阅读的你，论证这段故事的真实性，已非我所能做。“日光之下，并无新事。”——这句话只在那些见过、听过、经历过奇异之事，也行遍空想与苦痛的人身上成立。他们必须率先接受世间的残酷洗礼，以至灵魂上无休止的折磨，才能对发生在马斯布身上的事，表现出足够的冷静，甚至能享受其中的奇妙趣味，以抵消种种不可名状的恐惧。

我从前也许不是这样的人，但在历经马斯布一事后，我就彻底地成了他们中的一个。

马斯布被送进停尸间几天后，他母亲还没伤心多久，那天走进工作室准备收拾他的遗物，发现他竟然回来了，正坐在工作台前，继续他从前的工作——为一名死者制作蜡像。不过，她的第一反应却以为是丈夫为了安抚她的丧子之痛，夜以继日地制作了这尊马斯布的蜡像。于是，她叫丈夫过来，想表示感谢。但马斯布的父亲看见后，一脸惊恐，发誓从未制作过儿子的蜡像。他捂住妻子的眼睛，要她离开房间，还说，那只是人死后的幻影罢了，还不忘打个比方，来加强说服力——庙堂菩萨身上的颜料，风化后也会在地上留下相似的轮廓，更何况是一个在这里生活了二十多年的人！但她偏要看，就算马斯布化成灰，她都认得，而且仔细观察，那才不是什么幻影，明显是一个活人！

马斯布做蜡像的姿态跟从前无异，在雕塑泥上勾勒轮廓时运指如飞，头向前凑得很近，似要跟蜡像融为一体，连女娲抟土造人都没他那么专注。看起来，这只是寻常日子中的一天，死神从未在他身上降临，他只是不知怎么从医院醒来，然后默默回了家，忘了跟父母打个照面。母亲缓缓地走向马斯布，伸出双手搭在他的双肩上，轻轻推了推，接着，她的手不由自主地颤了一下——啊，他的身体很凉，但不是死人的那种凉，而是透露着一丝人类的温暖。母亲相信，马斯布正在慢慢回温，要不了多久，就会跟常人无异，回归世界的怀抱。

在工作期间被打扰，总会令马斯布感到烦躁，最后，他停下手中的活计，转过头来，极其悲伤地说："爸爸，妈妈，我已经很努力了，但还是捏不出弥留之际的人的模样。这宗委托要黄了——你们能替我向客户道歉吗？唉，我脸都丢尽了，还有什么活着的价值呢？"他失去耐心，疯了似的用十指在人头泥稿上抓出一道道划痕，两行浊泪从瞳孔扩张的眼中汩汩流出，像两个黑泉眼在冒活水，沿着遍布紫色瘢痕的脸颊滑落……

母亲明白那些紫色瘢痕是什么，心中大惊，对马斯布是个活人的事，又不那么确定了，觉得生与死的时间线应该出了什么错。但她没有把手缩回来，那是她最爱的儿子，于是她安慰道："那就不要做了，安息吧，儿子。"马斯布摇摇头说："活着如何安息，死去又谈何安宁？要怪就怪我的鲁莽，本来安分守己，好好给动物做蜡像就行了，非要去接那宗委托。有些事啊，一旦碰了，就永远别想摆脱……”马斯布还不知道自己已经死了。后来，我反复猜测，到底是马斯布对死亡的无知，还是对蜡像工作的执念，驱使他能以死人的形式归来呢？答案肯定是抽象的。

此时，他父亲却一拍手掌，突然想到了一个绝妙的点子，雀跃无比，刚才受到的惊吓都忘光了。他搬来一面人高的落地镜，摆在马斯布面前，说：“看！看镜子！你现在是个死人啊，你自己不就是最佳的参考范本吗？！真是踏破铁鞋无觅处，得来全不费功夫！”

马斯布似懂非懂地点点头，站起来要去看看镜中的自己……

母亲听完丈夫这番妄言，不禁倒吸一口气，慌乱之下，拿起一块干结的雕塑泥，朝镜子扔过去，砸碎镜面。她一时不知如何解释，只好尴尬地说：“照什么镜子，别照！你知道，他一直没有照镜子的习惯，别为难他。”马斯布不知道父母今天为何古古怪怪的，但他不关心这些，因为只要想起那尊至今仍未能完成的蜡像，他就愁眉苦脸的，喉咙就像塞了只死耗子，舌头僵直，呼吸困难——这种异样也正是马斯布猝死前的症状——现在马斯布觉得冷，疲惫，他深呼吸一口气，想走出门外，好让阳光驱除皮肤表面那种毛毛的微颤。但外面是个猩红的黄昏，白日临近覆灭。母亲想阻止儿子出去，但父亲反过来阻止母亲，说，若马斯布走在阳光下，不会变成一堆灰烬，若每个人都能看见他的实体，看见他的影子，那么，马斯布就是一个如假包换的活人。父亲想通过这种冒险的方法，证明他面前这个人的真实性。

其实马斯布的奇迹早就被见证了。几个小时前，在他走回家的路上，白天的阳光那么炽烈，把他照得红光满面，街上很多人都看见了他，在短暂的惊愕过后，他们纷纷赞叹神迹降临。奇迹，真是奇迹！有人断定，此前马斯布陷入了某种神秘的假死状态，连医生都瞒过了，要不是及时醒来，说不定早已被送进焚化炉，或者泡在福尔马林液里了，可怜他父母差点就要蒙受无辜的丧子之痛。有部分好事之人还准备到医院门口集结，讨要说法，实则是想知道其中的医学奥秘。马斯布的母亲没想到事情传得这么快，逢人就说："事情过去了，就别追究啦。"她一心要隐瞒马斯布生死未明这个更大的谜团，还把马斯布关在家里，不让他露面。马斯布像只被圈养在家的动物，不知道昨天，不知道明天，也不知道此时此刻到底为何活着。每当他提出要继续完成蜡像，母亲总是劝他休息。只有父亲极力怂恿他去做，去勇敢地走到阳光下，去展示身体上的神迹："去吧，这是你的使命！"

有两件事，让马斯布的父亲感到特别自豪。第一件，无疑是马斯布继承他的工作，成了一位出色的动物蜡像师。第二件，便是马斯布的复活。他父亲这辈子都在借助蜡像形式，复活已灭绝的动物，将它们送进各地博物馆的橱窗，供人参观，让世人见识见识那些早已不在这片大地上生息的神奇动物的面目。除了制作灭绝动物蜡像，他们也接到不少制作各种濒危的、有趣的、奇特的动物蜡像的工作，来代替普遍使用活体动物制作标本的不人道手法。但蜡像终究是蜡像，无论多么栩栩如生，也不过是一件注满填充物的硅胶摆件，只有逼真的外形，并无生理学的内在，在教学和科研领域上是无法跟真正的标本相比的。他没想到，第一个在真正意义上复活的竟是自己儿子，一具名副其实的活体标本，他多年来在这项工作上积下的福分，似乎得到了上天的回报。

由于种种不便，在制作灭绝动物的蜡像之前，马斯布和父亲很多时候只得到委托方提供的一张照片，如果是某种未得到公认的动物，可能只有一张在无意间抓拍留下的模糊照片，作为唯一的参考，非常考验创作者的想象力。有一次，父子俩得到一张据说是渡渡鸟的真实照片，委托方希望他们能够制作出世界上最接近真实渡渡鸟的蜡像，卖给博物馆，好赚一笔钱。从照片可看出，那的确是一只拥有鸟的外形，能够在地上奔跑的动物，可是辨认程度仅止于一个虚化的影子。马斯布和父亲决定分别制作一尊蜡像，完成后再做对比。马斯布的成品像一只鸵鸟，而父亲的成品更接近于火鸡，于是他们又将鸵鸟和火鸡的形象做了结合，做出一尊稀奇古怪的鸟类蜡像。无奈之下，他们只能把这尊成品送到委托方手中，表示无能为力。委托方那时才承认，最早的照相机出现在19世纪，而渡渡鸟早在17世纪灭绝，因此不可能有人拍到渡渡鸟的照片。他这么做纯粹出于好奇心，想知道人类的想象力可以抵达什么程度，照片上的其实只是一只普通的公鸡。不过，他对马斯布父子的最终成品非常有兴趣，希望能以高价买下来，不枉他们大费周章，也算是一桩有回报的交易。但马斯布的父亲决定不卖，他从这种无中生有的虚幻形式中，看到了某种潜在的未来，以及超越常规的乐趣。最终，一尊不存在于现实的动物的蜡像，成了他们的镇店之宝。它代表的是一种可能性，对此马斯布的父亲解释说：“生命演化的可能是无穷无尽的，也许它曾存在于世上，只是后来灭绝了，也可能差一点就进化成功。”

然而，马斯布父子的工作有一个巨大的缺陷。他们只做动物蜡像，从不做人物蜡像，不是因为他们不愿意，而是无法做。马斯布父子对人的五官比例、头骨轮廓和四肢尺寸，缺乏准确的把握，勾勒出来的模样基本是畸形的，丑恶的，跟他们还原动物的精湛技术比起来，失真得简直令旁人难以相信。就如先天性五音不全的人，对于再简单的歌曲，无论怎么努力发音，都无法准确走在调上。更值得琢磨的是，在现存灵长类动物蜡像的制作上，比如猴子、狒狒、猩猩等，马斯布父子的技术从不受影响。然而，当他们尝试按照人类发展的几个阶段——从南方古猿，能人，直立人，到智人——这个进化模式，来逐渐过渡到现代人类蜡像的制作上时，手中勾勒的面目却总是不知不觉地、缓慢地倾向于崩塌和扭曲，始终无法突破界限。马斯布的母亲曾打趣说，父子俩的思维心智没有进化成功，是个失败的作品。吃过几轮败仗后，马斯布父子放弃了制作人物蜡像的尝试。

直到那天，马斯布鬼使神差地接下一宗奇怪的委托，制作一个“弥留之际的人”的蜡像。这是一个演化方向开始分岔的伟大事件，它直接导致了马斯布的死亡，为随后的复活以及更为奇怪的演化铺平了道路。委托人是一个跟自己母亲失散多年的男人，他记忆中对母亲的印象是空白的。当他终于找到母亲时，却是在她的弥留之际。母亲临终前的眼神陌生而温柔，没有着力点，她的注视从未在他身上过久地停留，而是在四周的虚妄中飘荡。多年后相遇，他原本期待母亲能够给予他血缘上的感情冲击，感受来自生者最为炽烈的温暖，而不是双眼蒙着黑面纱，在生死边界扑朔迷离，仿佛叫她一声妈妈，就是跟死亡认祖归宗。虽然男人感到极度困惑，依然为母亲拍下一张照片。外人绝不知道，照片上的女人微张着眼睛，她的死亡就在随后的一秒降临，在拍下照片后，她停止了呼吸。因此，每次凝视照片，男人总觉得自己站在鬼门关处，来自阴间的冷气团和来自阳间的暖气团相遇，形成一道生死的锋面，两股力量在较量，在他身体里形成波诡云谲的天气变化，时而大汗淋漓如降雨，时而寒冷砭骨似冰封。

男人向马斯布描述了这张照片给他带来的复杂情绪，希望马斯布能把他母亲处于弥留之际的模样，通过蜡像表现出来。理由是，他仍试图通过长久的凝视，凝视母亲最后的面容特征，搞清楚那份困惑的实质，那也是他跟孕育自己的母体之间的一个极为独特的重逢时刻。

“准确来说，”男人最后补充道，“我当时看到的不是死亡，而是死去。希望你能把握其中的区别。”

马斯布面临着两个递进式的绝对困境。其一，如前面所言，他根本无法在雕塑泥上勾勒出哪怕是一个儿童简笔画水平的人脸。其二，处于弥留之际的人，是一个正在死去的状态，而不是已经死亡，可是，他连最基础级别的固态人脸都无法表现出来，更何况是要表现某种特定的、具有连续流动性的抽象状态呢？人本身的问题，超出了他在动物世界里引以为豪的想象力。凝视那位垂死女人的照片时，马斯布就意识到该困境的艰险之处，他看到一道界限，自己将永远无法逾越。它的跨度就如从猿进化至人类的时间那么宽阔，不，比后者还要更宽阔，而且，那不是时间可以衡量的。那种困境，是古猿祖先第一次被火灼伤时的惊愕，第一次用木棍戳动同类尸体却发现它只会一点点腐烂时的恐惧，第一次梦见死去的同伴后惊醒的惘然；而那道界限，则是在它们意识到火、生、死与梦境都是现实，却只能用身体去承受，无法超越这种现实的痛苦。马斯布看到了思维的顶点，他明白这一切，却义无反顾地接下这宗委托，全因他体内产生了一种全新的冲动。是的，他感受到了，那股对跨越界限的渴望，那颗贪婪而致命的企图心在搏动。头痛欲裂，极度烦躁，马斯布越来越虚弱，意志带动并快速消耗他的身体，终于在某个夜晚，他猝死在工作台前。倒下时，他的脸恰好压在雕塑泥上，此时我们悲哀地承认，那是他生前唯一制作出来的人脸泥塑。

马斯布的母亲断言，那个男人是上天特地派来夺走马斯布性命的，她亲眼看见马斯布如何一步步被击垮，却对此无能为力。他父亲不以为然，也并不出手制止，只是说：“要创造艺术，就先要成为艺术本身。要解决困境，也要先成为困境本身。做猴子，还是做人，这是个选择题。我已老矣，但马斯布做选择的时候到了。”她不知道丈夫到底在说什么，后来不止一次指责丈夫是杀死儿子的帮凶。

外部风波逐渐平息，马斯布从解剖室消失的消息，没有传到医院高层的耳朵里。但那只是时候未到。不过，有一个人绝对知晓此事，在躲起来几天后，他终于忍无可忍，悄悄找上门来。那个人就是马斯布尸体的解剖医生，亦即我本人。在决定投身动物蜡像制作的事业后，马斯布就签订了遗体捐献协议，死后将自己的遗体捐献给那些好奇的眼睛，还有初生的手术刀。我就是那把手术刀，虽不是初生的，但也是锈钝的。

多年前，我为某位病人做了一次心脏手术，手术很成功，不久后却得到他自杀身亡的噩耗。病人自杀的原因，据说是心脏问题引起的长久精神紊乱。我是一个外科医生，这本不是我的职业范畴，但只要一想到我治好了他的身体，却忽略了问题的真正源头——他的精神在我看不见的地方，正默默崩塌——无论同事怎么安慰我，自责的情绪并没有放过我。因为从某种角度来看，那位病人是死在我的手术刀下的，是我让他意识到，他的身体恢复健康后，精神并没有按预期随之得到拯救，而是依然承受着无绝期的痛苦。我难辞其咎，最后主动请辞，离开了医院。辞职后，我干了很多别的事情转移注意力，摄影，写作，旅行，甚至去乞力马扎罗雪山上，寻找海明威小说开头写到的那只冻死的豹子的尸体……但旧日的噩梦啊，仍未离开我的脑叶，它栖息在那里，除非我死了，才会树倒猢狲散——若能这么理解的话。

那个清晨天还没亮，我辗转反侧。不知怎的，我突然跳下床，销毁了这几年拍摄的照片以及写下的手稿，决定重操旧业，披上尘封的医袍。我的行医执照依然有效。但那几年心力交瘁的生活，已经摧毁了我在外科医生这行业所要求秉持的那份理性和精确，仿佛失了焦，只能接一些不必给出精确治疗方案，或者不强制具备某种特定专业知识，更接近于文学那般性质模糊的医学工作，赚取不多的生活费。

有位非常念旧情的同行朋友，也许是出于同情，聘请我做他的助手，协助他进行尸检解剖的工作。我欣然接受。与其为病入膏肓的活人做手术，现在的我宁愿摆弄一具冰冷的尸体，内心感到非常平静，甚至是无动于衷。复业后，我在尸检岗位上负责的第一位“病人”，正是马斯布的尸体。某日，朋友临时出差几日，要我代为检查马斯布的死因。没想到时隔多年，旧日的噩梦仍阴魂不散，我再一次失职了。如果导致一个活人死去，是我的第一次失职，那么，在解剖马斯布的过程中，我无意间让他以一种令人难以理解的状态复活了，则是我的第二次失职。当时，根据他父母关于他临死前的症状描述，我判断死因出在心脏，于是准备剖开他的胸腔，检查心脏。

然而，我悲哀地发现，持刀的手是如此笨拙，无法干脆利落地在胸腔位置划开一道切口，寻找心脏也费了不少功夫。当解剖室的窗棂射进来一道苍白的阳光，我发现马斯布的尸体已经在我手中彻底受损了，特别是心脏，它从胸腔内剥离，骨碌地掉落一旁。我无法想象，自己现在的技术很可能连一个粗鲁的屠夫都不如。我简单地缝合他的胸腔，颓然坐下，决定接受失败的命运，摘下手套，走到外面准备打电话向朋友承认自己犯下的错。当我平复心情正要拨通电话时，解剖室传来一阵器械跌落声，以及猫的叫声……肯定是从窗棂跑进来的野猫，叼走了马斯布的心脏；也肯定是那道苍白的阳光，唤醒了马斯布仅有的意志幻象；是的，肯定是的……要不然，怎么解释当我回到解剖室时，解剖台上空无一物呢？我甚至抛弃医生的科学理性，说服自己相信猫一旦靠近尸体，就会引起尸变这类民间传说的可能性。第一次失职，我的生活出现了一个黑洞。第二次失职，这个黑洞蔓延至我整个思维宇宙。我躲在家里，不敢外出，直到听闻马斯布竟然苏醒，并且已归家的消息。在反复怀疑多时之后，我才决定上门一探究竟。

马斯布的父母见我登门，欣喜得像看到了救星，同时面露难色，不知如何解释那件事。我说，事情的经过我已经清楚了。他母亲说，她不是没想过给我打电话，只是考虑到签订过遗体捐献协议，害怕马斯布被抓回去，被迫变回一个死人。我请求先去见见马斯布。在房门前，他父亲神色忧虑地告诉我，马斯布刚回来时确实跟活人无异，但随着时间流逝，他变得越来越呆滞，越来越缺乏人气，现在的他只会坐着不动，发出吱吱哦哦的声音。随后，他打开门请我走进去。马斯布坐在床上，一尊木讷的蜡像似的，双臂已经显露出绿色的腐败血管网，散发出微弱的臭味——我的第一个怀疑是，马斯布的父母忆子成狂，潜入解剖室，盗走了儿子的尸体。但我听到马斯布的喉咙确实发出某些声音，而且他的双眼虽然空洞，但也更像在没有焦点地望着某处虚空，我的内心才稍稍做出让步——认为目前的马斯布不能说是真正地死了，但至少正在死去。

马斯布的父亲拿出相机，为儿子拍了一张照片："好了，委托终于完成！医生，你还不知道吧，马斯布为了完成那项委托，把自己变成了一道完美的成品。这种献身精神只有我们艺术家才有。那么，接下来，你有什么高见呢？”

这回轮到我感到难堪了。爱伦·坡在《瓦尔德马先生病例之真相》中，写了一位医生利用催眠术，延缓一个弥留之际的人真正的死亡时间，奇迹般长达七个月，最后通过一声命令使他得以解脱，变为一摊腐液的古怪故事。我在马斯布身上看到相似的情况，也意味着，我接下来的每个操作，都极有可能决定马斯布到底是维持如今的状态，还是在下一个瞬间彻底归于极乐。但我的首要困难是，如何对他的心脏不见一事做出合理的解释。

“两位……我必须承认一件事……”我鼓起勇气说，“马斯布的心脏不见了。”

跟马斯布的复活相比，一个器官消失这种事根本不值一提，他的父母没有因此生气。父亲走到马斯布跟前，突然转身握住我的手，发现什么惊人秘密似的说道：“是的！就是心脏！问题都出在心脏！”

“当然啊，这不是废话吗？”母亲说。

“不，我的意思是，”父亲继续用力握着我的手，“正所谓形具神生，只有身体完整了，灵魂才会随之产生。没有灵魂的人，跟一头猪有什么不同？我问你，蜡像跟标本的最大区别是什么？对，一个空无一物，一个五脏俱全。”

“那……”

“医生，你能给我儿子搞一个心脏来吗？”

“这……”

我当然不能为马斯布找来一个人类心脏，那不过是他父亲异想天开的论调。如果四肢无损，五脏俱全，就能达到形具神生，暗示所有标本其实仍活着，那现代生命科学未免太容易被挑战成功了。但为了缓解内心的愧疚，我假装答应他，然后出门走到菜市场，买来一个猪心。猪心跟人心非常相似，未来还有望进行异种器官移植，现在这颗猪心至少能在外观上骗过马斯布的父亲，直到他最终接受马斯布无法逃脱死亡这一人类最大的宿命为止。

我在马斯布父母的监督下，解开他胸腔的缝合线，将猪心硬塞进他心脏的原本位置，然后缝合——所有人都能看出此举的荒谬和愚蠢，我在行医生涯里犯下了又一个将使自己颜面尽失的错误，痛苦得几乎要夺门而出。难道我要摆出一副精神科医生的姿态，向眼前这对凝神等待的父母深入分析马斯布不可能活下去的事实吗？如果这样有效，我就能从上一次事故带来的煎熬中解脱了。

然而，奇迹再次降临在马斯布身上——在我们苦苦等待近一个时辰后，他的四肢出现了明显的活动迹象，开始是一阵没有规律的抽搐，接着平复下来，最后出现带有目的性的动作：抚摸，抓挠，在地上爬行，打滚，四处嗅探，活像一只低等动物。奇迹，真是奇迹！我战栗不已。此刻支撑理智保持完整的唯一力量，反而是辞职那几年，我从写作阅读中获取的那种形而上学的纯粹情感，爱和真挚，被拓宽的抽象思维，几乎与科学背道而驰。我开始为人的血肉之躯竟然能诞生如此抽象的精神体验而感到全新的喜悦，这是我在手术台上无论救活多少个病人都难以得到的快感。

但情况太狼狈了，显然马斯布的父母也注意到了儿子行为的怪异之处。我不得不再次承认，我找来的不是一颗人心，而只是一颗猪心。马斯布的母亲顿时大发雷霆，骂我不仅侮辱了她儿子，更是对我自己职业操守的极大损害：“你怎么可以拿一颗猪心来骗我们？！”只有马斯布的父亲一而再再而三地从各种迹象中看到更长远的未来，马斯布能恢复活力无疑鼓舞了他的信心，不管那是一头猪，还是一只鸟——如果给马斯布植入一只鸟的心脏，说不定他就能长出翅膀，在天空翱翔。他还向我们阐述，人类不过是演化历史上的一个失败作品，相比之下，猴子比我们更加适应自然环境，我们的身体是最大的弱点，我们能引以为豪的只有文明和智慧，如果能超越思维界限，那时人类再来自称是这个世界生死灵肉的主宰，也为时不晚。最后我还受到了威胁。马斯布的父亲声称，如果我不尽快为马斯布换上一颗人类的心脏，他就到医院告发我，告发的理由各种各样，比如说，医学伦理问题，任意一条都能让我名誉扫地，永不翻身。在此之前，只能让马斯布以猪的形式活着啦，他把家里的东西都拱翻了。

朋友出差结束回来，在听完我的描述后，觉得整件事太不可思议，以为我在为失误找借口。但当他想起我曾为一名病人的死而引咎辞职的往事时，摸摸下巴，说：“唔，你并不是那种会逃避责任的人呢……我再问你一次，你敢保证这件事千真万确，不掺一丝虚构成分？”“我拿自己的人格担保。”我回答。事情的转机，也发生在此。朋友原本是受动物园之托，解剖一头因为地盘殴斗而负伤死去的猩猩，如今猩猩的尸体正有待处理。如果我所言非虚，他倒可以帮我这个忙，把猩猩的心脏交给我。

我问他，是否需要亲眼确认事情的真实性，再决定是否帮我。他拒绝了，表示不希望自己的职业理性，被某些超出他理解范畴的东西所左右，他之所以帮我，是基于对我品行的信任，而不是这件事包含多少真实成分。为了表示谢意，和秉着负责任的态度，我说我会把事情的最终结果汇报给他，他可以当聆听一个都市秘闻，聊作消遣。但朋友依然拒绝了。我似乎开始理解马斯布父亲的话，为何人类还不是世界的主宰。

猩猩心脏，是我尽最大的努力能为马斯布找到的代替品，至少他的行为会更接近人类。万幸，马斯布的父母也表示接受。“养一只宠物猴，总比养一头猪要体面吧。”他母亲说。我发现，麻醉剂对马斯布根本不起效，严格来说，是对他的大脑不起效。因为现在主宰他身体的，不是大脑，也不是残余的神经反射，而是某种弥漫在他身体每个部分的存在意识，这种所谓的存在意识是非物质的，非电波的，另外，最初唤醒他的，也不过是一道从解剖室窗枢射进来的晕眩白光啊。唯一的手术时机，是趁马斯布睡着的时候。他果然睡得跟一头猪一样深沉……

换上猩猩心脏后，马斯布醒来了，他眼睛里的光芒明显发生了变化。他像一个婴儿，不，应该说是一个灵长类幼崽那样，好奇地望着四周，对着他母亲发出嘤嘤的声音，还攀缘在高高的床脚上。他仍在最大程度上保留着动物姿态，用四肢爬行，偶尔蹲坐着，抓耳挠腮。慢慢地，在几个小时后，他开始表现出学习的冲动，模仿我们直立行走，使用汤勺和筷子进食。语言系统是发育得最为缓慢的，他只会发出尖锐的鸣叫，不过，人类婴儿至少在一岁左右才能够叫爸爸妈妈，所以我们必须耐心地等待和观察，不能妄图在一天之内，见证曾经横跨几千万年的人类进化史的发生。

但我们并没有等来令人喜悦的变化。马斯布不仅变得凶悍，狂躁，而且体表开始长出黑色粗硬的毛发，脸部骨架和五官气质，逐渐朝着一头真正的猩猩转变，我甚至不能称之为物种退化，他比民间出现的毛人更加接近古猿祖先。更糟糕的是，在我们一筹莫展之际，一群警察突然闯入，声称我们盗卖尸体，要我们立刻将其交出来。我朋友显然没有真正信任我，是他私下报了警，猩猩心脏不过是一个诱饵，为了找出我的“藏尸地点”。然而，警察进屋后，他们被眼前的景象吓坏了，谁也没想到这里并没有什么尸体，反而有一头活蹦乱跳的猩猩向他们扑过来。大家冲出屋外，将门关紧，把那只野兽锁在里头。“报警的人怎么连人跟猩猩都分不清啊？”一个警察喘着气问，还看着我，似乎我能给出什么解释。我只是摇摇头，说道：“猩猩长得像人，不是很正常的事儿吗？”随后，渔护署人员也赶来了，说居民不得饲养猩猩作为宠物，根本没有检查那头所谓的猩猩，到底是不是猩猩，就把它抓走了。一番鸡飞狗跳的闹腾后，所有人都忘了盗卖尸体的事，整间凌乱不堪的屋里，只剩下我和马斯布的父母还处在恍惚之中，一时无法缓释。这一切好像只是来了一阵狂风扫荡，当风停后，世界只留下一地鸡毛……

一个晴日，我陪马斯布的父母去动物园参观。

在猩猩园里，有一群大同小异的猩猩。在其中，我认出了马斯布，不是因为那头猩猩的模样有多像他，我仅仅是认出了他胸腔上那道尚未愈合、在浓密的毛发之下若隐若现的解剖切痕。“你看，那头猩猩很像马斯布。”我指着那些跑来跑去的猩猩说。“猩猩当然很像人，”他父亲说，“这不就说明人是从古猿进化来的，而不是从石头里蹦出来的吗？”“我倒是想养一只宠物猴呢。”他母亲的模样有点可怜。显然，他们已经忘了马斯布。我记起心猿这个词，它是古猿的别称，又指代孙悟空这个虚构角色。望着笼子里的动物，我有点呆住了。马斯布的父母催促我赶紧跟上，移步下一个园区，因为那里引进了一头濒危的白犀牛，他们打算拍些照片做参考。就在我转身离开的那个瞬间，我的眼角余光似乎看见在那群猩猩中，有一头朝我挥了挥手……

# 臆马

一大早起来，我就在擦拭花瓶，擦得锃亮。即使亮得像镜子，我依然看不到自己的模样。马可也醒了。醒来第一句话，他就说，想得到老虎身上的外套。我看着马可在沙发上惺忪的样子，打赌他肯定忘了自己刚在睡觉，于是说：“你在做梦，老虎身上的外套，不就是虎皮吗？买卖虎皮是违法的。”

“波罗，你不记得了吗？那只老虎穿了件外套，褐绿色的棉袄。”马可说。

是昨日的马戏团。那里有头老虎因为怕冷穿了件棉袄，但马戏团已经离开。于是我告诉他，往者不可谏。马可张着嘴，恍然大悟，但还是说：“我们还有弥补的机会。今天是周末，旧货市场开了。”

“哎，这次你又想淘什么宝贝呢？”我很无奈，看看手里的花瓶，它也是我上次陪马可逛旧货市场时无意买回来的。旧货市场的店主嘴巴很厉害，最会忽悠人去花那些不必要的钱，买些不必要的杂货。唯独马可钟爱旧货市场，他生下来就是为了光顾那些店主，好让他们赚钱。

马可从沙发上滑下来，打开窗户，看着雾气蒙蒙的远方。那是旧货市场的方向。我看着他被迷雾削去形体的背影，等着他回答。略加思考，马可回头答道："在旧货市场里，有一匹一层楼高的铜马，是拍摄《特洛伊》时制作的简易模型，不过是铜质的，被倒卖到了中国。嗯，我要得到它。"在他的眼神里，我又看到了偏执狂般的渴望，太阳尚未升起，他那双瞳里的光泽就足以替代太阳。

老虎身上的外套，《特洛伊》电影的铜马……

马可总是想得到那些二手物品，生活不分主次，喜欢收集各种各样的杂物，比如纪念品，旧家具，破花盆，或者一根被丢弃的铅笔。要是他所淘到的，恰好是自己那堆被妻子清理掉的杂物，那么就可以帮助他重拾丢失的记忆。要不是我适时制止，这个家早就成了流浪汉居所，垃圾堆填区，历史陈列馆……

马可并没有科利尔兄弟综合征，也就是俗称的收藏癖。至于更深层次的原因，用列维-布留尔的"存在即是互渗"的概念来分析，他觉得自己不仅仅由这个身体构成，所有构成他记忆和生活历史的物品，主要是指他房间里的那些书、盆栽、烟灰缸，甚至床单被褥，都是他的一部分。他把自己的人格或者肉体分配给那些物质，意味着妻子丢掉他的物品，就是把他从家里抹除。不过，这是列维-布留尔当初研究原始思维时使用的简单概念。马可他可是个现代人，总不会跟原始人一样，认为用长矛插入动物的脚印，就能刺伤动物的脚吧？巫毒娃娃这种东西也体现了同样的思维，施害者要相信巫毒娃娃跟受害者是等同的事物，才能在巫毒娃娃身上扎针，实现远距离的精准打击。

马可的妻子不知道出于什么原因，有一天趁他出门上班，把他房间里的东西全部扔掉卖掉。显然他妻子跟使用巫毒娃娃的人一样，知道只要对那些物品下毒手，就能施加迫害。果然，马可回家后看见空荡荡的房间，突然不知道自己是谁，也认不出眼前的妻子，像个陌生人似的说走错了家门……我觉得马可在撒谎，他要是真的什么都忘了，我也不会从他嘴里听到那么多细节。他只不过是为了维护作为男人的尊严，不愿意承认被扫地出门而已。我也不好意思问他们夫妻俩存在什么矛盾，搞到要冷战分居。可是照目前的状况看，马可好像是来真的……他非常执着地想要找回被妻子处理掉的东西，否则那种被肢解的感觉将永远无法消除。他在旧货市场淘的货，并不限于他丢失的那几类，而是慢慢地转变为只要是别人用过的东西，他都特别感兴趣。他说在二手物品里，残留有人的气味。

我不带恶意地讥讽他："你是一个二手的人。"

马可有点生气："在镜子里看不到自己样子的人，连二手都不是！"

我一时语塞，不再辩驳。这是事实，我是无相之人，有段时间很害怕照镜子。

我的故事跟马可的有相似之处，但过程更为缓慢，像是冲蚀平原的产生一样耗费了漫长的时间，一点一点地塑形，继而形成新的生命地理，最终遗忘最初的模样。

多年前我父母亲结婚时，嫁妆里有一面巨大的古铜镜，是我外祖父传下来的藏品。外祖父特别珍视这件藏品，当母亲出嫁时，要她把这份嫁妆带进新组织的家庭里去。家里后来还遭了几次盗窃，贼人都是奔着古铜镜来的。我父亲是学校里的历史老师，第一眼看到古铜镜就知道那不过是一件仿古的赝品，仿的是唐代海兽葡萄纹铜镜，即使在这方面毫无研究，一般人只要看看那面铜镜的尺寸，足足有半个人高，很难不对它的真实性存疑。父亲至今没有戳破这个事实，因为从拥有铜镜的第一天开始，母亲就欢天喜地地将铜镜摆在卧室的窗边，当窗理云鬓，对镜贴花黄，完全没有理会这面铜镜跟其他铜镜一样，镜面磨得并不清晰，只能依稀辨认出脸的轮廓，在太阳底下才勉强能提高可见度。

母亲不是个漂亮的女人，都说模糊的事物才具美感，对于她这种并非天生丽质的女人来说，也许模糊的视觉才能带来美的想象。特别是在怀上我之后，她对铜镜的依赖更上了一个高度。因为在孕期，她的皮肤变得干燥，开始发炎，她见鬼似的避开所有清晰的现代镀层镜子，甚至是清晨洗脸时水盆中水的倒影。在我出生后，母亲让我远离镜子。当我长大些后，她把镜子描述成一种危险的事物。

在十八岁前，我没有使用过镀层镜子。唯一使用过的就是那面仿古铜镜，在模糊暗黄的镜面世界中，我是一个阴暗的人影。十八岁毕业典礼，我第一次拍了合照，在相片里数十个人中，我没有认出自己。那面仿古铜镜随着时间推移，年深月久，锈蚀得越发严重，铜绿逐渐覆盖意识的平原，最初我还能在镜面中辨认自己的轮廓，后来看到的是一层厚如苔藓的铜绿。某天，我走进母亲的卧室，发现她拥有了一面新的镀层镜子，她端详镜中衰老残损的自己，却笑靥如花。我知道她最终接受了自己，然而当我第一次站在那面镀层镜子前时，我看到的是一个满脸长着铜绿色疙瘩的男人，吓得我跑出了房门。我的生物学得很好，要是进行戈登·盖洛普镜子测试，我肯定无法通过测试，无法认出镜中的自己，会被判定为没有自我意识，连一只猿猴都比不过。

此前马可说，他突然忘了自己是谁，那么我从来就不知道自己是谁，我目前拥有比他更多的物品，唯独不想拥有的就是脸上厚厚的铜绿。马可说，我脸上的不是铜绿，只是长满了青春痘，是年轻气盛的标志。马可的劝慰是无效的，而且我也并不觉得悲哀，反而一种空洞的、轻松的、有待被填满的愉悦感，在我身体里积聚着。我等待自己被重塑的那天来临。母亲说，我终于长大了。父亲说，我需要一种历史感。我带着他们殷切的期望，从家里搬了出去。

搬出去几天后，我打电话回家，接电话的是父亲。我马上问他：

“爸，为什么我需要历史感?”

“人是唯一具有历史感的生物。”他宣讲教科书似的，给了我一个回答。

我和马可是邻居，住得很近，从小是朋友，发现两人的名字可以合成那位著名的历史人物：马可·波罗。在我们两栋房子之间，有座观赏用的喷水池，水池中央有块会随水流滚动的大圆石。大圆石就是“马可·波罗”这个名字中间的那一点。我原本并不叫波罗，而是罗波。有些闲人经常拿我名字开玩笑，说我是“萝卜”。为了跟马可组成“马可·波罗”，我把自己名字改为波罗。到了后来我才再次意识到，自己逃不开变成植物的命运，因为波罗跟菠萝两者读音没差别。但我没有继续纠结下去，学会了当一棵植物。植物并不在意自己的长势，所有为了美观的绿植修剪，为了果实更甜美的养分控制，都不过是人为干预。

由于两家太近，当时对方家里发生什么事，只要竖起耳朵听，就能听出个大概。但发生在彼此身上的事情——也就是我们离开家的原因——听起来都非比寻常，我们对彼此的遭遇也感到讶异，很快就开始计划在外面找个房子共同生活。一开始，马可是抗拒的："要是所有像我们这样的人，都自发住在一起，那个地方就成了集中营，很容易被一锅端！"我努力打消马可这种制造假想敌的恐怖念头。虽然目前这个阶段并不需要互相劝慰，但我还是耐心地跟马可分析了起来："这种遭遇实在太平常，是社会的缩影，没什么值得互相劝慰的。状态只是暂时的，我相信，我们最终会各归其位，你会找齐丢失的物品，我会除掉脸上的铜绿。唔，这么说，我们好像在做着相反的事呢。"最终，我们在一个单身公寓小区里租了套房子，住下来。

今天是周末，天气晴朗，马可·波罗什么也做不了，但可以去逛逛旧货市场，把那匹铜马买回来。我们坐地铁到终点站，再换乘公交，耗费将近两个小时的时间，才抵达位于郊外的周末旧货市场。

旧货市场有上万个摊位，一个连一个，组成一片棚户区似的庞大综合体，只有在重新开发的荒凉郊外，才有足够的土地面积建造这样的综合体。来逛旧货市场的要么是怀旧的人，要么是猎奇的人，唯独没有为了淘便宜货蜂拥而来的人，因为这里并不出售泛滥的工艺品和廉价的仿冒品，这里只有无数稀奇古怪的东西，而且市场营业方规定所有摊位不能出售同样的商品。也就是说，我们在旧货市场里看见的每一件商品，都是唯一的，而且价格有时候高得出奇。我上次买的花瓶，就足足花掉了我一个月辛苦赚来的薪水。

马可有一笔非常可观的积蓄，自从搬出来住后，他把积蓄主要花在旧货市场里，他说存钱是一个骗局，只有挥霍钱财和不断买进二手货，才能摆脱他形同被肢解的焦虑。对这种思维，我敬而远之，之所以跟他前来，不过是因为父亲说过，我需要一种历史感。旧货市场在售的商品完全能满足我的需求，幸运的话，还能看到倒卖的恐龙化石还有古代青铜器，但绝不会出现像母亲那面仿古铜镜那样的赝品。这里的店主虽然嘴巴油滑得很，可手中的商品却绝对不掺假，只要出得起满意的价格，就能拥有一件独属于你的宝物。旧货市场的经营理念跟我不谋而合，因为我那张被铜绿覆盖的脸也绝对独属于我一人，慢慢地，我爱上了这个奇妙的地方。

我们规划了几条路线，路线将旧货市场划分为几个部分，按着路线有顺序地游览，就能走遍旧货市场。马可在疾行，生怕铜马被人早一步买走。我跟在他身后，被熙熙攘攘的人流挤迫着，步履维艰。来的次数越多，我就越发觉得旧货市场跟人体有某种相似之处，那些曲折的、交叉的、或大或小的过道，不就是血管系统吗？我们这些揣着钱，游走在过道上的游客就是运送氧气的血红细胞。那些摊位，是人体组织器官。摊位上的商品，无疑可以比作组织细胞。旧货市场的商品像人体细胞一样，有它特定的更新周期，在周末期间更新速度会加快，一天能卖掉三分之一。

走在旧货市场的每一步，我都在过度消耗自己的视觉、听觉、分辨能力以及金钱。但马可天生为这种消耗而生，作为交换，他因此能得到组成身体和记忆的二手商品。只有我在进行一种没有回流补充的消耗运动，因为我缺乏具有引导性的目标，只是随意走动，享受这里散发出来的所谓的历史感，像植物徜徉在光线下，进行自养型的光合作用。然而，我终究不是一棵绿色植物，只是一片无机的铜绿，在不断发生被动的锈蚀。每次来旧货市场，马可总会从第一个摊位开始他的寻宝之旅，但今天他目光灼灼，被牵引着似的，坚定地朝某个方向行走。那匹特洛伊的铜马有什么神奇之处呢？既然马可说，铜马有一层楼那么高，那么马头肯定会高出旧货市场的顶棚。但我刚从人行天桥走过时，并没有发现铜马的头从顶棚上露出来，也许那匹铜马是倒着放的。

马可·波罗——看，马可总是在波罗前面，这也难怪，走着走着，马可很快就在我前面的人流中消失了。即使失散，我敢肯定马可不会因为我走丢而停下他继续朝铜马所在摊位前行的脚步，毕竟马首是瞻嘛，跟在后面的人永远是我。马可的生活让我嫉妒，他有钱，工作收入比我高，还有广泛的社会人际关系。我提出和他合租，也是因为我知道马可会主动提出承担房租。哦，他还有一个合法的妻子，虽然不是贤妻，还把他扫地出门，让他患上某种精神创伤。我唯一拥有过的优越感，就是知道马可的物质生活被摧毁了，还被赶出家门，精神继而受到了莫大的折磨，我得以在他的生活里承担一个给予安慰的重要角色——不，还有另一样东西是我能够以此自居的：我拥有更丰富的人文学识。尽管这些人文学识无法像马可的经济学学识那样，为我带来可观且来源持续的收入，但这偏偏是我能在这段时间为他进行生活指导分析的根本所在。我们拥有对方缺失的东西，这就是为什么我那么执着地要跟他生活在一起，组成“马可·波罗”，一种共生关系。假如去做个街访，单独问市民们是否知道“马可”或者“波罗”是谁，他们会给出否定的答案。要是问他们是否知道“马可·波罗”，我想，他们中大多数受过教育的人，都会想起那位撰写了《马可·波罗游记》的历史人物。

临近中午，天气越来越热，我在原地等待马可，但他并没有回来找我。我的额头冒起了汗，于是走进旧货市场的深处，开始自己的寻宝之旅。旧货市场里并没有比外面凉快，像烤炉似的，但我感觉自己的脸冷得像块铁。我用双手摸索自己的脸，眼耳口鼻以及脸骨的形状，都不能轮廓鲜明地被手指的神经末梢感知，冰冷的，铁的质感，全是铜绿疙瘩。如果我的脸真的如同我在镜子前看到的，全是铜绿，那为什么父亲会叫我去寻找历史感呢？那些出土的青铜器文物，不都是覆盖厚厚的铜绿吗？我也是一件铜器，是历史的代言者！……不，父亲没有错，是母亲把我的历史剥夺了：我的童年没有见过自己，我远离一切能映出自己的，并以镜子为代表的事物。我跟马可说过：往者不可谏。这句话放在我身上同样适用。但是，来者犹可追！

我正是抱着这种追寻未来的信念，在这个充满历史物品的市场里，开始一场寻宝之旅。

“老板，你好。请问你这里最古老的东西是什么？”来到每个摊档前，我都这么开口问话。

“你才是最古老的东西。”突然有个声音冒出来，但我找不到源头，没有继续理会。

这些店主是一群热爱攀比的家伙，他们明白这里只有最古老的商品，才能最大程度地吸引顾客的眼球，历史是具有金钱价值的。他们纷纷拿出镇店之宝：猛犸象的毛发，山顶洞人的头盖骨，法老帝王的裹布，外星人的指甲……当然，它们全都价值不菲，甚至有一位老朽的店主说他自己就是店里最古老的商品，已经活了几千载，如果我对他有兴趣，可以将他买下来。他们在我面前列出来的藏品确实没有重复，而且各自代表着某种生命阶段和人类世界发展的进程。我仔细地抚摸所有镇店之宝，表面覆盖着一层细微如绒毛的灰尘，十指全部沾上古老商品的印记。

“买下猛犸象的毛发，夜里会有冰河入梦来吗？”

“山顶洞人的头盖骨，怕会招惹原始的幽灵吧？”

“法老帝王的裹布代表的难道是永生？”

“外星人的指甲能否挖开宇宙虫洞呢？”

“买你回家，你能完整重述中华上下五千年吗？”

我故作姿态，装作是个有钱人，趾高气扬地不断发问，也试图搞清楚这些价值不菲的东西是否具有足够的历史感。对于我的连续发问，周围的几位店主都回答不上来，他们只保证这么一种商品是确确实实存在的，至于背后的意义，他们不负责解读。另外，要是让店主知道我口袋里其实没几个钱，他们是不会如此卑躬屈膝地向我兜售的，但为了怂恿我买，他们现在还要让我逐一试用，有点贿赂的感觉。人被捧得越高，被伺候得越周到，就越不敢说任何忤逆的话，我又想起了一句古训：水能载舟，亦能覆舟。我注意到近段时间，古诗词、谚语还有古人面孔常常浮现在我的脑海，遇到某些适用的情况，它们就会被不自觉地引用，作为现实的批注。

“先生，请你试戴一下。”售卖外星人指甲的店主说，“不是谁都能体验当一个外星人的滋味。”

外星人的指甲，是个黑乎乎的片状物，做成了带指套的用具，可以固定在指甲上。店主帮我戴上外星人的指甲后，其他店主紧接着依次将一块蓬松的猛犸象毛发贴在我的手背上，用法老帝王那段长长的、似乎沾着干尸皮肤组织的缎带，在我手臂上捆了一圈，最后还把山顶洞人的头骨盖在我头上。

旧货市场内部越来越热，气温在不断攀升，我身体被覆盖的部分，特别是被所谓最古老的商品覆盖的皮肤，开始局部出汗，痒痒的，带着刺痛，那底下似乎有什么虫子在爬行，企图刺破我的皮肤进入血管。他们期待我给出一个正面的回答，在这几种商品中分出个高下，可我依然没有被任何能称作历史感的情绪充盈。我仿佛被控制了，站在原地无法动弹，只要稍微一动，山顶洞人的头盖骨就会摔碎，小小的指甲就会掉进下水道如同坠入宇宙深空般无法寻回，而手臂上的裹布和毛发会被汗水浸烂，那时候我就百口莫辩，只能自掏腰包。我把目光转向那位自称活了几千载的老者，他还没做出表示呢，不妨先等他发表一下高见。

“梦境，记忆。”他在我耳边呼了最后一道气，那道气里包含这两个虚无缥缈的词语。然后，他就倒地身亡了。周围的人纷纷跑过来帮忙抢救，我趁机把身上的行头全部卸下来，匆匆逃离了现场。

老者死亡的消息，在旧货市场这具异常活跃的躯体里，沿着神经快速传播开来。所经之处，我都被其他店主以怀疑并带着恶意的目光打量着，明明那是一分钟前发生的事，可是如今已经众人皆知似的。我低着头，行色匆匆，穿行在无法找到出口的旧货市场内部，每个与我摩肩接踵的人都在给我的身体施加一种挤压，不知是错觉，还是真的在受到攻击。对这种轻微的冷暴力，我找不到确切的理由，毕竟老者的死与我无关。有个人从我离开现场后，就尾随而来，脚步比其他人都要急迫，明显是奔着我来的。是警察，还是企图报复的人？我不敢回头看清他的模样。

这种被迫害妄想的公共氛围，在我突然撞上马可时，忽然减弱了。也许其他店主盯着我，纯粹是因为我自己过于心虚，脚步蹒跚，像极了畏罪潜逃的人？马可在我脸上轻轻拍了两下，我才回到现实中来。

“波罗，我找你找了很久。你去哪儿了？”马可问我，“‘马可·波罗’不应该分开。分开了，就是有名无姓，有姓无名。”

我现在没空跟他玩文字游戏，因为尾随而来的人还没有放弃跟踪。我机警地注意四周人群中那些闪烁的眼神。这时，下起暴雨来，顶棚被机枪扫射似的雨点敲得乱响，说话的声音都听不到，摊位跟摊位之间的顶棚连接处，还偏偏漏雨，地面排水沟很快就漫溢了，整个旧货市场成了威尼斯水城。

“赶快走吧。”我拉着马可混入人群。

“现在走不了，下雨。”马可说，他猛地停住脚步。

“那就兜兜圈子，总不能傻站着。”我提出一个愚蠢的建议，既然走不了，就跟敌人周旋，甩掉他。

“我找到那匹铜马了，不如我带你去看看。”马可拉着我朝相反方向走。在被马可拉走的某个瞬间，我相信自己跟尾随而来的那个人进行了一次眼神对视。我知道他要找的人是我，那种眼神绝对不是久别重逢的熟人或者陌生人之间会出现的，而是在传达一个信息：“我要找的就是你！”

本来是我拉着马可，要他跟着我的方向前进。现在形势反转了，我被他牵着走，而且他率先找到此次寻宝之旅的终极目标——《特洛伊》电影的铜马道具，一件可触可感的东西。而我一无所获，即使寻获了，也是无法具体拿出来的“历史感”，恐怕还惹来一次杀身之祸，甚至一场官非。我总是滞后，正如马可·波罗这个名字所展示的：马可在波罗的前面，才构成有源可溯的历史人物；波罗·马可，不可以；单独抽出来的马可，或者波罗，也不可以。终究，需要历史感的人是我，而不是马可。马可只是弄丢了一点点私人物品，暂时迷失了自己。这么说，我总有一天要摆脱马可，若要摆脱他，就不能仅仅从名字层面上进行。本来给“马可·波罗”这个名字捏造一种含义，添加批注，就是件荒唐的事。

“但那匹铜马出了点意外……”马可说，“它还没有成型。”

“什么意思？难道它还没有出生？”我开了个玩笑。

“去了你就明白了。这也是我们进行创造的一个机会。”马可回答。他加快了脚步。我被拽得踉跄起来，试图挣脱他的手，但失败了。

来到旧货市场最深处，这里的环境比前面阴暗得多，在售的商品也古怪得多，很多游走在违法边缘的货物都在这里出售。这里是地下市场般的存在，灯光亮度刻意调低了，铺面还加了很多花边装饰，能在执法人员进行例行检查时，实施障眼法。要是我刚才试用的几件藏品出现在这里，那么它们的可信度会大大提高，毕竟真实的东西从不在光天化日之下公开。看来铜马就在这里，它的价值也是毋庸置疑的。

突然，一个戴着头巾、中东商人模样的人拦在我们面前，跟马可对视一眼后，马上转入一条用帐幕遮盖起来的过道。我还以为过道里会有另一番奇异的风景，但过道里没人，只见一大堆厚厚的铜片摞在一旁。我无言等待着，觉得中东商人的手里应该会有各种来自阿拉伯世界的珍稀宝藏。然而，他却说：“一手交钱，一手交货。”

“铜马呢？”我问，“先验货。”

“这就是铜马。”马可指着地上的铜片说。

“我怎么知道拼起来是匹马呢？万一是头驴……”我不服气。

“旧货市场的买卖守则，是从不弄虚作假。”中东商人说，他没有生气，但严肃的神情让人害怕。

“波罗，没事的，这肯定能拼起来。”马可说。

马可从口袋里掏出一沓厚厚的现金：“这匹马会帮助我回家。”他补充，然后把现金递给中东商人。连数目都没有点，这位神秘的卖家就把钱塞进布袋里。这里的另一个买卖守则，就是只收现金，所有电子支付以及信用卡都行不通。刚才马可说，这匹马可以帮助他回家，到底是回哪个家，是我们合租的公寓，还是他妻子那儿？

“这匹马拼起来后，会很高，特别占地方。”中东商人临走时说，“要把它藏在旧货市场非常困难，我只能拆开存放。麻烦两位把部件全部搬回家后再组装，以免暴露这个地方。”中东商人一转身，就消失在帐幕后面。过道里的气味有点像香料，过于浓郁，有那么一刻，我觉得旧货市场外是黄沙滚滚的埃及大地，头顶上是曝晒金字塔的烈日，而我们是异国他乡的盗墓者。

我们无法带着这堆沉重的铜片原路返回旧货市场入口，也搬不动。但这趟交易非常人性化地配备了后续服务，马可走到过道的尽头，破解机关似的打开一堵看起来密封的隔墙，一辆小型搬运货车就停在外面的马路边上。原来我们离路边这么近，不过那里没什么人活动，是未经开发的荒野，通常人们从我们刚才来的那个入口进到旧货市场。出口的高度不足以允许货车倒车进来，我们只能将铜片一块块地从过道的这头搬到另一头。

即使铜马被拆成了部件，在搬运过程中，也不难分辨哪些部件属于马的哪个部位。另外，从铜片的弧度判断，正如特洛伊的木马那样，这匹铜马也是中空的，但腹部的空间至多只能藏下一个人。铜片与铜片之间本来用铆钉衔接，被拆开后，铆钉松松垮垮地挂在孔上，因此，在搬完铜片后，我们还在地上的沙土里赤手摸索检查了一遍，确保没有遗漏任何一颗铆钉，那种细致活像真正的盗墓者。

马可先上了车。我刚走出过道，准备把隔墙重新封起来时，就看见那个尾随而来的男人突然闯进巷子，冲我跑过来。情急之下，我没来得及封好墙，就跳上车，叫司机赶紧离开。

“慌慌张张的，你干什么呢?”马可问我。

“有人要追杀我。”我说。

“是特洛伊人的亡魂吗?”马可开玩笑道。

“不见得是……”我爬起来，透过货车尾窗望出去。车轮溅起了泥泞。那个男人手里举着什么东西，说不定是一把刀，跑了一段距离，但很快他就被货车远远甩在后头。我有种劫后余生的舒畅感，但我想起过道的入口忘了重新密封，就像我的身体也有个口子没关上，一种裸露的、被入侵的危机，油然而起。

显然，单身公寓里放不下这堆部件，更别说拼起来后足足有一层楼高的铜马。卸货后，马可在部件四周走了一圈，目测这匹铜马没有一层楼那么高，可要把它塞进房子依然是件难事。附近有一条废弃的隧道，于是我们重新把货车司机叫了回来，把部件运到隧道里去。运货完毕后，司机从驾驶室伸出头来，告诫说：“希望你们不是在搞什么杀人越货的行当。”马可拍拍胸口，发誓说我们只是收藏爱好者。但司机这句话让我一下子头脑发热，好像瞬间感染了风寒，再看着幽深的隧道，加重了我头晕目眩的病态感。

只要对动物身体结构足够熟悉，用铆钉将部件逐一衔接，那么完成拼接铜马的工作不是件难事。但废弃隧道非常黑暗，仅能依靠隧道上方高速公路投下的灯光，而且部件的大小和比例关系总是难以分辨，这项本来简单得跟儿童手工活差不多的工作，一直持续到第二天凌晨才结束。我们为何那么执着要在当晚把铜马拼接出来？我们没有需要快马加鞭执行的任务，没有日行千里的计划，而且这只是一匹不会走动的马。但马可发现铜马的马蹄底下安装有轮子，只要拼出来，这匹马就能轻易地被推动。晨光熹微时，我们合力把这匹在黑暗中诞生的铜马，推到隧道外的阳光底下，马大概有两米高，散发着铜金色的光泽，马头昂扬向前，连接处的铆钉闪闪发亮如钻石，遍布马躯的接缝线让它看起来像古代征战时身披护甲的战马。

我不敢说马可完成了他的愿望，会马上停止无休止收集二手物品的冲动，至少他现在神情安宁，把手放在马背上，头贴在马躯上，似乎在感受它的生命："听，它在呼吸。"我猜他听到的是中空的马腹里的气流声。还有一点要加以说明，拼接完毕的铜马不是完全封闭的，腹部底下有一道可以推拉的活动门，还有一个锁扣，只要打开锁扣，推开活动门，人就能藏在里头，跟特洛伊木马有同样的作用。

"我归家的日子指日可待。"马可给我一个眼神的暗示。

"难道你是想……"我一下子明白他买这匹铜马的意义所在，"木马计？"

"嗯，前提是我妻子能接受这份礼物的惊喜。"马可说。他指的是把自己藏在铜马里，像特洛伊木马攻城战那样，将铜马连同藏在里头的自己，一并送给他妻子。那个女人会觉得这样的举动是浪漫的，是惊喜的吗？我看并不然，他们之间的矛盾也根本不能靠这种噱头来化解。

“好吧，请进。”我拉开铜马腹部的活动门，示意马可钻进去。

但马可把活动门关上了，用手掌在铜马身上拍打，发出厚实的金属“哐哐”声，说：“我的问题不急着解决。这匹马尚且是钢铁之躯，人又怎么能甘愿当一棵植物？”他突然改变了话题。

“这话何解？”

“无论萝卜，还是菠萝，”马可说，“都是植物。”

“对。”

“但你终究是个人类。”

“对，我是。”

“不，你身体有一部分是柔弱的植物，你一直以来都没有正视这个问题，因为你连镜子都不敢照。为了报答你帮我买到这匹漂亮的铜马，我要带你去医院。我的存款足够你完成这个手术，给你全新的人生。”

“我才不需要你的施舍，也不必你来插手我的人生。”说着，我就向前走，准备离开，“我之所以看不见自己的样子，是因为我母亲。我的生活里没有镜子。父亲说，我需要一点点历史感来弥补这个缺陷。”

“这就是症结所在，生理造就你的心理，讳疾忌医。”马可打断我的解释，“走吧，不必为我省钱。”

马可居高临下对我进行分析的姿态，让我感到非常不愉快，那话也听着很刺耳，让我意识到自己处境的窘迫。这事儿本来不是我在做吗？我才是那个为他进行生活分析的好朋友，而他要做的，是从那笔巨额存款里拿出微不足道的一部分，来维持我们的物质生活罢了。马可没有理会我此刻的受辱心情，独自把铜马推入隧道深处藏起来，然后坚持把我带到了医院。

值班护士为我办理挂号，把单子推到我面前，让我填写资料。她坐在分诊台，翻起眼睛打量我，眼珠子在抹有眼影的眼眶里上下转动，保持医务人员一贯的冷静克制。但我能从她的眼里看到一丝好奇，她在对我脸上的某种东西进行考量。在此之前，似乎没有人这么观察过我，包括我的父母，或许是我从没有意识到这一点。在这个护士眼中，我第一次感受到带着目的性的观察。我填完单子后，她也不问我详细情况，指着某条通道，要我带着单子到那儿去，找一位姓皮的主诊医生。

我按她的指示走过去，看见科室的名称是皮肤科。

“这位姓皮的医生，肯定是个专业的皮肤科医生。”马可说，他指着医生诊室，要我进去。

“是呢，人的名字总是有意义的。”我回答。

见我犹疑不决，马可直接拉着我走进诊室，要我在医生面前坐下。这位姓皮的男医生，皮肤光滑可鉴，似乎连毛孔都被磨平了，对着我露出微笑时，脸上没有任何一条小小的皱纹。我僵直坐在那儿，一声不吭，凝视医生的皮肤，固执地要在上面找出一个瑕疵。但他的皮肤如此无瑕，令我莫名羞愧。马可从我手里抽出单子，递给医生。医生用刚才护士的那种眼神观察我的脸，说道：“十年树木，百年树人。你的树木，跟你同龄。”

医生的这句话，有点一语双关的味道。当时突然在旧货市场里冒出来的那句话，此刻在我耳边回响：你才是最古老的东西。确实，植物比人类要古老得多。我身体里肯定也有一棵在人类出现之前，至少在我存在之前，就已经在生长的植物。

“我的眼睛有问题，”我跟医生解释，“我看到自己满脸铜绿。跟镜子有关。”

“镜子是无辜的。医生，别听他的，他病了。”马可插嘴。

“镜子只是在告诉你真实，信不信由你。”医生用手指在我脸上进行检查，指尖一起一伏，好像游走在凹凸不平的丘陵上。“你母亲跟你一样吗？我是说，你脸上的这些褐绿色的肉瘤。”

“她是个丑女人，当然我从不嫌弃她。”我回答。

“嗯。你又不是青铜器，哪来的铜绿呢，你只是个树人。”医生说，“十年树木，百年树人。”他又重复一遍这句话，还有点沾沾自喜的感觉。

树人，医生说的是树人。医生把头转向马可，解释说，我脸上的这些褐绿色的疣状肉瘤，是人类乳头瘤病毒引起的，虽然几乎覆盖了整个面部，但所幸没有蔓延至身体其他部位，也没有过度增厚，有望手术切除，再通过植皮来修复。

医生跟马可只用了几句简短快速的对话，就轻易地概括了我过去被一种朦胧黏稠、挥之不去的阴影所覆盖的岁月，揪出了根本源头。他们以科学的分析断定我看到自己满脸铜绿，其实是看到了脸上褐绿色的疣状肉瘤，因心生恐惧，将其视为一种来自铜镜表面的铜绿，是身体对现实做出的负反馈，以及不愿意接受自我而带来的自我欺瞒。要是真的如此简单，那就最好了。

由于马可拿出金钱上的承诺，院方很快为我安排了治疗方案，首先切除了我脸上的肉瘤，后来仅通过一次植皮手术，就声称为我恢复了接近原貌的脸。在接受药物控制和手术治疗期间，我浑浑噩噩，感觉自己比任何时候都没有自我意识。他们一步一步地移除我身上本该有的那种如同锈蚀铜绿般的历史感。我像根木头似的任由木雕师改造自己的身体。我并不是有所妥协，只是出于好奇，想看看自己被掩盖多年的模样。

马可每天都来医院看望我，盼望我早日出院，和他一起执行特洛伊木马攻城计划。我每天接受他的关心，消耗他的钱财，我的新人生全部建立在他的施舍和付出之上。也许跟我走在一起，我的模样曾令他在别人面前觉得难堪吧？我并非不懂得感恩，只是恐怕这样下去，“马可·波罗”将永远维持它原有的顺序，马可永远在波罗前面，永远牵制着波罗，马可的二手历史，他走过的路，就是波罗的未来之路。可是，这本来不就是我自己一手打造的组合吗？解铃，还须系铃人。

我出院那天，马可在医院外的长椅上等我，像等待出狱的亲友，而他就是把我送进监狱的人。我被改造一新，但时至今日仍未看过镜中全新的自己，每次医生要我看看自己脸上的治疗效果，都被我拒绝了。理由是，我还没准备好接受一个陌生的模样，尽管那或许是我本来的模样。我已经习惯了在一团褐绿色的浓雾中摸索着生活，清晰可鉴反而令人不适，如同在战火里幸存的士兵，无法在归乡后接受一种恍如隔世的安宁岁月。

我接受治疗的过程长达半年，但回想起去旧货市场的事情，仿佛是在昨日。一次日常的出门购物，怎么会演变成一次漫长的治疗呢？那天清晨，马可曾对我说过一句话：那只老虎穿了件外套，褐绿色的棉袄——我忽然意识到，他所说的老虎就是我，褐绿色的棉袄就是我脸上的肉瘤。

威武残暴的老虎，怎能屈尊穿上褐绿色的棉袄，挡住身上醒目的条纹？

但像我早已预料的那样，事实证明，过去生活的阴影要比想象的埋得更深，蔓延得更广。我离开医院没几步，被跟踪的感觉再次出现，这种感觉是从旧货市场里被我带出来的。在街角，有个人影正朝我奔来，自从上一次他没追上货车后，给了我一个喘息治疗的空窗期，如今卷土重来，想必是为了那个老者的死而来。令我讶异的是，我已经改头换面，那个人仍然认出了我，还追到这里来。复仇自然不必说，但我的死不能为老者带来任何安慰，因为死者是不需要安慰的。在城市里甩掉一个人容易得多，我们很快就回到了家。

这个小小的单身公寓，比以往更干净整洁，我还以为自己在医院待了半年，没有我的劝阻，这个家肯定会被马可的二手货塞得满满当当。

“想不到吧，自从得到那匹铜马，我再也没有购物的欲望了。”马可为自己摆脱了一种思维的恶疾而感到很自豪，“我现在每天都住在铜马里面，把电影《特洛伊》看了一遍又一遍。”

“这……”我无法相信他的狂言妄语。

“我把铜马搬到公寓后方的那座废弃工厂里了，还请附近的一个流浪汉替我看守。”

“你要在那儿住到什么时候?”

“到今天为止。”

“哦?为什么?”

“你回来了嘛。我今晚也会搬回来。”马可走到窗边，好像看着旧货市场的方向，但其实他看的是同一条轴线上的那座废弃工厂，“若不是铜马只住得下一个人，我们两人应该一起住进去。”

“你要是喜欢，你可以继续住下去。我们都应该有各自的生活。”

“可是‘马可·波罗’永远不会分开。别忘了，你的脸是我花钱给你治好的，你别想就这么消失。”马可的语气很冷静，“也别忘了特洛伊木马攻城计划。”

“你跟妻子重归于好后，我们终究会分开，不会一直住在单身公寓里。”

“你知道狐猴的尾巴有什么用吗?”

“保持平衡。”

“没错，你看出来了。你在我身后，我的生活才能保持平衡。”

“我不是你的尾巴……”

“你的脸，是我花钱治好的。”

马可总是提起他花钱为我恢复容颜的事情，以此来要挟我。可是我连自己的脸都没看过一眼，也没有用手指碰过它一下，是谁当初强行要我接受治疗的呢?我从肉瘤的控制中夺回自己的脸，这张脸却又一下子成了另一个人要挟我的筹码……

“那你把我的脸拿走吧。”

“我只要你帮我把铜马送到我妻子那儿。”马可耸耸肩。

他这个满不在乎的耸肩动作，把我激怒了。我所珍视的东西，是他从不或缺的啊，而且自从有了铜马，他的生活踏上了正轨，大可以拿出这种态度来，以彰显他的超然。

晚上我睡得并不安宁，连厕所也不敢去，因为里面挂了一面巨大的镜子。马可说是为了庆祝我出院，在前几天特意买的。我憋尿了，只好到楼下的公共卫生间解决。回来路上，追杀我的人再次从暗中蹦出来。裤子都没来得及整理好，我就匆忙跑上楼。在我要把门关紧的情急之中，一个想法控制了我。

我只虚掩了门，抄起旁边那柄马可从旧货市场买来的，听说是古代盗墓贼使用的洛阳铲，在那个追杀者推门探进头来时，重重敲了过去。洛阳铲敲在那人的脑袋上，铲头发出嗡嗡的颤动声，把睡梦中的马可惊醒了。他跑出卧室，看到此情此景，在昏暗的客厅里僵直了身体。我仍举着洛阳铲，从铲头传来的震颤把手指都震到发麻。倒在地上的是一个男人，头颅底下洇开一片暗红的鲜血，在那片鲜血准备朝门外的楼梯倒流出去时，马可抄起沙发垫子，把血流挡在屋内。他把那个估计已经死掉的男人拽进家里来，关上了门。

“马可……这人……半年来一直在追杀我……”我解释，“我换了张脸，他都对我穷追不舍！”

“波罗，看你干了什么？你病了！”马可努力压低声音斥责我。

“我这不是……那个老头的死与我无关。”我把半年前在旧货市场的遭遇告诉马可。

“肯定有什么误会。”马可蹲下来检查男人的情况，“你看，这是什么啊？”

男人手中拿着一张卷起来的纸，还有一张便签似的东西，用橡皮筋捆在一起。马可抽出那张便签，默读完毕，用比刚才更为坚定的眼神怒视我，把便签塞进我手中。便签写有留言，字迹老旧而潦草，看完内容后，我猜这是那位暴毙的老者——不，他当时还没有死透，是他在临死前匆忙写给我的。便签中写道：

“最古老的肖像。梦境。记忆。我一直在等你出现，现在把它送给你。”

“这人是替那老头来给你送东西的！”马可说，“你怎么可以那么冲动，把他打死？！”

“不可能……我记得他当场暴毙，怎么可能写字留言？他还说自己活了几千年，谁信呢？况且这男人一直跟踪我，这幅肖像和这张便签，不过是他追杀报复我的事情暴露后，拿来做借口打掩护的啊！你想想，谁会半夜跑到别人家里送东西？”

“总之，你杀了人……”

我们争执不下。这时楼道里响起一丝声音，我们马上噤若寒蝉。正当我要去看那幅肖像画是何物时，马可却拽着我，催促我处理现场。

“他死了，必须处理掉……波罗，要不然你的麻烦大了。”

“哦，铜马！铜马在哪儿？”

“在对面工厂——你要干什么？！”

马可很快意识到我的计划，就像我当初意识到他购买铜马的目的一样，两者都如此荒谬。但这是目前唯一可行的办法。明天物业管理人员还会上门，征询附近那个垃圾焚烧场掩埋工作的意见。现在天也将亮，我们没有多少时间。马可拉开棉被的链子，把男人尸体装进去，棉花刚好能吸收那些还未流尽的血，以防搬运的时候滴下来。我们抬着这团古怪沉重的东西，一路走下楼梯，穿过单身公寓楼下清冷的小道。保安亭里的保安睡着了，我们悄无声息地走出小区门口，朝着工厂方向走去。

我感觉手热乎乎的，看来棉被已无法再吸收从尸体头颅涌出来的无尽鲜血了。我们走过的道路会不会出现四个沾血的凌乱脚印，从上面可以判断有两个人曾抬着重物，一具尸体，艰难跋涉，冒险抛尸？这具尸体，已经代替我们家之间那座水池中的大圆石，成为“马可·波罗”中间那一点。因为这件事，我们更加无法分开，两条鲜活的生命被一桩死亡事件永远绑在一起……

我这么忧心忡忡地想着，终于熬到工厂出现在不远处。其实，我们只走了一段短短的距离，死亡，尸体以及鲜血，无限拉长了感受的界限。那匹铜马放在空置的厂房中央，远远看着，甚至会以为那是一匹真马，但在我看来，那更接近一匹幽灵战马，等待骑士亡魂的回归。这个死掉的男人将成为它的新主人，这两者都是旧货市场的产物。

我和马可全程没有语言交流，极其默契地完成了拉开铜马腹部的活动门，将尸体塞进去，关上活动门，检查四周是否残留血迹等一系列工作。这种默契更加让他相信，我们是一体的，无法分割，因为他接下来这么说道：“波罗，我又替你除掉了一个麻烦。我们在同一条船上。”听起来更像杀人的是他，而我不过是他拉来垫背的，于是在这桩命案上谁也脱不了干系。但尸体不能这么搁着。这匹铜马也不能将尸体消化成能量，形成废物，变成马粪排出来，以毁尸灭迹。

“明天，垃圾焚烧场会进行掩埋。”我说。

“现在它还在烧吗？”马可走到厂房窗前，四处看看。

“是的。”

在离厂房约两公里的河边，有一个临时垃圾焚烧场。由于燃烧废气持续扰民，今晚它的火种最后一次升起，明天中午就会有市政府安排的挖掘机过来进行沙土掩埋。在遥远的天际之下，垃圾焚烧场升起橘红色和蓝绿色混合的火焰，我瞬间误以为那是极光，烟雾笼罩在凶杀的平原，迷惑心智。

晨曦似要破壁而出，我们推着这尊背部位置就高达两米，无比沉重的铜马，艰难离开工厂，朝熊熊烈火那边前进。马可·波罗当年真的来过中国大地吗？奥德修斯和他的航船如何穿越海妖的海域？郑和七次航行虚耗了多少生命？历史上所有前进的艰辛、谜团和死亡，抵达的渴望，这种种历史感，在我们推动铜马时，全部变成手掌在铜器身上摩擦时生出的热量，烧红了铜马，炙烤十指和掌心，如同承受炮烙之刑。

正在焚烧的垃圾堆，足足有一层楼那么高，横跨几十米，窜起的火焰形似喷发的火山。我们二人和铜马站在高高的火墙前，被映红了脸。马可打开铜马腹部的活动门，死去的男人坠落地面的声音被火焰声盖过了。我们一前一后抓住尸体，将他扔进了火里，垃圾堆被砸中的位置黯淡了几秒，很快又重新燃起不熄的毒火。

凌晨，将铜马推回工厂，清洗所有血迹，再用漂白液除掉公寓门前的血味；第二天，物业管理人员要我们在垃圾焚烧场掩埋同意单上签名；中午，几辆挖掘机开始掩埋焚烧场。经过几个小时的焚烧，死亡都烧成了灰烬。我和马可站在阳台，看着挖掘机如火如荼地进行掩埋工作。

“那位东方旅行者，再次安全抵达中国。”马可打了个比喻。我没有回应。

我们没有马上执行特洛伊木马攻城计划，因为误杀事件制造出来的冰冷气氛，那几天还困扰着我们的情绪和梦境。我们还互相恫吓，说死者的阴魂还藏在铜马的身体里，搞到最后两人都对闹鬼的事信以为真，睡不着，只好睡在一起。我和马可的梦境有相似之处，可谓同床又同梦。

我梦见自己成了古代的帝王，至于是哪个朝代的哪个帝王，便不好分清了，也许帝王常常忘记自己的身份吧。接下来的情节是，我麾下有一名大将，他跟我的妃子私通，被我处以极刑。我跟马可说起这个梦境，里面的情节感觉非常熟悉，仿佛是被掩埋的记忆，如果哪天垃圾焚烧场被挖开来，那具尘封的焦尸就会重现人世，记忆大概也是这个道理。马可睁大眼睛，迫不及待地要说什么，却被自己的唾液呛到了。他说梦见自己是一名元朝骑兵，没有光荣战死沙场，而是被打入大牢，最后被处死了。

“啊，你就是被处以极刑的大将？”我问，“我就是梦中的忽必烈大汗？”

“不见得。我在铜马里住了很久，梦见骑兵很正常。”马可否定我的猜想，“至于你成了梦中的大帝……暗示的是，你渴望成为领袖呢。”

“嗯，我只是希望未来可以独当一面。”

“你现在就可以。你的脸比以前英俊多了。”

“闭嘴吧。”

“我们做这种梦，好像是从那个男人死了之后开始的。”

“我的手还在发麻。他的头骨很硬，敲下去，手止不住地发麻……”我在黑暗中举起双手，还原当时的动作，“但却像打通了经络似的，很爽朗……”

“你也闭嘴吧，听得我头皮发麻。”

当焦灼的情绪回落，也不再噩梦缠身时，我和马可分开房间睡觉。新闻、报纸和社交平台上，都没有流传关于失踪人口或者无名尸的案件信息。马可每天敦促我，要鼓起勇气去看看镜中的自己，还信誓旦旦地说，我现在是个帅气的男人，只要我去照照镜子，也会惊叹自己的容颜。我告诉他，我一直以来想搞清楚自己是谁，要得到的结果并不是一副完整可辨的五官，而是一种认同感，如我父亲所言的历史感。

“为什么不从认同自己的五官开始？”马可劝道，“前三十年，你没有面相可言。但肉身是个起点。”

“嗯，所言极是。”我回答。

不久后的一个清晨，这个肉身的起点出现了。

我毫无防备地看见了镜中的自己：胡子茂密，植皮手术后留下的皱纹，如涟漪在脸上荡开，不过那更像衰老的皱纹，下巴肥厚，眼神凌厉，看起来残暴阴险，却透露着睿智，还穿着跟我身上不一样的古代服装。我怀疑自己的眼睛再次出了问题。眼前这个陌生的男人，是我此生第一次见到他，好比在街上遇到一个陌生人，第一眼就认出了他就是自己的双胞胎兄弟，那种熟悉感是一道洪流，倒灌进我意识的平原。“这就是我的脸啊……”有几分丑陋，但不会比我手术前更丑，更难以接受。

“马可！快出来！”我朝卫生间喊道，“我做到了！”

“你说什么呢？”马可刷着牙匆忙走出来。

“你什么时候在这里挂了一面镜子？”

“哪有什么镜子？”

我指了指墙上，一面矩形的镜子。马可跑进卫生间把嘴里的牙膏洗干净，再跑出来，把客厅的灯点亮。变魔术似的，那面镜子不见了，水中月，镜中花，幻影消失在烈日下。墙上只有一幅挂画，一位帝王的肖像。

“那是什么？”

“还记得那个男人手里的肖像画吗？”

“最古老的肖像画。梦境，记忆？”

“今早起床时我把它挂起来了。这算是悼念吧？这段日子我总是很内疚。我才找回自己的身体归属感不久，又被内疚感占去了一部分，都是你惹的祸，波罗。”马可走到肖像画前，仔细端详，“诶，你说你看到了什么？一面镜子？你看到的只是这幅肖像。帝王！对了，你梦见了帝王！你知道这画中人是谁吗？”

这幅泛黄残损、边角起毛的肖像画的右上角，有一个毛笔字落款：

“帝辛。”——帝辛，世称商纣王。

马可把我推进卫生间，要我站在镜子前："好好看清楚，这才是你的样子。"

"马可，我看到了，这就是我的样子，跟外面的肖像画一样。不是吗？你看，这浓密的胡子。下巴这么肥，我肯定太少运动了。我今年多少岁？才三十，就满脸皱纹。眼睛看起来有点吓人呢，像老虎的眼睛。说起老虎，我身上这套衣服跟虎纹有点相似……"

"波罗，你又病了！"马可冲出卫生间，拿起打火机，要烧掉帝辛的肖像。

"别妄想。"我伸出腿，把他绊倒了。他撞在门框上，疼得直叫。

"波罗，我花钱为你做手术，你竟然这么对我——"

我抄起铁盆敲了过去。铁盆的震颤，再一次把我的手指震得发麻。

我把肖像画从墙上拿下来，对着窗外升起的太阳端详。温热的太阳从纸背透过来，把帝辛肖像的每一条古老的笔触，都照得发红发烫，被画纸过滤后的阳光铺洒在我脸上，来自公元前的千年。我感觉到，肖像的阴影覆盖在我脸上，线条跟我的脸型完全重叠。历史的圆环运行一周后，已回到原点。旧货市场那位老者，确实活了几千载，也许正是来自商朝的臣民，在见到我的第一眼，他就认出我是帝辛，是他的帝王。他存在的意义就是为了唤醒我，先是梦境，后来是记忆，也就是现世人津津乐道的酒池肉林，炮烙之刑，比干那颗七窍之心，我的妲己……一部分现实，一部分神话，交相辉映。世人对我的争议，就像对马可·波罗是否来过中国的争议一样，历史的根源无从用肉眼认证，只不过是寻章摘句、文物考察、子嗣流传，但结果与经验是唯一的定论：马可·波罗是否来过中国，无关紧要，因为《马可·波罗游记》是那段历史的唯一遗产，是可触摸、可阅读的遗产，即使那是想象的遗产。因为想象就是真实的另一面。

我给父亲打了个电话："爸，我不再需要历史感了。我就是历史本身。我经历的每一分，每一秒，都是我的历史。我还有一段漫长的空白，尚未从记忆里被唤醒，还没有被填满。作为代替，你给我读读你上课用的那些历史资料吧。"

"你先听我说。有一件事，我查清楚了。"父亲回答。

"我是帝辛。你是说这件事吗？"

"你外祖父的那件仿古铜镜，那件可笑的赝品，原来是从旧货市场淘来的。"

"不，旧货市场里的东西，都是真的。"我立刻把电话挂了。

马可躺在卫生间的门边，一动不动，血洇开了一片，就像那个死去的男人。他还有呼吸，一旦呼吸停止，他的历史便会停止延伸。我像处理那个死去的男人那样，处理了马可。

第二天，夜晚降临后，我给马可的妻子打了电话，说马可有一份礼物要送给她。马可的妻子似乎等这个破镜重圆的电话很久了，马上答应前来。我跟她约定在附近的废弃工厂里见面。见到我后，她露出满脸难以置信的惊喜，说我宛若新生。我很高兴她看出了我的变化。我昂首挺胸，充满自信地走在她前面，引领她走去放置铜马的厂房。铜马依旧在夜色中沉默着，马首朝着鼎盛国都的无垠未来，发出嘶鸣。看见庞大肃穆的铜马，马可的妻子发出了她今晚的第二次惊叹声。

“看，这就是马可送给你这个影迷的礼物，是电影《特洛伊》的道具。”

“肯定很贵！”她绕着铜马走了一圈，轻轻地拍打马躯，发出厚重的哐哐声。但她似乎不怎么喜欢这件东西，“可惜，这不过是一堆废铁。”

“就是啊，一点都不懂浪漫。”

“马可他人呢？他怎么不亲自出来送给我？”

“不急，他会出现的。我们坐下来吧。”

我和马可的妻子在铜马底下坐着。天气有点转凉，她缩着脖子。我用汽油点燃了面前的柴火，橘红色的温暖火焰映红了我们的脸。她的脸在火焰的映照下，如此妩媚，娇若九重天仙子。

“你跟某个人很像。”“谁？”“妲己。”“哈哈，狐狸精？”“那是世人抹黑。”“哦，你这是夸我漂亮？”“正是。”“你这话说得不得体，我可是你的朋友妻。”“记得商纣王和妲己发明了一种炮烙之刑吗？”“当然。残忍得很。”“不，那是商纣王和妲己两人的浪漫爱情。”

此时，柴火烧到最旺盛的阶段，火焰有半个马身之高。我用铁棒把柴火推到铜马的腹部底下。

“你这是干吗？烧坏了，马可会不高兴的。”她虽然有点紧张，但其实不在乎这尊铜马被烧坏。

“与此相似的，西方还有一种铜牛的刑法。”

“这个我也知道。把人放在铜牛里，在下面烧火，人在里面惨叫，发出牛一样的哞哞声——”

“你跟妲己一样聪慧。但你当年选了马可，没选我…… 我真的…… 难以释怀啊。”

“…… 你刚才说，这是电影《特洛伊》的道具？是木马计？！”

这个聪慧的女人马上跳起来，拍打铜马，但她娇嫩的手立即被烫掉一层皮。“炮烙熔骨锻赤练”，铜马被烧得通红，宛若一匹赤兔马，而它英勇无畏的将士，在它的身体里发出沉痛的哞哞声，正从昨日的昏迷中醒过来。

我缓缓走上天台，背手遥望。星空无比廓落，此时的大地，一片萧萧风声，一望无际。

# 红发阿金图

上午。来报案的是一只白鸽。

它沾了一身斑驳的血迹，像朵白中带红的病玫瑰。乌金先生经常带它来派出所，它认得路就不足为奇了。仅有的两个民警都认识这只白色的信鸽。它在窗户上扑棱翅膀，把未干透的血都溅到民警身上，最靠近窗户的民警霍克首当其冲，那张蜡黄的脸上仿佛布满皮肤出血点。霍克琢磨：估计，乌金先生这次真的遭殃了啊。他们刚想出门，一阵夏雨便落了起来，只好又缩回所里。

至于那些“血”……

看起来的确很像血。可是，即使没接触过血案，他们也能判断这些所谓的红点，其实是油漆，毕竟它的稠度和味道都与真血迥异，况且谁活着没流过几滴血呢？他们之所以动身去调查，完全是因为心里纳闷：乌金先生这两天怎么没来喝茶？但霍克还是觉得，乌金先生肯定出了什么事，便坚持要出门。他的同僚嘟嘟囔囔的，说不要太紧张啦。

说实话，这两个旧派出所的民警，身份名存实亡，表面上是民警，还不如叫保安。附近几个片区的治安，都统一归到几公里外的大镇上去了，在这种几乎要降格为一个村庄的小镇，单独设一个派出所实在是浪费资源。没撤走它，留个空壳在，还养了两个没用的民警，只是看在人们对派出所还有依赖的分上。仿佛不在通往镇外的出口处设一个派出所，大家的生命财产就都受到了无形的威胁似的。不过，人们都没把这两个民警放在心上，觉得这两个人都是吃空饷的，即便这样想，却又不舍得让他们下岗。

霍克看透了这帮人的心思，为了证明这个职位不是虚设的，时时刻刻，处处身体力行。白鸽为主人报警这样的怪事儿，正好是个机会，何况，乌金先生还是个“名人”呢。平时，民警们更喜欢到乌金先生家里去喝茶，因为他家里有一张昂贵的乌金石茶桌，每回喝的都是上等的老茶饼。有个外乡来的鉴定专家，说这件玩意儿至少值个几十万。久了，金先生便被大家叫成“乌金先生”，而且模样跟乌金石茶桌一般黑黝黝的，还养了只白鸽，黑白配，全镇都知道这号人。

于是，霍克不顾同僚的劝阻，冒着雨离开了派出所，寻思着能搞出点什么动静来。

出了派出所没几分钟，雨就停了，见那位同僚没跟上来，霍克独自走进这炎热的边陲小镇。在烈日下这么一晒，景物处处令人目眩神迷，像黏稠的油漆似的流动起来，色块突兀地在眼前乍现，红色，黄色，绿色，蓝色，浓墨重彩，冷暖色交替。镇里的医生翻了翻资料，称霍克的眼睛是天生残疾，视锥细胞对色彩解析不稳定，出现感光失衡。霍克不以为然：这明明是一个天赋啊！其他人无法体验霍克眼中的这个间歇性感光失衡的色彩世界。他最近在电视上看了两张鸟羽的颜色对比图：一张是人类肉眼中的鸟，浑身乌黑。另一张，则是鸟眼中的同类，黑色之中竟泛着美丽的紫金色。要不是主持人说出这两张图的区别，霍克还在疑惑：放两张一模一样的图片到底在干什么呢？这种奇妙的感光失衡不常出现，也就没对生活和工作造成太大的影响。

他的敬业有目共睹，本来有个调派到大片区去就职的机会，霍克却推掉了。那个同僚嫉妒得很——明明可以调派，又装模作样地拒绝，在这个没什么谋杀案缘的小镇上，表现得比任何大区的民警都要兢兢业业，搞什么呢？但霍克贪恋的，正是这样荒靡离奇的色彩图谱，希望能心无旁骛地享受其中，毕竟在大片区，所有工作都得一丝不苟，决不允许这类有碍案件判断的身体缺陷存在。

经过一个黑网吧，老板的儿子说新光碟制作好了，问霍克要不要现在买。

“阿金图的吗？”他问。

“对啊！母亲三部曲，还有《夜深血红》，是这几个吧？全刻在一张光碟上了。这几个资源可难找啦，老兄，你的口味真是奇怪呀……”老板的儿子埋怨说，还想趁机抬价。

霍克驻足几秒，说现在不得空，先给他留着，说完便加紧脚步朝乌金先生家走去。老板的儿子歪歪头，钻回黑漆漆的电子空间里去了。

晌午。乌金先生的家混在众多斑驳凌乱的小房子中，绝无特别之处。

即使来过很多次的霍克，也很容易就在穿街走巷时忽略了它。败絮其外，金玉其中，才是对乌金先生的最佳形容，也不知道这么贵重的收藏品从何而来的。如果发生什么凶案，这位“幸运”的死者，非乌金先生莫属了。

门虚掩着，霍克习惯性地敲敲门，然后推门进去。他看见一个姿势古怪的人体跪在地上，脖子被砍了深深的一刀，只有一丁点皮肉还连着身体，快要被头颅的重量压断了，头颅耷拉着，还被霍克推门带进来的风吹得轻微晃动，好像磕头用力过度，把脖子给磕断了似的。

原本应在尸身前摆着的那张乌金石茶桌，现在也不见了。

霍克一直等的，就是这样一个机会。但打心底里，他并不是诅咒乌金先生被杀死。如果能发生一件让乌金先生遭受点什么苦头，却不是由于霍克自己的愿望灵验了的案子——菩萨是个心肠很好的人，怎么会让这么荒唐的愿望灵验呢？——那就不该有什么愧疚吧，他便可以心安理得地把握这一份天赐的巧合。说不清，道不明，好像这日头，也有阴晴不定嘛。

没向上通报，也没有告诉同僚，霍克把门关上，开了灯，对乌金先生的死进行第一轮盘查：

第一，要在室内造成如此巨大的切口，从颈动脉喷出的血液绝对能让整个屋子布满难以清洗的血迹。但家具上的灰尘没有被擦拭过，地板上除了从乌金先生脖子切口处淌下来的暗粉色油漆，没有沾染任何血迹，也没有挣扎的痕迹。显然，第一案发现场根本不在乌金先生的住所。

第二，来说说油漆的问题。乌金先生身体里的血，其实已经流光了，因此，在脖子切口上刻意洒下的那摊所谓的“血”，和信鸽身上的血迹一样，不过是经过调制的暗粉色油漆，用来模拟血液。

第三，暗粉色油漆的湿润程度跟信鸽身上的相当。这儿有两个可能：凶手在用油漆模拟血液后，接着往鸽子身上洒油漆，再让它飞去宣告凶案的发生——但这种做法很愚蠢，因为这无疑在表明，凶手是个熟人，知道乌金先生养的信鸽是派出所的常客——可是，不能排除存在挑衅公理的可能。或者，在凶手往切口上洒油漆时，信鸽意外沾到了，并受惊飞离现场，最终让凶案曝光。

第四，乌金石茶桌失窃了。如果凶手仅仅为了得到这件价值不菲的藏品，根本没必要制造一个如此刻意，充满仪式感的现场。

之所以说现场充满仪式感，是因为用暗粉色油漆模拟血液这一点，跟阿金图电影里的谋杀案所使用的道具血液如出一辙。模拟电影或推理作品的手法犯案的，霍克听得多了，但模拟道具血液呈现方式的，还是第一次见！另外，阿金图电影里的死者，很多被玻璃或刀刃切开脖子而死。作为导演阿金图的影迷，霍克现在对乌金先生之死因深深着迷了。离开之前，霍克循例把屋子其他地方都仔细检查了一遍，没发现更多有用的线索。

以上四个疑点合而为一，阿金图的电影成了唯一的突破口。

说来，霍克成为阿金图的影迷，是从发现眼睛有间歇性感光失衡开始的。

这位意大利著名导演在自己的惊悚电影里，对灯光色彩的运用几乎都是浓重的红蓝黄绿，极尽渲染，斑驳陆离，一派鬼魅。假如间歇性感光失衡迟迟不出现，那心痒痒的霍克只能观看阿金图的电影，一遍又一遍地看上一整夜，将视觉体系完全交给神秘的风格化电影画面。

刚才飞进来报案的鸽子，立刻让霍克想起了阿金图的道具血液——油漆般黏稠，暗粉色，极不真实的血液——这种容易让普通观众出戏的假血，偏偏在出现间歇性感光失衡的霍克的眼里，比真实的血液还要鲜红，还要骇人！

有时候，霍克觉得阿金图的眼睛跟他一样，也有同样的间歇性感光失衡问题，在创作世界里，无法跟外界达成普遍一致的感受共识。霍克做梦都想跟阿金图见个面，或者，遇到一起相似的谋杀案。

天气越来越热了，要赶在乌金先生的尸体腐烂前把案件告破。但霍克不打算将案件公之于众，也不想那个懒散的同僚掺和进来。毕竟作为可能是全镇唯一一个阿金图影迷，他觉得这宗非典型的凶杀案只能由他来进行解码告破。

霍克蹲下来，看着乌金先生那张原本黑黝黝，现在苍白无比的脸，跟他告别："放心吧，乌金先生，我会还你一个公道。"

说完，霍克就退出房子，锁上门。

中午。再次经过黑网吧，老板的儿子没在门口等他，霍克径自掀开油腻的塑料帘子走进去。

黑网吧借一楼的杂货铺作幌子，真正的营业地点是在地下室。派出所捣毁过这个黑网吧几次，几次都死灰复燃，直到派出所要被撤掉，成了现在的“空壳公司”后，黑网吧才得以名正言顺地经营下去。两个民警还要帮它把风呢，毕竟全镇只有这儿能上网。民警们在这儿上网还能打折，三块钱一个人，可以坐上一整夜。那个同僚喜欢在网吧跟网友们玩电子麻将游戏，有时无聊了，他就拉上老板一家三口一块儿玩。霍克从不来凑数，只要一碰电脑，他就只顾搜寻阿金图的电影。他家有台老旧的放映机，看不过瘾，就托老板的儿子把电影刻录进光碟里带回家。

老板娘坐在一堆卖不出去、散发霉味的干货里，一边吃午饭，一边看电视。电视荧幕裂了一块，露出黑洞洞的机箱内部，霍克看见里头冒出一只淌着粉红色血的大眼球。

“你儿子呢？”霍克问。老板娘把头从肥厚的脖子褶皱里伸出来，朝地下室那儿拧了拧。

“最近有没有人从你这儿买油漆？”霍克抬头看着高高的货架上那些落满灰尘的油漆桶，好像千年来都没人动过它们的排列顺序。老板娘看了霍克一眼，继续埋头吃饭。

绕过由软烂纸箱、发黄布料、戴着褪色假发的人体模特和过期食品等各种货物堆积起来的迷宫，才能找到地下室的入口——一个半个人高的铁闸门和一条角度刁钻，通向网吧大厅的楼梯。入口处只有一盏蓝色灯，刚进来的人一时很难看清那些黏腻发黑的水泥阶梯之间的界线，很容易踩空摔倒。

霍克扶着墙，用脚小心翼翼地试探水泥阶梯的位置。这个地下网吧在最后一次被捣毁后，准备改头换面，搞成一个迪斯科舞厅。在安装完镭射灯和部分水晶灯后，老板突然决定重操旧业，把没收的电脑全部赎了回来，因为没有申请营业执照，他担心舞厅太吵了，会引来不必要的麻烦。既然那些灯饰安装完毕了，就没有拆卸的必要。所以，只要一开灯，网吧就浸没在红蓝色交替的妖冶光线里，如膨胀的浪潮浮动着，键盘声此起彼伏，不伦不类。每次进入大厅，霍克就觉得置身于电影中，随时会有只握着利刃的苦瓜皮似的手，从红色天鹅绒窗帘后伸出来，在他的脖子上悄悄抹一刀。

今天人很多，镇上半数的青年都钻进了这个蚁巢似的地下室，消磨漫长的夏日。不通风，烟臭和酒味熏死人。一个个小方格混乱拥挤，一排排电脑机箱的电子灯光如星辰闪烁，霍克艰难地在其中寻找老板儿子的身影。站在镭射灯下面，他双眼发昏，第一次那么强烈地感觉到，这儿的灯光系统太像是从阿金图的电影照搬过来的了。

突然，一阵不安袭击了霍克：正是杀害乌金先生的凶手，亲自设计了这套灯光系统！

这个想法让霍克在闷热的地下室里打了一个冷战。网吧老板一家三口都有嫌疑，而这三口人里嫌疑最大的，莫过于老板的儿子。

镇上的人看什么风格的电影，到光碟铺逛逛，或者在网吧里随意瞄几眼那些白惨惨的电子屏，就知道了，都是些现今流行的电视剧和爱情电影，像阿金图这种国外邪典电影导演的作品，几乎等同于埋藏在时间矿山里永远不会被发现的石头。而只有老板的儿子为了帮霍克找阿金图的电影，看过其中的内容。

没找着人，霍克倒是在收银台上发现了那张刻录好的光碟，用马克笔歪歪斜斜地写上了“阿金图”三个字。他拿起光碟就走。上楼梯前，某个瞬间，一个红发的男人在他的眼角余光里一晃而过。他顿了一下。回到一楼时，霍克向老板娘买了一瓶红色油漆、一瓶白色油漆和一罐天那水。老板娘已经吃过饭，把身体压在软绵绵的布料上打瞌睡。被霍克吵醒后，她半睁着眼，给他结账，嘟囔道：“买这些玩意儿干吗？过期了吧……”

“你儿子呢？”霍克又问。

“我怎么知道，真稀奇。”

然后，老板娘变回一摊胶状物似的肥肉，滑进夏日世界昏昏欲睡的夹缝中去。

下午。派出所敞着大门，霍克的同僚却不见了人影。

乌金先生的信鸽拴在桌腿上，它不耐烦地用喙梳理被油漆黏住了的羽毛。霍克突发奇想，要做一个模拟实验。他解开信鸽爪子上的绳子，翻出个编织袋，把信鸽装进去，带出了派出所。

霍克在麻将馆门口碰见了那个同僚，他今天没去网吧玩游戏，而是在树底下的露天牌桌上打麻将。信鸽在编织袋里聒噪不安，死命扑翅膀。霍克只好把袋口收紧，减少它的活动空间，以免弄出什么引人注意的动静来，接着便侧过头，匆匆走过麻将馆。快进入巷子时，霍克仿佛听到同僚远远地喊了他一声，他低着头装作没听见。

霍克住在一个马蹄形的四层院子里，里面住的基本是镇上土生土长的居民。他的同僚也是本地人，只有他当初是从另一个小镇调来的，很不幸，在不久后就碰到了撤销派出所的变故。

但万幸的是，就像如今所见，派出所名义上还留着，霍克报到之初分到的那个小单间也没有被收回。他的单间位于第三层，马蹄形的转角处，阳光总是照不到那儿。即使没有刺眼的阳光，但为了在客厅看电影时的效果，霍克喜欢把窗帘拉上。

现在还是工作时间，院子因此很空寂，只有一排排普通的白鸽，落满每一层走廊的栏杆。由于闷热的气流被阻隔在外部，这儿四季都显得有些凄清。马蹄形院子的中央空地上，有一个水井，四周被肥皂泡滋养过的地面长了一层青苔。

走进院子时，霍克看见只有一个邻居在那儿，正用泵抽井水上来洗衣服。他一走进来，邻居就盯着他手中那个有什么小生物在里头晃动的编织袋。霍克说，抓了一只鸡。邻居便继续抽水。霍克看见抽水泵的泵口喷出了一道红色的水流，似乎从井里抽出了鲜血来。他忍不住哑叫了一声。

邻居抬起头望他，他讪笑着上了楼。

回到房门口前，霍克朝楼下望，发现那个邻居也正朝上望着他。他把脖子缩回来，疑神疑鬼，觉得走廊上漫着阵阵阴风，杀害乌金先生的凶手正在某处盯着他。

解开编织袋，发现信鸽已经闷死了。闷死它的元凶，不是紧闭的编织袋，是翅膀上的油漆。估计是信鸽在清理油漆时，被半干的油漆堵住了喙上的鼻孔才窒息的。看它那团鼻瘤，染得发红。霍克丧气地把信鸽检查了一遍，也没发现线索，但怎么说，这只信鸽就算不是目击者，某种意义上也是证物。

现在，证物死了。虽然经过这么一番研究，这只信鸽除了通报了一宗谋杀案外，就再也没更重要的作用了，可是要是追究起来，霍克怎么也脱不了干系，他决定把信鸽煮了吃了。

霍克看着买回来的两瓶油漆和一罐天那水。这些东西原本只是为了爱好，也出于研究案情，想亲手调制一种接近阿金图电影里的，和乌金先生脖子切口上的暗红色油漆才买的，可现在他觉得，不得不伪造一件证物，来冒充死掉了的信鸽。

霍克怎么也想不到，自己有天也要干这么一起“毁尸灭迹”，然后又“伪造证物”的案件。

走廊外的白鸽不怕生人，用米粒儿做饵，就可以把它们骗到屋里来。最后总共来了三只白鸽，霍克把门一关，就稳稳当当地将它们困住啦。白鸽受惊，扑棱棱地在屋里飞，弄得一地都是鸽羽。再来，是调制模拟道具血液的暗粉色油漆。

经过几次的失败，最终，霍克把红油漆跟白油漆，以三比一的比例混合，倒入适量天那水稀释，得到了完美的暗粉色油漆。为了比对颜色效果，霍克还特意播放了刚才拿回来的光碟，把调制好的油漆倒在手上，跟电影画面里的血液进行比较，油漆在手指间流淌的某个时刻，他觉得自己的房子跟电影世界融合成了一体。夹杂兴奋的惊悚感攫住了他，似乎下一秒，凶手的大手就要从电视屏幕里伸出来。

霍克抓起一团油漆，朝其中一只白鸽洒过去，瓢泼雨滴似的油漆飞溅而去，在鸽子纯白的身体上制造出了漂亮的飞溅效果。被油漆溅到的白鸽疯了似的满室扑腾，想破窗而出。如果这只鸽子是乌金先生的信鸽，那当时它的确就是这样飞出窗外去报案的呢。站在凶手的角度，模拟凶手的行为，有利于捕捉其犯罪心理。霍克向来认为如此。

房间内一片狼藉，原本要被毁尸灭迹的信鸽，只好留着，晚些再拔毛煮了。

霍克把伪造成证物的白鸽塞到编织袋里，带回派出所。经过楼下院子时，那个邻居已经不在了，临近黄昏时的黑暗从地板弥漫起来，把整个马蹄形的院子化作一团疲劳的雾气。陆续下班归来的居民，隐隐约约地在各个楼梯走廊间窸窣走动。霍克走出去时，栏杆上的白鸽晃着小小的脑袋，也纷纷飞了起来，掠过院子狭窄的上空。霍克眼前忽然蒙上了一层色彩，似乎每只鸽子都染上了斑驳的血迹。

傍晚。霍克把鸽子拴回去再离开派出所时，距发现乌金先生的尸体已过去将近十个小时。

虽然列出了疑点，锁定了嫌疑人，但案情整体还是没有取得有利的进展。

第三次经过黑网吧门口，霍克看见老板的儿子靠在门框上，在暮色中抽着烟。他一边跑过去，一边若无其事地问："今天见过乌金先生吗？"

老板的儿子却呼出一口烟，踩熄烟头，转身掀开帘子，走进杂货铺里。果然很有嫌疑啊，霍克想。

杂货铺里没开灯。只有从地下室楼梯那儿渗过来的蓝色灯光，让这里稍微增加了一点能见度，摇曳不定的光线下，高高的货物似乎在膨胀颤抖，朝他压迫而来。电视机还开着，吱吱喳喳地闪烁着雪花，老板娘却不在了。霍克再次找到地下室的入口，要下去抓捕老板的儿子。当他准备钻下楼梯时，一个红发的外国男人如鬼魅般出现在楼梯的转角。霍克和他四目相对，神情迷离，蓝色光线更是让这种偶遇变得离奇——霍克不会认错，即使他的头发染成稀疏的红，这个额头宽敞，眼眶高凸，眼珠深陷的外国老人，正是导演阿金图本人。

红发的阿金图，仿佛是从意大利穿越地心而来的，从那个庞大的幻觉般的地下室空间，走到地面上，特意协助霍克调查这起谋杀案，一起脱胎于他的电影作品的谋杀案。

“你好，阿金图先生。”霍克说。这位阿金图先生没有开口回应他，只是对他笑了一下。

霍克和阿金图先生一同走出杂货铺，进入这个被夏日烈火炙烤的小镇傍晚。廓落的残光，苦苦维持白日时长，延缓夜色的到来。但凶案气息笼罩的最黑暗时分，早已悄然降临。由于阿金图的大驾光临，小镇夜空在霍克的眼前，铺展开一片极光流动似的巨幅红色油彩，夜色血红。蝙蝠和夜蛾掠过空中，穿透天空帐幕的红色油彩，扫落无穷无尽的黏稠漆雨，将小镇染成狂野而骇人的模样。

模糊的天色为阿金图打掩护，即使走在人流拥挤的街道，也无人知晓来了一个外国人，正如这个镇上无人知晓阿金图作品的美妙一样！

树底下的麻将馆迎来了一天中最热火朝天的营业时间，没有生产力的生命，无所事事，在哗啦啦的麻将碰撞声里虚耗着，随着天色一同迎接苍白的黎明。站在麻将馆前的街道，霍克好像看见同僚和老板一家三口，正围起一桌打麻将。他决定让嫌疑人继续享受他剩下不多的盛夏时光。

在回家路上，霍克跟阿金图先生分析他目前所掌握的线索，以及尚未解开的谜团。阿金图先生只是点头，点头，再点头，似乎心领神会，又似在整理线索，从来不说一句话。霍克表现出一个理智影迷应有的素质，给予阿金图先生最大的尊重，说完该说的，便闭了嘴。

马蹄形院子里的灯坏了，昏黑浸染。

乘凉的邻居们像昼伏夜出的鼠类，在廊底下交头接耳，聊着白天发生的琐事。霍克领着阿金图先生，如入无人之境，大咧咧地，充满骄傲地，穿过低沉的院子，穿过一众平庸的鼠辈，上了楼。在楼梯上，霍克碰见了今天下午洗衣服的那个邻居。“嘿，”霍克说，“你看，大导演阿金图来协助我查案了。”邻居不但没有留步，反而加快脚步走下楼梯。霍克对着阿金图先生讪笑一下，说道：“这群人有眼不识泰山。”

霍克打开门时，三只白鸽差点儿伺机飞走。他平了平床褥，请阿金图先生在床上休息。

在这间典型的小人物住所里，红发的阿金图先生像尊突兀的雕像坐在那儿，他举目四顾，对这里的风格流露出好奇的神色。霍克满心欢喜，大导演来自家做客，亲眼见证了他这个忠实的影迷是如何为他疯狂的：墙上贴满电影海报；随处可见的光碟，尽管是盗版翻录的；电视机轮番播放着他的经典作品《阴风阵阵》；房子里一共有五个霓虹灯泡，除了正常的白炽光灯，其他的分别是红黄蓝绿，五个灯同时打开，这里立即开启无缝对接，进入阿金图鬼魅的电影世界。霍克还发现，阿金图先生那头红发的颜色，跟自制的道具血液很接近。他自豪地将油漆端到他眼前，展示电影风格的精准复原。

阿金图先生只是点头，点头，再点头。

估计阿金图先生尚未吃晚饭吧。霍克开了煤气，烧热水，给信鸽拔毛。这时，响起了一阵敲门声。霍克手里死去多时的信鸽一骨碌掉进了锅里，羽毛的腥臭味四处弥漫，干结的油漆加热后更是刺鼻难闻。阿金图先生茫然地坐在床上，用眼神问霍克该怎么处理。

“谁啊……都这么晚了……”

敲门声继续响起……

霍克示意阿金图先生躺下来，并用被子盖住他，将他推到床的最深处。然后，他把房里的灯关掉，只留下红色霓虹灯，让人眩晕的红光正好模糊了地上红油漆的痕迹。

霍克透过门缝，看见来人竟然是同僚，说道：“这么晚了啊。”

“可不是吗。中午叫你打麻将，听见了吗，怎么不睬人呢?”

霍克最后还是让他进来了。

“房间怎么弄得血红血红的?”

“准备搞摄影呢。暗房，听过吗？暗房，洗照片的。还在搞装修，刷刷墙什么的。”

“唔，好吧。怪不得味道这么大，”

“你找我什么事?”

“乌金先生还好吗?”同僚在床边坐下来。所幸被子里的阿金图先生一动不动，没露马脚。现在每个人都是嫌疑人，绝不能暴露阿金图先生的行踪，霍克暗想。

“没事，好着呢。原来是他的信鸽溜了，在外面工地沾了一身油漆。”

这时，那三只鸽子偏偏咕咕叫了几声。霍克吓坏了，他弄出几声响，转移同僚的注意力，然后走到窗边：“嘘嘘——白天吃够了吧？走开，走开！现在的鸽子越来越野了。”

同僚无聊地抖着腿：“那好，我得走了。明天我再去看看乌金先生吧。有空打麻将吧，去麻将馆。那个网吧简直热死人了。”

“免了。乌金先生出门到隔壁镇去，说那只信鸽不养了，打算买只新的。”

同僚走出门去。听见同僚下楼梯的脚步声消失后，霍克才走到走廊，目送同僚，直至他走出院子。但他似乎忘了把停在院子的摩托车骑走。

霍克回到房间时，阿金图先生已经从被子里钻出来了，坐在床沿，盯着电视，影片刚好播到一个女孩穿过舞蹈学院的大厅时，被掉下来的玻璃割死的场景。霍克在阿金图先生身边坐下来，一起把这部电影剩下的部分看完了。尽管没有说话，但霍克觉得，在虚幻之中无声观影，也等同于在探讨这桩现实谋杀案的种种线索。

午夜。电影播放结束，霍克眨眨干涩的眼睛。阿金图先生却不见了。

房里不见阿金图先生的踪影，来到走廊上，霍克找到了他。阿金图先生正站在院子的井边，看着井里的什么东西。霍克纳闷，只好跟着下楼。月亮高悬在院子的马蹄形上空，与水井处于同一条垂直线。阿金图先生死死盯着水井深处，好像在看浮在水面上的月亮倒影。

但霍克知道玄机不在此，他拿来电筒，照亮井底。

一块在月色中散发紫金色的方形石桌，正静静沉没在冰冷的井底。

井水不深，但这个院子光线本就不足，单凭这一点，习惯用泵抽水的居民很难注意到井底竟然藏着一块乌金石。霍克再次陷入迷惘，凶手很大可能是这个院子里的一人，而不是网吧老板的儿子——除非他知道这儿有个可以藏物的水井，等到恰当的时机，才将乌金石打捞起来，拿去卖掉。霍克很庆幸在凶手回来打捞前就发现了它。

院子阴风四起，在楼上某层的暗角处，会不会正有一双眼睛盯着自己？霍克不禁害怕。

“阿金图先生，我打算将它捞起来。你意下如何？”

阿金图先生只是点头，点头，再点头。

霍克脱了上衣，攀着井轱辘上的麻绳，一直降到水面上。他用脚试试水温，夏夜的井水依然刺骨。他咬着牙，慢慢将身体一点点浸入水体，在如此低温的水中，心脏猛地跳起来，要蹦出来似的。井水的深度刚好能淹没他的头顶，他潜入水下，用麻绳捆住乌金石。不会有错！在这张乌金石茶桌上喝了这么多回茶之后，他不会认错，他的确找到了乌金先生丢失的宝藏。

爬回井边后，霍克和阿金图先生一起摇动井轱辘，将乌金石打捞起来。月色下，这块昂贵的乌金石闪闪发亮。他们合力把乌金石搬回房子里。

在充足的光线下，一道刀痕赫然出现在乌金石茶桌的表面。

霍克摸着刀痕，可以想象得到这一刀下来的力度。难道乌金先生是在乌金石茶桌前被砍掉脖子的？刀刃抹过颈背后，顺便砍中了乌金石茶桌，导致乌金先生的脖子没有完全被砍掉，但这足以让乌金先生丧了命。可这只是猜想，毕竟乌金先生的家不是案发现场，凶手不可能在房子里行凶，还把乌金先生的脑袋按在茶桌上，把茶桌当断头台来用。除非凶手跟乌金先生有过约定，要他带着乌金石茶桌在某个地方交易，凶手趁他蹲下时动了手。霍克想起那个外乡来的鉴定专家，会是他吗？目前唯一能做的，就是比对乌金先生颈背上的刀痕，跟乌金石茶桌上的刀痕，在连续性和深浅度上的相关性。

跟阿金图先生确认了这一点后，他们便动身前往乌金先生家里，做最后一道取证。

再次回到乌金先生的家门口时，经过一天的陈置，霍克站在门口就能闻到尸体的臭味。打开灯，他吓了一跳——乌金先生的头竟掉了下来，滚到了一边，空洞的双眼盯着进来的人。他脖子上的油漆也已干结发硬了。霍克指着尸体上的油漆，跟阿金图先生说：“看，这完全是在模仿你的作品风格呢。”

阿金图先生只是点头，点头，再点头。

霍克戴上胶手套，找到一个菜篮子，将乌金先生的头装进去，盖上一块布，然后离开。

回到院子里。霍克把装着断头的菜篮子交给阿金图先生，自己上楼去，把沉重的乌金石茶桌抬下来。同僚留下的摩托车正好可以派得上用场，霍克把乌金石茶桌捆在车尾，篮子挂在一个车灯前，另一个车灯则挂着他自制的油漆血液。霍克很骄傲，根据阿金图的电影，收集了这么多暗藏的作案线索，他要向侦查大队展示这一作案模式的神秘和迷人之处。阿金图的忠实影迷，可不是浪得虚名的呢。

“阿金图先生，上车来吧。我们要去大片区了，到了那儿，自然会有法医来鉴定。今夜，谢谢你光临这个小镇。”霍克说。

阿金图先生只是点头，点头，再点头。

霍克发动摩托车，刺耳的引擎声响彻整个马蹄形院子，不断回荡。乌金石茶桌实在太沉重了，车轮怎么也开不动几米，引擎声由刺耳声变成艰难的呜咽声。

陆陆续续，整个院子的灯都亮了。邻居从熟睡中惊醒，趴在走廊上，看着奋力驱动摩托车的霍克，在院子中央，一边慌乱地盖上那块被风吹起的布，一边最终晃晃悠悠地开动摩托车，驶离了院子。

那夜，所有邻居都看见了篮子里的东西，那是他们一生从来没有过的奇遇……

翌日。霍克一夜之间成了被通缉的人。正式报警之前，霍克的同僚召集镇上的知情人士到旧派出所集合，提供线索。

门口熙熙攘攘。主要来的人之中，除了霍克的同僚，还有洗衣服的邻居，网吧老板娘以及她的儿子。最后一个近距离接触霍克的，是他的同僚。他正了正神色，回忆起昨天霍克的异常行为。

同僚说：“他是个很敬业的民警，做出杀人的勾当，我是怎么也想不明白的。但我现在怀疑，他之所以拒绝调派的机会，是因为觊觎乌金先生的乌金石茶桌。”同僚指着桌腿上拴着的那只白鸽，“这只白鸽根本不是乌金先生养的，而是霍克伪造的，真的信鸽我在他家里找到了！难怪他要急着去乌金先生家，是因为那只碍事的信鸽。你们也都看见了，他家的油漆跟乌金先生尸体上的油漆，颜色和稠度都很接近。我只是怎么也想不通，他干这些事，是为了啥？”

网吧老板娘挤过人群，来到专案组的桌前，说道：“说起这个，我就想起来了。昨天他来我店里买了红白油漆和天那水，还买了一顶假发，粉红色的。”

洗衣服的邻居一个激灵，抢话道：“对了，对了！我见过他戴那顶假发，把我吓了一跳。还说什么阿金图……什么的……来协助他查案？我看他，贼喊捉贼呢。”

老板的儿子跳出来，把话接了过去：“瞎说什么，阿金图是恐怖电影的导演，人家是外国的，怎么可能来这儿？霍克是他的影迷。模仿作案手法的，我听多了，杀了人，还要模仿里面血液颜色的，我还是第一次见。”在场的人面面相觑，老板的儿子拿起桌上的光碟，继续说，“你们看过这盘光碟，大概就知道是怎么回事啦。看完了，你们才能了解嫌疑人的心理状态嘛！”

他在录像机里放进光碟，按下播放。这群人第一次集体体验了阿金图镜头下的那个风格奇诡的电影世界，完整地将所有看似毫无意义的线索串联了起来，并对霍克就是凶手的事实深信不疑。而霍克的同僚说：“这下明白了呀。信鸽是霍克故意放出来的，信鸽一来报信，他的侦探之路也就开始啦。”

电影散场后，霍克的同僚报了警。

大片区的警察在离镇口不远的小树林里，发现了霍克。乌金石茶桌还捆在车尾，篮子里的头颅像个风干的包菜。霍克呆呆地坐在一棵树下，身边放着一桶油漆，手里拿着油漆桶那片锋利的金属盖，两只眼球各被割了一刀，淌着两行暗粉色的油漆泪。

与此同时，镇口派出所也正式撤除了。因为查案有功，霍克的同僚被调派到大片区去调查这宗案子，旧派出所也就没有继续存在的必要。于是，镇上的人开始传言，是霍克的同僚为了升职，陷害了他。

但这里面并没有真实，尽管萨特曾说："一个世界只因人类的现实而存在。"在审讯室里，当被问及为什么犯下这一切罪行时，还戴着那顶粉红色假发的霍克，是这么回答的：

"不是我！是阿金图，都是阿金图做的！请判处他的电影死刑，把那些光碟统统烧掉！"

# 山海经演

我走路到市中心，买回来两块黑板和一盒粉笔。两块黑板放在店铺门口，父亲挑了红色的粉笔，母亲则挑了一根蓝色的。顾客即将对接下来发生的事作出评判：我父母轮流在黑板上写下他们做过的最不寻常的事，每写完一个，围观的顾客就要投票，投出他们认为最不寻常的一项。第一轮，父亲说他养过金色的乌鸦；母亲说她养过透明的萤火虫；顾客很想见见金色的乌鸦，所以他们投给父亲。第二轮，父亲说他见过双头毒蛇，两个头咬了对方一口，同归于尽；母亲说她见过两个头的人，各用一只手掐死了对方；双头人怎么自相残杀呢，这次他们投给母亲。第三轮，父亲说他刚出生时有一副鱼鳃；母亲说她刚出生时尾巴还没有退化；顾客认为这种事过于滑稽，或者说同等荒谬，于是平局……

几轮下来，父亲的想象力充满更多的浪漫主义和夸张的描述，而且每次都是由他创造出一种奇事，母亲只不过是个出色的模仿者，所以纵观全场，顾客把胜利给予父亲。这些事明显没有发生过，但顾客听得津津有味。母亲败下阵来，她看了我一眼，指着我，然后向围观群众说：“我生了个有三只手的孩子！瞿如！”

顾客把我抓过来，掀开我的衣服，果然在我的背上发现了第三条手臂！由于亲眼见证，形势马上反转，他们把最终的胜利给予母亲。父亲估计恨透母亲了，他不能将生我的功劳抢过去，他人生的功绩荣誉全靠外部事物来堆砌，金钱啦房子啦店铺啦，他引以为豪的一点想象力也被母亲的子宫夺走了。我多余的第三条手臂，第一次成了父母战争的决胜利器。

好了，上面这些事没发生过，都是我在回程路上失神时想象的恐怖事件。而黑板呢，不过是用来写商品价格的，我们店铺要清仓，卖掉过期的海味干货。但有一件事是真的：我背上有第三条手臂。

“你多出一只手，多出一分力嘛。”

准备将过期货物搬到店铺进行夜市清仓时，父亲下意识地说。然后，他顿了一下，笑着看看我，因为我这条多余的手臂啊，没法帮他干活。

我举起双手，在他面前晃了晃，说道：“用这两只手就够啦。”

我刚出生时，第三条手臂是一颗小小的肉瘤，胎记似的东西，黏在我的背部，没人在意。当它最终借着背部的血肉土壤生长起来时，我却决定保留它。不过，它很难算是一条手臂，如果跟正常手臂的长度比较，它滑稽得就像霸王龙胸前的短臂，手指耷拉着，会长指甲，有指纹，有掌纹，但它不像肩膀两侧的正常手臂那样能使用工具，也不受大脑控制，只是静静地寄生在脊椎骨上。

十几年来，我没有平躺着睡过觉，午睡、晚睡、小憩都是侧睡，谁压着一根骨头睡都不会好受的，何况那是一条手臂。但我侧睡的主要原因，是害怕压着它会导致缺血坏死。我特别照料第三条手臂，期待某天它的感觉末梢神经和运动末梢神经能活跃起来。我每天用热水清洗指缝，像替昏迷的植物人按摩肢体那样揉搓它，把筷子放在指间训练它，用针作势扎下去吓唬它……我试过许许多多的办法，皆以失败告终。但我依然不想截除它。母亲用子宫孕育了我，我曾是她身体的一部分，被生下来，被照顾直至成年，这意味着我也有责任保护自己身体的一部分。我能这么自信，当然是因为经过了医学检查，医生说，除了不太美观，第三条手臂没有什么害处。

花了半个多小时，过期海味的名称都一一列在黑板上了，价格基本打了四到五折。那些过期食品对身体无害，也许有一点风险吧，但胜在价格低廉，住在附近的居民对我父亲的信任胜于食品包装袋上的保质期。我们能如此自由地在这里搞促销活动，主要是区域的问题，要是在市中心，这种公开售卖过期食品的行为，可能会被有关部门禁止查封呢。

我们的店铺在一个待拆迁区。拆迁的事儿已经说了十年了，十年前，这个区还是个摇摇欲坠的破地方，似乎只要风暴再加强一级，它就会因无法抵挡自然的力量而坍塌。市政府觉得这里不好看，而且有潜在危险，决定重建新式建筑。只要巡查人员抓到这里商业气息衰落的迹象，就马上借口说拆迁工程要提上日程了。消息一出来，这里的商业活动死灰复燃似的兴旺起来，比如无证摊贩开始占道经营，塞满街道马路，顾客和商铺在巡查员面前进行虚假的交易，待他们离去后，钱货各归各主……这里像一盘永远不会衰落，极具弹性的营生，跟外界进行拉锯战。居民同时自发修缮原本破败的建筑，地上的垃圾也少了，树木比任何时候都要葱茏，让人想起回光返照的落寞景象。

父亲这次搞促销正是为了制造生意兴旺的气氛，也许是一个假象，但顾客的参与热情是真切的。父亲打算搞点新花样，这次要拿来做活动的竟是我的手臂。他要求顾客说出我背后那条手臂会有什么未开发的潜能，或者它目前能发挥什么作用，只要这位慷慨的店铺老板听得满意，那些海味可以以更加便宜的价格出售。我这只手是一块苍白精致的吊坠，或是一把藏在背后没有开刃的匕首，很多时候没有实际用处。父亲不是不知道这一点，难道他也认为这只多余的手某天真的可以活动起来？这群好奇心重的顾客跃跃欲试。哎，噩梦还是来了，这种做法跟我之前想象的那种投票攀比活动有什么区别呢？不，有区别，我正好可以借此机会听听各方意见，没准他们的想象力跟父亲一样旺盛。那些异想天开的假设，起哄的欢呼声，以及挤满门口的队伍，让这个绚丽的夏季夜晚足以媲美古代的热闹集市。

胚胎期过后，我还能继续分化出一条手臂来，如果不是病变，便是奇迹！所谓的天赋，不正拥有跟这相同的特征吗？那我就把它当作一只蹄子吧，一只本应该在出生前就应该退化的蹄子，就像人类在胎儿期退化的尾巴组织一样，只是我把它带到世上来了。它来到世间定有些缘由，我像珍视自己的生命一样珍视第三条手臂。黑夜是一个黑色的房间，白天是一个白色的房间，我背着第三条手臂，在其间穿行。它不知晓黑夜与白天的区别，因为没有知觉，不能感受冷热交替和春风秋雨，跟背部的皮肤一样，经常被人遗忘，生长在眼睛看不见的身体暗面。若不是被人戳后背，蚊子咬，长疹子，谁也不会注意在自己的脑袋背后，有一片平原那么宽广的皮肤。寄生在背部的虫子会把这条凸起的手臂看作一座高山，像古代生活在平原上的祖先膜拜神山似的来崇敬它吗?

我们父子俩，还有那两块写满促销价格的黑板，被顾客团团围住，议论声让我兴奋不已。我从来没有把第三条手臂看成是不可告人的耻辱，之所以要穿厚衣服掩盖凸起的形状，也不过是出于保护它的初衷，生怕随便一个过路人都会忍不住过来摸一下。流行在我们这个街区的风气，是好奇和包容，但说不准某些邪恶的心灵也以此进行了包装，把自己搞得慈眉善目，渗透到大众中来。

我母亲是个身材高大的女人，可现在她被顾客堵在店铺最深处，气急败坏，高声说："谁敢说一句话，下次就不跟他做生意!"但谁也不给她让出一条道，假装没听见她那微不足道的威胁。父亲的浪漫主义跟母亲的实用主义，永远是相对抗的，特别是当我的手臂越明显，他们的争吵就越激烈。

"保留!"父亲说。

"切除!"母亲说。

这个夏天，他们有很长一段时间不跟对方说话了。我想不明白，这两个人当初为何选择结合，我来到世上后，又成了他们继续这场战火的火种。母亲怀疑自己在怀孕期间应该出了什么差池，导致我多了一条手臂，还时时嗔怪我留着这古怪的东西，仿佛我把它切掉，就能减轻她的负罪感。

每每到这个时候，我便这样跟母亲说：“以后挠痒痒，我就轻松多啦。”

“是吗？那总算有点用啰。”母亲说。

“以后作用大着呢。”父亲笑嘻嘻地说。

母亲不想多看他一眼，听到这种话就走开。似乎他们从来都没有认真问过我为什么留着它，我们对同一种事物有着各自的想法。也许，第三条手臂本身也有自己的想法，到底要不要继续以寄生物的身份，与我的身体共同面对生命的兴衰？

这群顾客一改以往在减价扫货时争先恐后的形象，有秩序地轮流提出新奇的想法，因为谁也不想自己得意的想法被其他喧闹声淹没，而且现在是整个夜晚车流最嘈杂的时段。父亲在账本上仔细记下各种或荒谬或空想或具有一定实际意义的提议。我默默倾听他们的发言。

卖鸟的说，那只手是一双合拢的翅膀，假以时日会继续生长，向外展翅；卖伞的老板娘说，假如那只手能活动，那么每个艳阳天或者雨天就有第三只手来撑伞；医生觉得生病输液或者扎手指验血时，可以用第三只手来承受疼痛；一位美甲师提出用我的手来呈现她的新作品；还有一个心怀不轨的街头浪子说，我可以用第三只看不见的手干些偷鸡摸狗的事，这样警察就收集不到可被比对的指纹……

如果我的一生中，有任何一个时刻感觉自己成为焦点，哪怕是乌合之众的中心，那将是这个夜晚。我脱掉厚厚的外套，再把薄薄的汗衫脱掉，在人群中绕行了一圈，向大家展示我的独特之处。外国畸形秀剧场，不也在进行同样的表演吗？但我们并不是在贩卖什么奇观吸引眼球，而是在释放想象的荷尔蒙，躁动不安，充满生命力。

这个街区原本是整个城市身躯中一个即将衰竭的器官，现在有目共睹，它因为一桩小小的促销活动，挺了过来，甚至过于活跃。提议发言都只是形式，只要顾客开了口，父亲一律给他们手中的商品打折，在两个小时里，清空了全部积压品。躲藏在暗处的巡查员们，也许灰溜溜地趁着夜色离开了，因为他们最初的拆迁理由被强行剥夺，在新拆迁理由提出来之前，我们还能在暂时的解放中，继续下一个十年的狂热。

父亲凭借他的商业头脑，利用这个街区的好奇心，早早完成了营业额，提早打烊。他把账本交给我，绝不仅是为了把顾客的古怪提议交给我参考，更重要的是，他要向我展示他的风采，并间接地向坐在收银台上闷不吭声的母亲证明他的价值。父亲关了店铺的灯，意气风发地走进盛夏的夜晚街道，消失在人流中，想必又去找他的好友们喝酒了。

我和母亲留在黑暗的店铺里，暑热蒸腾，店门外的车灯流星般划过。母亲沉重地喘着气，我本来等着母亲责备，责备我竟然敢苟同父亲，将丑陋的增生肢展示给众人，换取金钱。但渐渐地，她的呼吸平缓，似乎消失在黑暗里。顾客的提议纷纷展现了他们的职业想象，但我站在空空的货柜下，手里拿着账本，竟然没有一丝预期的愉悦。第三条手臂的潜能，绝不会平庸到照着账本上的记录来实现，那不过是一群乌合之众的把戏，即使是变成一双翅膀，也与我的生命无甚关联。

勉强维持商业假象消耗了我们过多精力，城区建筑内部那些脆弱的柱子，终于支撑不住居民在外墙、屋檐以及柱廊之间装饰的种种沉重的附着物，每到夜里就变成骨质疏松的老人。我们身心衰疲，跟黄昏的蝙蝠一样，不过是一抹抹虚浮的影子。

“不如联名同意拆迁吧，我的一个亲戚搬到市中心去啦，生活让人羡慕。”有人颤巍巍地说。

妥协拆迁的态度逐渐传染到每个居民家庭内部，他们悄悄讨论拆迁的补偿，未来迁移到哪个城区开始新生活。连流浪狗都嗅到事态不对，跑到市中心觅食，承受被虐杀的风险。父亲的态度很坚决，他要留守此地，固守着他爷爷留下来的财产，这家店铺为这里的居民服务了好多个十年，它只能在这个街区生存，它为这里而生，如果这里要拆除，那它也会随之灭绝。

母亲想不透父亲抱残守缺的缘由何在，这家店铺只不过是众多注定要淘汰的旧商业形式之一，在互联网时代的阴影下，父亲别无选择。母亲想到市中心去住，拆迁补偿是笔可观的数额，我们一家有机会在时代潮流的中心过上更富足的生活，何乐而不为。在随时拆迁的压迫感下生活，像个逃亡分子，母亲的神经紧绷着。她埋怨父亲欺骗了她，当初谈恋爱，父亲曾放出豪言，相信自己能开连锁店，一路开到市中心，而现在他却说这家店铺只能存在于这个古怪的街区，跟一群异想天开的下层民众做生意。

就在父亲苦苦维持店铺经营，四处奔走，奉劝街坊们不要同意拆迁条约期间，母亲在街口的诊所里，找到了她的新爱情。母亲的忧郁情绪说不清是从哪一年开始的，某个时期她自言自语，声称自己得了抑郁症，街区将她死死锁在闷不透风的空间里，房屋间距那么小，树叶枝丫过于浓密，人声嘈杂粗俗，最重要的是她不满意自己的婚姻生活，绝望让她愁眉苦脸。

那次她拖着病躯，在我的陪同下去诊所寻医问药。诊所门口坐着一个少女，是医生的女儿，她在翻看一本解剖全彩图谱，每一块肌肉，每一块骨骼，都作了详细标记。若拆迁工程启动，第一个被推土机推倒的无疑是这间诊所，它在新旧城区的交界上，首当其冲。医生是个聪明的人，他聪明的地方不但在于一眼看穿母亲所谓的抑郁症不过是持续的情绪低落，是生活的不幸带来了痛楚，更聪明的是他早就在职业道路上打通了关系，在市医院谋得一个令人歆羡的职位，随时可以离开这个待拆迁的破地方。母亲总是拿医生跟父亲做比较，赞赏医生的为人处世，圆滑变通，懂得为自己留后路。

“这里的生活多宁静，多有诗意啊。”父亲总是笑嘻嘻地说。

“这个，”母亲指着店铺的天花板，又指着我的后背，“跟那个，都是多余的东西。”

母亲的精神症结无法通过一次简单的问诊得到解决，她需要的是生活的根本性变化，即使情绪好转，她依旧摆出一副阴沉的脸，借机去诊所跟医生讨论她所谓的病情。每次去到诊所，医生的女儿不是在门口，就是在走廊上翻看图谱。当我离诊所大门还有几百米远时，她就已抬起头发现了我，接着又低下头，若无其事地继续看书。那本书被她翻得起毛。听说她正在念医学院，立志走跟她父亲相同的职业道路。当后来我察觉到母亲和医生的谈话话题，已从疾病慢慢转移到这个街区的命运，以及市中心的生活上来时，便减少了陪诊的次数，或者在门口等待。母亲在医生面前装出一副讶异的神情，仿佛从未去过市中心，是医生的描述才让她首次大开眼界。医生的另外一个聪明的表现：他从不捅破真相。

有一次，医生叫我转过身来，要检查我的增生肢。我起初不愿意，没有病变，无需检查，但母亲坚持要我做个检查。她曾因我的增生肢而产生的羞耻感，这时候怎么就不起作用了呢，向皇帝进贡似的，把我献祭给了这位很可能会成为她未来地下情人或者合法丈夫的医生，作为一个罕见而有趣的医学样本被翻来覆去地观察。我裸着上身转过来，把背部朝向医生时，正好跟不知何时站在诊疗室门口的医生女儿四目相对，她靠在门框，丝毫不避讳，一边翻阅图谱，一边直勾勾地看着我，在进行医学实践学习。我来不及穿上衣服，腹背受敌，只好低下头，面红耳赤，任由医生用镊子翻动我的增生肢。冰冷的镊子在皮肤上留下一种打了麻药后的触感，它的神经系统还处在混沌状态，即使医生趁我不注意将它切下来，那感觉也就好比挠痒痒。医生最初的态度是不需处理，就如后来在店铺的促销之夜，他还提出我的第三条手臂可以用来承受抽血的疼痛呢。可随着母亲和他交往程度越来越深入，他的态度开始转变，承诺在市医院就职后，他会安排最好的外科医生给我做切除手术。

我穿上衣服离开诊室，她也尾随出来。我坐在门口板凳上，她站在大门旁，目光从没离开过我。我对她没有任何好感，我不爱任何人，相对来说，我更爱我自己，那条手臂是我爱慕自己的缘由所在。

“很漂亮。”她说。

“什么?”我问。

“你的手臂，”她用眼神指着我藏在衣服里的第三条手臂，“很漂亮。”

漂亮。漂亮。漂亮……第一次听到女人用“漂亮”形容一个男人的手臂，而且是一条增生肢，我感觉自己成了一只蓝色羽毛的园丁鸟，在求偶的季节展开美丽的羽翼，获得了树冠上雌鸟的欣赏。尽管这种欣赏表达在听感和字意上都稍显怪异，但一定程度上让我更加肯定这条手臂是存在价值的，它来到世间定有某些缘由，等着我开发天赋似的开启它的无限潜能。

“谢谢。”我找不到别的字眼回应。

少女在板凳上坐下，在我眼前半抬起她的右手，这个形象跟医生做手术前给另一只手戴手套似的。我意识到她接下来要做什么，鬼使神差地点点头，说道:

“一下下就好了。”

她满意地笑了，将右手伸进我的汗衫和外套之间，隔着汗衫抚摸第三条手臂。她先是从整体上把握手臂的轮廓，一抓，一捏，然后从上至下，慢慢游移，“肱骨，尺骨，桡骨，第一掌骨……”

我有点抵触，与其说她在欣赏，不如说是在探查皮下肿瘤。她察觉到我的不适，“别紧张。”她在我耳边说，她的手突然滑入汗衫底下，跟第三条手臂十指紧扣。我第一次跟女人牵手，竟是用一条多余的手臂，而肩膀两侧正常的手臂呢，它们肯定是嫉妒了，不住出汗，血脉鼓胀，颤颤巍巍。人们结束一天的工作，经过诊所门口，没人注意我正被一个少女用手抚摸背部，因为我们靠着墙，她的头靠在我肩膀，一对普通年轻情侣的形象，没有引起任何人怀疑。在光天化日之下，我竟有一丝毫无羞耻的快感。

这个叫塔塔的医生女儿，后来与我建立了一段非正式的恋爱关系。在她眼里，我们也许是正式的恋人，但在我看来事情并非那么简单明晰，我常常在怀疑她是在跟我的第三条手臂谈恋爱。我们走在街道上，她把手伸到我的背后，表面看她是在搂着我的腰，其实不然，她借着外套做掩饰，与我的第三条手臂十指紧扣，在我面前与第三者偷情似的。塔塔在我和第三条手臂之间，挑拨离间，我第一次觉得那条手臂不属于自己的身体，以往由它而生的强烈的自豪感被一种难以平复的嫉妒感所代替，有那么一瞬间我决定切掉它，但理性很快重新占据上风。

在午夜，塔塔和我溜进她父亲的诊所，在诊疗床上，赤裸相对，彼此打量，白色的床单反射窗外橘黄色的街灯。我感觉自己成了某种多触手的外星生物，而她洁白无瑕的人类身体不应该被我的触手玷污。塔塔有种奇怪的需求，我因此学会了怎么背转身，上下移动身体，带动第三只手来抚摸她的身体。可这简直是隔靴搔痒，第三只手仅传来微弱的皮肤触感。塔塔根本不允许我用正常的双手抚摸她，一旦触到她的身体，她马上将我的手推开，仿佛受到了侵犯。

床单上有母亲的衣衫味，或者说，那种味道来自我们家店铺，海味干货，来自大海的咸与湿。塔塔说，床单上也有她父亲的味道，是市中心某家香水店的一款香味。香水与大海，在那些我们看不见的夜晚，在我走出诊所的间隙，发生了怎样奇妙的融合呢？中年人的偷情那么隐秘而毫无顾忌，年轻人偷尝禁果则光明正大却又不敢声张，我们四人能组成一个新家庭吗？父亲该怎么办，他将随着妻与子的离散，随着旧街区的拆迁，一并消失在历史的尘埃里，连同他那份固执天真的想象，延续事物必将湮灭又以新面目循环的规律。在与母亲相处的分分秒秒中，父亲如何能够刻意忽略她身上那股与大海气息相悖的香水味？不知他的天真又是如何再一次安抚了他的屈辱。在这段五人的关系中，父亲忽然变成了与第三条手臂，或者说，与这个街区相似的形象：一种多余的存在，一条大道上枝节横生的岔路，一颗意外闯入太阳系的行星。

我和塔塔继续着这种古怪的关系。在医院每个静夜里，总有隐约的推土机颤动声从远处传来，在我们沉浸欲火而发泄不得的时刻，仿佛废墟就会倒塌在我们身上，使我们赤裸地死在交欢的中途。塔塔死而无憾，她享受过那条假肢似的东西带来的愉悦，而我进退不得，即使死了也会变成幽怨的情色恶鬼。

直到一天夜里，塔塔对我们这个即将成形的新家庭，发表了看法。

“不如切除那条手臂吧。”塔塔说。

“难道这不是你想要的……”我来回扫视她的身体，“而且你才说过它很漂亮。”

“那是迟早的事，”塔塔坐起来，“假如你妈决定跟我爸在一起，你的手肯定保不住。”

“我没说过以后要跟我妈。”我说。

“这里要拆了，你爸拿着拆迁款也会被败光，”塔塔说，“他没一点商业头脑。”

“你不能说这种话。”我说。

“不用去医院，我在这儿也可以帮你切掉它。”这个尚未毕业的医学院学生自信得让人惊骇。

塔塔这番话重新让我确认自己并不爱她，亦未曾想过为任何人牺牲我的第三条手臂，只要它的潜能一天未被真正激发，它就是一个有待保护的幼童，不能将它扼杀在无知的抉择中。用它为塔塔带来性愉悦，根本不算什么特别的能力，这跟促销之夜众人提出的平庸想象没什么区别，与我自身的生命也毫无关联，连性愉悦几乎都是单方的。

塔塔接下来的话，更让我迷惑。

“不用整条手臂切掉，只需要切掉多余的手掌，”塔塔躺下来，以极为专业的口吻说，“伤口愈合后，截口会长出光滑的皮肤，那时候……”她突然张开双腿，在灯光下，像极了一只骇人的巨蛛。这才是她的真正目的。啊，这简直是侮辱。

我穿上衣服，快步离开诊室。在诊所大门口，我撞见了夜色中走进来的医生，以及他的情人。

父亲正加速把这个家庭推向分崩离析的边缘，拆迁的局面明显不可挽回了，生机正日益从花园、街道和各大店铺撤退，他却瞒着母亲，大举进货，一次买入比以往多一半的海味干货，填满货架的每个角落和每一寸地面空间，似乎要用浓重的腥臭掩盖母亲身上的香水味。

日常出入，我们好比徜徉海底深处，扭着身子避开巨型的门鳝干，跨过在地上爬行的风干墨鱼，低头慎防撞到一盏盏灯笼似的悬挂着的带刺河豚……进货后再以低价将货物清卖掉，仅仅为了维持兴旺的假象。这么下去，他将会败光所有家产。如今他放弃记账，是真正视钱财如粪土的男人。

吃饭时，三人围坐在圆桌上，我的一侧是无法阻挡的旧时代守护者，另一侧是心已另有所属的新生活追寻者。见到父亲如此疯狂的举动，母亲竟然无动于衷，很明显她正期待着父亲一步步地亲手毁掉他们的旧生活，这样新生活才能被顺利开启，新旧交替总是伴随着灭亡和循环。母亲从医生那里学习了一套细胞凋亡的理论：整个街区是一个巨型的细胞，它的凋亡存在一种“触发波”，一部分居民先离开，波动蔓延开来，最终导致整个细胞死亡，直至被新生细胞取代。如果细胞凋亡不发生，只会逐渐发展成这个城市的癌细胞。就这种科学理论的象征意义来说，我们店铺里的这些被制成干货的海鲜，它们的细胞死亡后，没有被清除掉，而是以灭活的形式被保存下来。店铺老板保存死亡细胞，诊所医生保持细胞正常更新，在我眼里，它们完美地呈现出一种哲学意义的对比。

父亲大张旗鼓贱卖昂贵海味的促销活动，没能持续多少个日夜。大家忙于搬迁到市政府安排的暂住地，手中的行李根本容不下哪怕一袋小小的干贝了，更不用说那些一人高的鱼干。母亲最终对父亲的愚蠢行为有容忍限度，她不得不把家里的财产扣留，也许是考虑我以后的发展，或者担心我犯傻，私下将钱交予父亲，她以替我攒学费的名义代为保管。在她眼里，我和父亲一样脑筋不正常，一个留着一条丑陋的增生肢，一个死守在即将消失的老店铺里。除了台面上的争吵，私底下的偷情，母亲跟父亲之间的生活，已无更多情节可延续。可我注意到，这个夏天开始变得极为壮观，巨大的变革即将降临，那股只曾在旧时代出现过的大浪潮，以汹涌之势从市中心覆盖过来。如果我们的海味铺是整个街区唯一没有被拆除的建筑，它最终会成为高楼包围下的一座独特的孤岛，父亲将是孤岛上流浪的鲁滨孙。

诊所里大部分医生已经调动到市医院任职，唯一留守的医生就是塔塔的父亲，名义上打着“为街区民众服务到最后一天”的光荣口号，照我的猜测，实际上他是在等我母亲最后的答复，顺便制造一个值得托付的好大夫兼好丈夫的人物形象。医生隔三岔五到海味铺里来，给父亲做思想工作，劝他听从政府的意思，搬到暂住点，拿到拆迁款后在市中心继续做生意。父亲的懦弱显露无遗，他明知母亲跟医生私下好上了，却在每回医生上门时，待他如亲兄弟，送他一堆海味，仿佛这就能打动医生大发慈悲，把妻子还回来，顺便堵住医生嘴里那些对他来说毫无意义的说辞。

“难道你能拖住时代发展？”医生说，“明天推土机都开到街口啦。”

“他们不敢动我一根寒毛。”父亲回答，“一天没拆，我一天不走。”

“等这里变成工地，生意也无法继续。”

“等周围建好，生意就可以继续了。”父亲继续辩驳，“我可以等。”

“那你儿子呢？”

“他可以跟他妈走。”

“我真的被你说服了。”

医生听出父亲话里有话，只好结束话题。

母亲从阁楼走下来，站在楼梯处默默听这两个男人谈话，不时跟站在门口大树下的我交换眼神。我和母亲没有提起那个夜晚在诊所门口的意外相遇，我们撞见了彼此的恋情，也许她正庆幸我跟医生的女儿产生了恋情，正面局势正朝着她无限靠近。可她不知道，从那时候起，我决定不再理睬塔塔。随着交往的深入，我迟早会因为爱慕一个女人而失去自己的手臂。我必须在自己和他人之间做出抉择。

父亲闷头闷脑地从母亲身边走过，上了阁楼，几声沉闷的走路声后，阁楼便岑寂下来。

医生把我叫进店铺里，当我以为他又要检查我的增生肢时，他却说起了他女儿：“你觉得我女儿怎么样？”

“你指哪方面？”

“年轻人，你说呢？”医生笑着说，“你们的事，我知道。”

“你和我妈的事，我也知道。”

“既然大家都明白，如果能组个新家庭……”

“你女儿，她有点特别。”我没把话说得太直白。

“你指哪方面？”医生反问我。

“你是医生，你说呢？”

他拍拍我的肩膀，敷衍过去了，跟楼梯角的母亲挥挥手，说先走了。临走时，医生告诉我，塔塔今晚在诊所门口等我，她有些话要跟我说，并叮嘱我不能在那里过夜，因为天明后那里将被拆除。这位大夫走进匆忙的人流里，显得气定神闲，步伐优越。病入膏肓的大夫如何再给世人治病？所有大夫的最后一个病人，都将是临死的自己。所有落在病人身上的疾病之雨，也终将落在大夫身上。

黄昏过后，母亲打包好行李，趁着夜色萎靡，逃亡似的也走上那条路。没人会知道她丢下自己的丈夫，因为这片街区拆除后，那些曾相伴无数个日夜的邻居们也将各奔东西，靠这条街道维系多年的某种古老气氛，只会留下时代的回音。母亲给我医生家的住址，希望今晚我能和塔塔一起回那个温馨的家庭里过新生活。

医生已凌驾在父亲之上，但塔塔的爱情不会凌驾在我的未来之上。我不知自己未来，但有能力在自己和塔塔之间做一个决断。父亲任由母亲离开，他坐在阁楼堆积如山的货物中，封尘了似的。

“你为什么不走？”他问。

“你留在这里有什么意义？”我反问父亲。

“那你留着那条手臂，又有什么意义？”父亲喃喃，“我也解释不清楚……好像只有外人最清楚，他们都跑来告诉我，什么鱼的颜色最鲜艳，去哪里喝酒最热闹，怎么活着最长寿。可是他们不知道，有些事好像下雨一样淋湿了我的头，一直都擦不干，我发着多年低烧，双眼浑浊。”

父亲在货物顶端站起来，伸伸懒腰，骨头发出“咔嗒”声，继续说：“在我们这辈人之前，某个很久远的时代，有一个伟大的祖先瞿如，也有三条手臂，你那条手臂正是来自他。沉默那么多年后，他的光芒又在你身上闪耀了。”说完，他又躺了下来，脸色蜡黄，仿佛成了那堆香气四溢的干贝中无比巨大的一颗。

瞿如，也是我的姓名。父亲为我起这个名字，是因为那个名为瞿如的祖先，但我猜他从来都不知道，瞿如其实是《山海经》里的人面三足怪鸟。我不打算把这个事实告诉父亲，轻悄走下阁楼，生怕惊扰一位本来沉睡已久的幽灵再度潜入他的王国。

诊所的大门敞开着，不见塔塔的身影。我走进空无一人的诊所，穿过夜色的回廊，消毒水和人的气味散去后，终于回归了时间的轻盈。塔塔坐在她父亲平常问诊的桌面上，手里依然拿着那本彩色图谱。诊室没开灯，仅有的街灯射进来，让她成了一抹影子。见我到了，她从桌面跳下来，叫我到床上躺下。

我站着不动。塔塔慢慢把衣服脱了，躺在床上，苍白得像一具尸体，施舍我似的，她说决定和我来一场通常意义上的性爱。我刚走到床前，一个黑影就从旁边的帘子闪出来，用纱布捂住我的鼻子。在我彻底昏迷前，我听到塔塔的父亲说：“天亮前搞定……”

麻醉剂的气味，酒精挥发的冰凉，手术刀的交锋……我被翻转过来，脱去衣服，露出背部。

然而，这位未来的女医生在切掉我的第一根手指时，就丢下手术刀，晃头晃脑地冲出了诊室。她也许发现自己无法克服血的恐惧，也许被自己的罪恶行径震惊了……总之，不会是因为突然醒悟这条手臂是不可侵犯的伟大事物，而放下手术刀逃奔而去。

在接下来的漫漫长夜中，无人进来为我止血，流血何时停止呢？我尝试入睡，平静心速，减缓流血的速度。某个时刻，我的意识清醒过来，但身体无法动弹，夜仿佛成倍地延长，早上广播说，明天有日全食，太阳刚升起就可能被挡住，再次回归黑夜。这趟野生的手术有经过母亲的允许吗？除了父亲，除了这个街区小国的人们（现在他们早已撤离）外，其他事物都在想方设法切除我的第三条手臂，在未来的某一天，它可能是为圣人编织冠冕的手指，是女娲揉搓泥人的手掌，也是共工怒触不周山的手肘。

当醒来第一眼看见墙上的挂钟时，我知道时间已经抵达清晨。外面一片异常的昏黑，喧闹声和引擎声共同响起，人们一边欣赏日全食的奇观，一边看着推土机推掉旧时代的造物。我的身体慢慢恢复控制力，但仍然未能使自己爬下床。

“大海着火啦！”

一声惊叫，穿过曲折的诊所回廊，传到我耳边。大海不会着火，那片所谓的大海，是我们家的海味铺。在这个关头，某个留守街道的民众依然发挥了他绝佳的想象力。我的父亲，会变成一只瞿如飞出火海吗？可是说不定，他终于回到了永恒的国度，但我还想活下去。

病床前的部分墙体倒塌，下坠的钢筋刺穿了我的左手。一阵剧烈而异样的疼痛，蔓延开来……可我很清楚，这阵疼痛不是来自我的左手，因为左手的麻醉效果尚未消退，它来自我的

第三条手臂，瞿如之手，祈祷之臂……麻药似乎没有影响它的神经，在我失去左手后，神话般地，它被唤醒了。现在推土机的噪声越来越迫近，我唯一能抓住的辅助支架，就悬挂在我身后。

我忽然明白，第三条手臂从诞生之初，便一直潜藏着的唯一天赋，其实是拯救我自己。我举起那条如若新生的手臂，试图抓住那根阿里阿德涅之线……

# 两夜

## 第一夜

周六晚上八时，马亥还在研究厂里刚进口的一台新式压切机。他还没见过这样的机器，说明书上全是看不懂的英文和日文，偏偏没有中文版本，而且操作按钮所标示的也是日文。总管希望在下周开工前，马亥能把它的操作弄通弄透，接替那台发生过事故、现在报废了的纸品压切机，继续投入生产。总管丢下几句话，就开车去了医院，因为他妻子即将临盆……

马亥捻亮办公桌的电灯，一页一页地翻看说明书，根据日文里的中文字词，揣摩整句话的具体意思。这样的方法要是让其他工人来干，肯定不奏效，其实上网翻译不是难事，但马亥对自己的想象和阅读能力非常有把握。只要轮班间隙有空，他就在办公室里看书。总管纵容书籍出现在繁忙的工厂里，特别是出现在马亥手中，这也是为什么碰上生产事故谈判，他第一时间就把马亥找来。

死者是同一个车间的工友小吕。昨天，在马亥的说辞帮助下，厂方才最终跟死者家属达成了调解。原本这种生产事故的赔偿谈判，赔偿方嘴上总是充满虚假的人道主义，实则还是冷冰冰的契约条文，只会让死者家属觉得，即使把整座纸品包装厂拱手相送，也不足以平息内心的悲愤。

但有马亥在场，事情就不一样了。

马亥把灯调得更亮，把油腻发黑的墙壁照得熠熠生光。他回想起昨天跟死者家属谈判时的措辞。马亥总是读各种各样的杂书，面对死者家属，一些句子随口就来，从容优雅，有条不紊，充满诗意的临终关怀。马亥觉得自己在安抚死者家属时，不是在谈判，而是在读诗。

小吕家庭经济状况一般，所幸投了意外身故保险，加上工厂答应赔个十几万，事情就此作罢。两位老人的情绪很快就被安抚妥当，小吕的遗孀叫阿茹，她也不再说什么，应允了赔偿条件，挽着二老，离开了工厂。

纸品包装厂被勒令停工整改一周，现在车间里众多机器纷纷沉睡了。寂静中，马亥想着要不要为死去的小吕念一段《送魂经》。

这时，一个电话打来，是医院护士。

护士跟马亥说，他妻子的宫口现在才开了三指，如果不能顺产，之后就要为她进行剖腹产了。护士要马亥现在过去医院陪同。想不到自己的孩子跟总管的孩子，竟然会在同一天出生，马亥不禁开始想象，一个资本家的后代和一个工人的后代，他们各自的命运会如何，能不能当一对纯洁的好朋友？这么胡思乱想了一会儿，马亥才回答了一句："明白。"说完就挂了电话。

他才挂了电话，一个新电话又打进来了。

这台座机没有来电显示，马亥不知道打来的是谁。他盯着电话出神，每一声粗劣聒噪的铃声都在震动着周围机器，在表面扬起一层纤维灰尘。马亥只想安静一会儿，现在厂里的工人只剩他一个……妻子分娩，肯定得哀号好一阵子……孩子出生后，哭声也将伴随他多年……所以此时此刻，在偌大的工厂里，只有切断电源的冰冷机器在弥漫汽油味的寂静空气中，默默陪伴他。仿佛过了今夜，一个充满噪声和无穷灾异的新时代，就要割据侵蚀他的生活了。

马亥把今夜看作一个生活临界点：只要夜晚不睡觉，白天闭上眼睛，那么无数个夜晚就能融合为一个不间断的夜晚；只要不去弄懂机器的操作，机器就一天不会通电运作，那么开工的日子就会无限延后；就像《仇敌》的作者亚罗米尔，行刑队的子弹射穿他头颅前的那半秒钟，上帝把它延长到一年的长度，思想比肉体多享用了一整年的时间。电话急躁地持续了整整半分钟，然后停止了。

没过多久，第三个电话又进来了。马亥终于忍不住抓起话筒。这次打来的是总管。

“小马！我老婆生了个儿子！”

“哦……”

喜讯传达后，总管在那头喘着幸福的大气，然后不说话，等着马亥祝福他。但马亥出现了个错觉，以为医院又来了电话，告诉他，他老婆生了个男孩……直至他意识到那是总管的儿子出生时，才吁了一口气。这个临界的夜晚，还在持续啊。

“小马，那台机暂时不弄了。你下班吧，先不说了哈！”说完，总管就挂了电话。

马亥抬头看了下墙上的钟：晚上九点。刚好进入亥时——

亥时，人定时分，晚上九点至十一点。

马亥记得很清楚，因为他出生的时辰就是亥时。他家自古取名有个传统，婴儿出生在哪个时辰，就取哪个时辰对应的名称作名。马亥的父亲出生在午时，日中时分，因此大家都叫他马午，或者马日中。马亥出生在亥时，叫“马亥”或“马人定”，二者取其一。马午最终为自己儿子选择了一个“亥”字。

当马午为儿子上完户口几天后，才忽然意识到：“马”加“亥”，不就是“骇”吗！字意不太吉利。可是，既然这个家族遵循这种命名传统，就有种无法更改的宿命感：人定时分，本该夜深人静，他的孩子偏偏在这个时辰出生，一声尖锐的啼哭，扰人清梦，就是所谓的“骇人”啦。于是，马午这么安慰自己，便不再回派出所更改马亥的姓名，认为一个人采取顺应的态度，会比一味反抗活得更长久。

不过马亥早就意识到，这种命名方法存在一种可笑的缺陷：假如碰巧在鸡鸣时分，亦即丑时出生，那么他孩子就必须取名为马鸡鸣，甚至叫马丑……啊，他无法接受这么难听的名字，所以这个晚上，对于妻子耗了半天宫口才开三指的事，他不太着急，毕竟要开到十指，待到何时呢？要么现在就把孩子生下来，要么熬过丑时，待到寅时（清晨三点到五点），他孩子就能取名马寅……马亥觉得必须在这件事上拿捏好，总不能以后向工友们介绍自己的孩子时，说的是：

“这是我儿子，马丑……”

马亥决定继续阅读操作手册上的日文，在一本旧日历的空白处抄下每句日文里的中文字词，解读残损经书的完整含义那样，依靠严谨而富有想象力的思维，逐句逐句地解读操作要点。他这么做不是为了尽早将机器投入使用，而是出于一种文学喜好，他又想起亚罗米尔是怎么在被枪杀前的半秒钟内，在脑海里继续完成他的作品《仇敌》的：不断增删，寻找准确的字词，直到补全最后一个性质形容词。马亥把博尔赫斯这篇《秘密的奇迹》读了很多遍，但从来没有仔细想过，故事中的亚罗米尔所谓的“最后一个性质形容词”，究竟是什么……

马亥一直抄写到晚上十点，把空白处填得满满当当，凭借以往的操作经验，很快能得出一套明晰的操作方法。在这之上，又多了些趣味。马亥决定离开工厂，先回家睡一觉。

刚拉下车间电闸，窗外一排长长的照明灯，齐齐射进乳白色的雾光，厂房如同郊外月色下的墓地。机器由于浓重的光影对比，看起来比平时更巨大，更有立体感，也更鬼影幢幢，像一座座坟茔。这时，那台新式压切机在马亥眼中，成了一头张着大嘴的机械马，它伸着长长的脖子，在流动的灯光中，缓缓站起来，抬起沉重的金属腿，移动到马亥面前。马亥很高兴，抚摸压切机的金属表面，像在抚摸家里养的那条宠物狗。

马亥给自己的脚找了个支点，爬到机械马背上，骑着它就这么走出工厂大门，朝阒静少人的夜晚大街上走去。身下的这头机械马，轻轻地喘气，是他威风凛凛的坐骑。他闭上眼睛，幻想自己站在高处。大约两天后，也就是下周一，总管就要确定副总管职位的最终人选了，马亥已经可以想象得到，那时候总管将在大会上向所有员工宣布：“副总管的职位，属于我们学识渊博、兢兢业业的小马!”

马亥爱极了这个处于临界点的夜晚。这台机器给予了他想象力层面的享受，而且凭借着对它的专业研究，以及多个日夜的辛苦工作，他还将坐上副总管的位置。

回家路上，经过一座桥，马亥在桥头看见了工友小吕的遗孀，阿茹。

阿茹倚在栏杆上抽烟，看见马亥走过来，她的手指轻轻一弹，把烟弹到了桥下。马亥看见一点猩红的烟火在空中旋转，像流星一样坠落到黑暗的水面，灭了。

“来，上马!”在离阿茹还有几米处，马亥对她说。

“什么啊?”阿茹吐出最后一口烟，问道。

“噢……”马亥从幻想中清醒过来，身下并没有一头所谓的坐骑，“没事，说梦话而已。”

“是吗?以前怎么没听你说过梦话?”阿茹笑着问。

“你倒挺留意。”马亥回答。

在妻子怀孕前，深夜下班后，马亥一般会在工厂宿舍过夜。其间，马亥认识了阿茹。那个月，小吕为了完成指标，连续加班将近一个月，阿茹只好到宿舍里来照顾他。由于回来宿舍时已经是夜深，马亥一般只会在阿茹起夜时才在走廊上碰到她，在昏暗的灯光下，彼此点点头。

马亥偶尔会听到小吕两口子在被窝里做爱的声音，他只好戴上耳机听歌，装作听不到。但他还是注意到了一些细节，那就是阿茹似乎并不怎么满意——或者说，她对小吕非要在宿舍窄窄的床上搞这档子事感到不快，而且隔壁床还睡着另一个男人呢……马亥越察觉到阿茹的这种情绪，平日对他们在深夜做爱的事，就越表现得毫不在意，更多时候装作毫不知情。

“这么晚，你在这里干什么？”马亥问。

“今晚，他出殡。”阿茹回答。

“晚上出殡？”

“奇怪吧？是那个道士师傅定的时间，鬼知道……可能是因为他也是晚上死的吧。”阿茹说，“待会出殡的队伍会经过这座桥，我本来应该在家里等着的，但夫妻一场，我想再看他一眼。”

“他被压成了一张纸那么薄……”马亥回忆。

“可怕……没这么夸张吧……”阿茹说，她朝桥的另一头望去，等着队伍到来，“你昨天说得挺好，我本来还不知道怎么安慰他父母。看，你嘴皮子一动，就搞定了。”

“过奖，过奖。你现在可是百万富婆了。”马亥说。

“钱不在我手上。”

“等二老归西了，钱还不是一样到你手上？”

“你可真坏。”

马亥咯咯地笑了两声。接着两人在栏杆上点了一根烟，等着出殡队伍经过。这座桥的路灯坏了，只有一头的灯还亮着，阿茹望着的正是灯亮着的那头，看来出殡队伍会从那边走来。抽第二根烟时，他们先是听到细微的叮铃声，接着，一声刺耳的唢呐把他们都吓了一跳。

一条出殡队伍从光亮处忽然出现，缓缓走上桥来，雾光中的人们举着巨大的花圈位列两侧，幡旗在夜风中翻动。经过马亥和阿茹身边时，队伍中似乎没有人留意到桥上的这两个人，一个是死者的工友，一个是死者的遗孀，仿佛这两人被黑暗隐没了形体……

马亥有点害怕，觉得自己并不存在于这世上，像个无人看得见的苍白幽灵。当小吕的骨灰瓮经过眼前时，马亥把手里还在燃烧的香烟丢过去，心里想着：给你上一炷香啦，上路吧。阿茹目送出殡队伍从这座桥光明的一侧，逐渐隐没在晦暗的另一侧，铃声和唢呐声交替，最后逐渐衰弱下去。

当大桥的黑夜再次恢复死寂时，阿茹问："你老婆今晚不是要生了吗？"

"护士说，宫口开得很慢。"

"你不去医院陪产？"

"没事的。我很疲倦。"马亥看着阿茹说，"茹，还要去吗？"

"嘴上说累，身体倒是……"阿茹明白马亥说的到底是哪里，不是去医院，而是叫她去厂里。她犹豫一会儿，点点头。两人便逆着出殡队伍离开的方向，一前一后地朝工厂走去。

"你怎么会用'疲倦'这种词？"来到工厂门口时，阿茹问，"文绉绉的。"

"书看多了。诗人、哲学家、大师……这么多头衔，随便你叫。"

"但你还是食人间烟火的嘛。"

"不，我只食你身上的烟火。"

阿茹拧了一下马亥的耳朵。

保安亭没人，草地上连一条流浪狗也没有，工厂围墙上的铁丝网在月色和街灯双重照射下，往斑驳的墙上投落一道道交叉的花纹阴影。阿茹跟在马亥身后，沿着墙走到厂房大门前，他们侧身溜了进去。整改期间，工厂很快失去了人气，每一缕汽油味都仿佛是机器呼出来的鼻息，两个人觉得自己身处一个古老废墟，在楼道平台上停下来，望着玻璃窗外的天空，分不清今夜的性质，到底是末日的前夜，还是新生活的伊始……

马亥把阿茹拉到自己怀里，准备亲她。

但阿茹无力地仰着头，灯光落在她脸上，好像涂了一层霜冻。马亥注意到她脸上有一丝犹豫的神色。于是，他松开手，独自上楼，再次回到那台压切机前，坐下来翻看着日历上的笔记。

"你叫我来是陪你加班的吗？"阿茹倚在压切机的金属支架上问道。

"不是……你离那台机远一点……"马亥说，"别伤着自己了……"

阿茹背后就是压切机的那张金属大嘴。马亥隐隐觉得，这位美女下一秒就会被吞进金属野兽的肚子里。马亥不敢开灯，怕引人注意。厂房浸润在乳白色的光线中，机器阴影斜斜地把阿茹的身体切割成一块块不规则的碎片，像一面被打碎的镜子。

凝视阿茹的身体，马亥的记忆坠回小吕发生事故的那个晚上，以及前一个晚上。发生事故的前晚，小吕一回到宿舍，很快就由于劳累倒头睡了过去。马亥和阿茹趁机来到一个空置的车间，在黑暗中第一次触摸彼此的身体。马亥记得，当他亲吻阿茹时，尝到的是咸咸的、金属质感的汽油味……

"想不到，小吕已经死了。一秒钟，人就卷了进去，变了肉酱，真可怕。"马亥说。

“绞死他的那台机呢？”阿茹问，她有点紧张，点了一根烟，又靠在机器上。

“在后面。”马亥指着后面的一个房间说，“过几天会有人来处理。”

“他是怎么被绞进去的？”

“我来示范给你看。”

“你要干什么？”

马亥的双手环在阿茹腰部，从背后衣衫处轻轻滑进去，她的腰肢有点僵硬，也许是因为害怕。马亥把她抵在压切机的作业平台上，像要把她送进金属怪兽的大嘴。

这一系列动作，有个奇怪的趋向，似乎正一点点地把阿茹往机器的更深处推进去。在马亥记忆中，小吕就是这么被机器卷进去的。

“今晚他出殡……”阿茹推开马亥，从压切机作业平台上小心翼翼地滑出来，四肢有点发抖，还不时望着机器黑漆漆的金属腔体。

“好吧。”马亥说。

“明晚，明晚，好吗？”

这时，一种熟悉的铃声，如升起渐浓的夜雾一样……从微弱……到清晰……接着，车间的门便被一股外力推开，刺耳的唢呐声几欲要唤醒所有沉睡的机器！那条出殡的队伍竟然钻进了车间，还在车间里巡游一圈。道士也许是在为小吕招魂呢，毕竟这里是小吕死去的事发现场……

马亥迅速地把阿茹重新压在压切机的作业平台上，借机器做掩护，两人面贴着面，屏住呼吸，朦胧的光线让两副躯体看起来，就像两个巨大的零件。出殡队伍再一次忽略了两人，巡游几圈后，才从车间另一侧的大门离开。两人心有余悸，依然紧贴着不敢动，刚才似乎不约而同地陷入了一个恐怖的梦里。但他们知道那不是梦，他们的破事差点就露了马脚……

马亥趁机吻阿茹，干燥发涩的舌头从她脖子一直游走到耳背处……她喉咙深处吐出温暖的喘息，头向后仰着，两颗眼球不由自主地向上翻起，露出了一大片布满血丝的眼白。马亥的视线这时再次变形，他看到阿茹的瞳孔随着眼球的不断上翻，也正一点点地向眼窝深处翻转过去，这么下去，她是不是能达到某种极限，看到自己眼窝背后的头颅——那片黑暗的实体空间？如果说瞳孔的正前方是日常生活的光明，那么眼球背后的世界，到底是什么呢……

待出殡队伍消失无踪后，两人马上整理好衣衫，再次一前一后地离开工厂。关上车间大门前，马亥看了一眼墙上的钟：晚上十一点。

今夜亥时，恰好结束。

## 第二夜

在收到民警的传召前，整个周日白天，马亥都在家里的床上虚耗着，眼皮在睡眠和清醒之间切换。他不止一次回想起昨夜阿茹被他的舌头挑逗时，那两颗上翻的眼球，藏在眼窝深处的眼白，布满血丝……他咂咂嘴，舌头还残留那种金属汽油味，似乎服下了一剂毒药，影响了神经官能。

阿茹的皮肤怎么会有这样的味道？不用猜，这种味道来自小吕……

毋庸置疑，小吕在工作上比马亥勤奋多了，工作是他生活的全部，至少是一大部分，他简直是个在机器身上筑巢的男人，工装不离身，也极少洗澡，身上沾着永远洗不掉的汽油味和汗酸。阿茹从他那里惹了传染病似的，把这种味道也沾上了。

马亥听阿茹说，小吕认为这个家庭目前无法承担一个孩子的养育开支，只有等到升职后，他才做这一步打算。因此结婚这么久，两人一直没生孩子。

马亥跟小吕不同，甚至有点瞧不起他，自己学历比小吕高一个档次，平日的阅读使他总是不自觉地睥睨车间里的其他工人。尽管他们做着相似的工种，但马亥认为，跟这一具具在机器隆隆声中震颤着的肉体相比，他拥有一颗异常高贵的心灵。所以，马亥不分场合地看书，毫不避讳，还跟总管说，自己在工厂里常常承受着灵魂分裂的痛苦。

“在我面前，不必这么文绉绉……”总管回答说，他不关心马亥的私生活，唯一在意的是工作指标，“但工人确实该丰富一下精神生活呢。”

马亥把总管的话默认成赞许，况且坐上副总管职位的人才，脑袋里的管理知识肯定要比技术重要。现在说什么都没用，小吕死了，那个计划中的孩子也随着他的死，消失在未形成的世界里。这是马亥唯一羡慕小吕的地方，因为他再也不用当一个父亲了。马亥如今有点厌恶婚姻。

说到孩子，昨夜离开工厂后，马亥去了一趟医院。护士跟他说，他妻子的宫缩停止了，但情况暂且稳定。这意味着，孩子还要延后到某个日子才出生。隔着病床的窗户，他看了一眼熟睡中的妻子，回到家里，开始接下来一整天的睡眠。像他之前设想的那样：只要白天不出门，闭上双眼，那么每个夜晚都将融合为一个夜晚，本该发生的事情由于时间的停滞，将不再发生。

然而，睡到下午时，天昏地暗，马亥开始质疑自己的想法，是否看书看太多了？他以前认为，书本生活与真实生活可以并行不悖，现在想法在动摇。他再也睡不着，起床打算再读一遍《秘密的奇迹》。当他读到行刑队射死亚罗米尔时，一个电话打了进来，竟恰巧是派出所的电话——他哆嗦了一下，书滚到了床底。

“骇？”

“嗨。”

“我问你，你是不是叫骇？”

“警官，我的名字要分开读：马、亥、马、亥……”

“得了。你过来派出所一趟。”

“我那天把事情都说清楚了，都说完了。”

“有新情况，需要你过来回答几个问题。”

“好的，警官。”

看看时间，已是下午四点，昨天跟阿茹约好今晚八点在工厂见面。如果在派出所耽搁一阵，估计会来不及了。但马亥还是拖到了傍晚七点才出门，那时天色已昏暗，夜色好像从没有离开过，是从昨夜延伸过来的同一个夜晚。护士也没打电话过来，马亥确信方法奏效了，临界点的夜晚确实如他所想的，在无限度地保持下去，他妻子将一直处于待产状态，子宫里的孩子即将降生，却又不是真正意义上来到了世界。

一阵愁绪涌上心头。马亥多么希望，自己成为父亲的日子能再往后推推，再和阿茹发展发展，再多享受一下副总管最终人选宣布前的期待和虚荣。他希望世界的发展进程都能缓一下，最好倒回到自己决定结婚的那天。

派出所民警小张刚到任不久，上级给他安排了这个小任务。他打完电话后，抽了半包烟，心想要是马亥再不来，他就要亲自上门请人了。当看到缓缓而至的马亥，民警小张掏出照片比对了一下，认出他来，将他一把揪住，要把他拉到审讯室。但来到审讯室门口，他犹豫了，没有把马亥关进审讯室。因为在接下来这件事上，他暂时还不能判定马亥是否该为此负责。

马亥睡了一整天，现在反而更困。他半抬起眼皮，看到一个形似阿茹的女人坐在某房门前的长凳上。那个女人跟在他们身后，一起进了房间。这个房间摆设很简陋，两张凳子一前一后地正对着摆放，搁有几个文件夹的办公桌靠着墙，墙上还有一台电视，屏幕停留在蓝色画面，偶尔闪烁几个雪花。这房间怎么看都是一个非正式的审讯室，只是在形式上少了几分威严。

民警小张要马亥坐在最里面的椅子上，自己坐在靠门口的椅子上。那个女人站在办公桌后面，紧张地等着。民警小张把马亥头上的吊灯扯亮。马亥被明晃晃的日光灯霎地刺了一下，终于清醒了一点，看清那个女人的确是阿茹。即使看不清，他也闻到了那股熟悉的汽油味。

这股气味是阿茹独有的：雌性气息，混杂着令人反胃的汽油味，却产生了化学反应似的，偏偏勾起马亥的欲望，以及——不寒而栗：当汽油味盖过雌性气息时，它会转变为一种没有生命感的，机械化的恐怖联想。

“阿茹？”马亥觉得自己在说梦话。

“安静！”民警小张打断道，然后拿起遥控器，对着电视按了一下。

电视画面从空白的蓝色，一下跳转到监控录像的灰白色。马亥对画面中发生的事再熟悉不过，毕竟他亲眼看着小吕被卷进了压切机。但民警要他重新回顾这段录像，似乎别有用意。显然这是阿茹第一次看到自己亡夫事发时的录像，她走到电视跟前，恨不得钻进去，亲手阻止事故发生。

录像时间和事件节点，按以下进度划分：

1. 录像开始时间：晚上 12 点 05 分。

画面右上角有一个工人，小吕本人。小吕把纸品送进压切机，明显脚步不稳，摇摇晃晃，每隔半分钟，他就得停下来，扶着机器的外金属框，稍作歇息。

2. 录像时间快进：晚上 12 点 10 分。

（民警小张特意用光笔指着）画面左下角，出现第二个人的后脑。那个人本来朝小吕走去，却停下脚步，退回到身后的一台机器旁，侧身观望正在作业的小吕。（马亥知道那个人是自己，但他没有立刻从后脑勺认出那是自己本人，第一次看见自己的背部，竟那么陌生。)

3. 录像时间：晚上 12 点 12 分。

画面中的第二个人继续观望了两分钟，与小吕相隔约二十米。

4. 录像时间：晚上 12 点 13 分。

画面中，小吕突然俯身，左手捂住胸口，抬起右手，试图抓住机器的金属外框，借力撑住身体。画面左下角，第二个人没有行动，依然保持观望的姿态。

5. 录像时间：晚上 12 点 13 分 14 秒。

小吕的手滑了一下，身体失衡，手先是伸入了作业平台，被压切机的压板卡住，他试图挣脱。但很快，压切机将他卷了进去。

6. 录像时间：晚上 12 点 14 分。

画面左下角，第二个人退出画面。

7. 录像播放结束。

马亥一脸茫然，看着犹疑不定的民警小张，以及两颗眼球几乎要蹦出眼窝的阿茹。被两人打量和质疑，一方是冷漠的刑法，一方是暧昧的感情，马亥依然想不透这个监控录像有什么可疑之处。

“你有什么解释吗？”许久，民警小张才问。

“我要解释什么？”马亥坐着不敢动。

“那个人不是你吗？”民警小张继续问。

“是我。但录像看得出来，很明显，小吕的死是个意外，又不是我推他进去的。”马亥辩驳。

“你为什么不救他？”阿茹颤抖着说，“你本来可以救他……”

“救他……”马亥被阿茹这句话问住了，晃了神，“是啊，我当时想什么……”

仿佛一层迷雾被轻易吹开，马亥终于意识到一个本来属于道德范畴的问题：他本该施以援手，而不是旁观……在事故发生前，马亥有两分钟时间走向小吕，可以及时在他快累倒时，把他扶到作业范围以外的安全地带。显然，他没有这么做。

马亥仔细回想，自己是怎么在即将走向小吕时，被一种强烈异样的情绪，拖住了脚步，仿佛预见了一桩事故将要发生，却躲在死亡视线之外，等待它的来临。一直以来，马亥很想亲眼目睹死亡的实体，他已经从书本中汲取了足够多的关于死亡的形而上之描述，直到他在小吕身上看到了一个雏形，而他要做的，只是等待。想到这儿，马亥被自己当时的想法吓坏了……

在道德层面，马亥已无法脱身。即便如此，他依然要为自己争取法律上的权益，想必民警就是为了此事才把自己找来的。

“我没有故意伤人，也没有中途放弃施救。在法理上，我无罪。”马亥解释。

“的确，的确……”民警小张嘀咕。

“我当时根本就没想着救他，不是因为恨他，而是……”马亥原本打算组织个什么理由，比如谎称自己当时吓坏了——可是事故发生前，他就已经在观望了，这个理由站不住脚——他决定说出那个听起来像是捏造的真相，“我只是想看看，人是怎么死的……”

“那你真是个大诗人！大哲学家！大师！”

阿茹好像看到了什么骇人的景象，她张大了嘴，不敢相信自己亡夫的工友，自己的出轨对象，竟然会说出这种毫无人性的话。马亥再次注意到阿茹的眼球，像两个要破裂的熟鸡蛋……民警小张也犯难，想不到上级丢给自己这么一个基本结了案，仅仅在道德层面上尚有讨论余地的案子。然而法律武器根本无法惩罚马亥的退缩，或者说，他的旁观行为。民警小张转过身，想问问死者妻子的意见，发现那个女人已经不在房间里了。

“你觉得要怎么处理？”民警小张反而问起了马亥。

“如果你能在刑法上定我一项思想罪，我认栽。”马亥回答。

“刑法上有这样的条例吗？”民警小张再问。

“不知道。”马亥说。

“噢……”民警小张点点头，低头作思考状，“我得想想怎么向上面交代。对了，多谢配合，以后可能还得叫你过来协助调查。”

走出房间前，两人还握了握手。

离开派出所时，天已经完全黑了。派出所保安亭的保安说，看到一个女人离开。马亥在附近的街道上走了一圈，没看到阿茹的身影。不知道为什么，小吕的死没有引起马亥的什么波澜，只是有一丝难以描述的、近乎罪恶的喜悦：小吕死了，明天副总管的位置非自己莫属，甚至阿茹也会是囊中之物。当然，他的初衷并不希望小吕去死，也不是决心要把阿茹搞到手，所有事件都是巧合。不过照现在的情况看，马亥在阿茹眼中，差不多是杀夫仇人了。

马亥去了医院。但妻子不在病床上，妇产科护士跟他说，产妇又被推进产房了，也许今晚就会分娩，要马亥在走廊耐心等待。护士走了几步又回过头，问马亥：“孩子是你的？”

“怎么不是我的?”

“好吧。两天才来这一次……”

“护士!”马亥对走远的护士说,“晚上一点到三点,不能让我老婆生!可以吗?!”

护士似乎没听见,消失在转角处。但马亥知道护士听见了,只是装作不知道,她作为医护人员怎么可以因为丈夫的一句话,罔顾产妇的自然分娩进程呢?他不打算在走廊等下去,又想起了那台压切机,打算回工厂好好摆弄一下。如果新生活注定要开启,那么就让新生婴儿和副总管头衔,同时降临在自己的左右手吧。

马亥经过那座桥时,桥上无人,仅剩的灯柱散发惨淡的光线。他在那儿抽了根烟,给阿茹发了个信息:“我准备去车间,过来吗?谈谈。”

工厂门口,保安亭的灯亮了。保安回来巡查,确保明天复工顺利。马亥走上楼梯时,听到保安在空旷的车间大楼里巡查走动的声音,但不见人影。他打开车间的灯,里面空无一人,他是这里孤独的王。但到了明天,这里的工友都将祝贺他升职。

马亥接通压切机电源,但不打算启动它,而是在脑海里操作了一遍。马亥看看手机,阿茹还没回复信息,他打算等阿茹过来,向她展示这台进口机器的处女秀,享受一点微不足道的虚荣,表明自己未来有足够的能力和担当,对她作出补偿。生活昼夜颠倒,此刻马亥很想好好睡一觉,于是趴在桌子上打起瞌睡来。

当他被叫醒时,已经是晚上的十二点。叫醒他的是阿茹。阿茹换了一条绿色的裙子,倚在机器旁,抽着烟,神色冷漠,说道：“你要说什么？说吧。”

“你很香。”马亥说，他闻到阿茹身上有股沐浴后的香气，原先的汽油味终于淡了。

“别说没用的，进正题。”

“什么正题？你是说……”马亥站起来，凑近阿茹，把她手里的烟接过来，丢到地上，踩熄。

“走开。”阿茹把最后一口烟吐到马亥脸上。

马亥没有转过脸，而是穿过那团烟气，再次亲了上去。马亥知道阿茹是为了自己，才特地洗了澡，换了裙子。果然，阿茹没有抗拒。马亥抱起阿茹，把她压到机器的作业平台上。

“说实话，”阿茹说，“小吕的死真的跟你没有直接关系？”

“监控录像你已经看过了。”马亥轻声说，“我害死他有什么好处？我当时的行为，纯粹因为看书走火入魔了。但既然现在他已经死了，我跟你又有什么不可以的呢？”

“你老婆怎么办？”

“今夜过了再说。”

马亥将那两条白皙的长腿，分别架在压切机的金属把手上。看着她这个令人血脉偾张的姿势，马亥却奇怪地想起了妻子正在分娩时的姿势。一种从未有过的诡异和羞耻，涌上他心头。在因为这个想法而停顿的短暂间隙，马亥再次看到阿茹由于兴奋而向上翻起的眼球，那些布满血丝的眼白……他好像看到了什么不祥之物……

“谁在里面？！”保安经过，一束电筒光射进来。

“哦！没事！是我！我在试验新机床呢。”马亥下意识地伸出手，按下了启动按钮，机器启动的噪声，迅速掩盖了阿茹的呻吟声。秘密也被掩盖了。保安简单应了一声，便转身下了楼。

当马亥意识到有什么不妥，并按下紧急制动按钮时——阿茹已经被卷了进去。由于巨大的压力，她的头颅被压扁了，一颗眼球从眼窝里迸出，滚落在作业平台上。马亥的心跳几乎停止，他第一次看到了眼球的背部：那些暗红的脉络，那个白色的圆弧，曾经连接头颅内部，紧贴那片未曾被目睹过的黑暗空间——“最后一个性质形容词”，首次以某种被确证的重量，坠入他的视线内：那便是死亡。

惊魂未定，马亥艰难地抬起压切机的压板，将了无生气的阿茹从这头冰冷的金属机器兽的腹腔里拽出来，骑上保安停在门口的摩托，急速开向医院。从工厂到医院的那段短短的路程，马亥仿佛把整个地狱都背在了身上。

“她的眼球呢？！”急诊室护士问他。

“请好好看看她的眼窝……”马亥根本不知道自己在说什么。

马亥浑身是血，缓缓走向妇产科，在走廊上，碰见了那个护士。护士对他说：“先生，你终于来了。你老婆难产，很抱歉，孩子已经在三分钟前确认窒息死亡。”

在病床前，马亥看到妻子紧抱着一个浑身发紫的婴儿不放，失声哭泣，一时不知道说什么。但在场的人反而被他衣服上的鲜血吓坏了。马亥抬头看看墙上的电子钟：01∶30。丑时！

马亥突然从妻子怀里抢过死去的婴儿，冲出医院。他跑到昏暗的大桥上，朝那片黑暗如眼窝的水面，举起死去的婴儿，重重地扔了下去。

# 阴蜂

气象混乱的夏初，刚下了一个星期的冷雨，又突然炎热起来。爷爷在床榻上病得不轻，原因难查的高烧连日不退，在噩梦里说着另一种方言的梦话。他常常在夜里惊醒，说有一颗炮弹朝他飞过来，擦过耳边，烧焦他的外耳廓。天明，他叫我嗅嗅他的耳朵："我说得没错吧？是不是有股肉烧焦的臭味？"我凑过去，有一股药味，不过很奇特，像是从身体内散发出来的内脏气息。我倒是在他的耳朵上发现了一粒红疹，夜夜引起他幻觉的也许是蚊子。后来的几夜，我都在爷爷的床边打蚊子。爸爸有一次闻声而来，打着哈欠，倚在黑暗的门边说："他年轻时被落在脚边的一颗炮弹吓坏了，得了神经焦虑症。你就别管他啦！"爷爷嘟嘟囔囔地骂了他几句，整夜都睡不着。

据爷爷说，爸爸早年在草原放牧，经营牲口买卖生意，过着那些漂泊的生活。

"他还管这叫自由！"爷爷说，"我怕他在那个鬼地方永远都不回来咧。"

于是，爷爷给他写了一封信，说要给他介绍个女人，信里还附带了她的照片。那封信两个月后才送到爸爸手里，看到信后，他马上赶回来，结了婚。我认为，他不应该这么早回来。

“想不到啊，一个女人就把他搞回来了。”

婚后，爸爸有好几次想回去放牧，可是他的孩子快出生了。他只好等那个后来成了我哥哥的孩子出生。孩子出生后，去遥远的边疆放牧的理想，却也变得很遥远。然而，什么才是驱使爸爸放弃牧马营生回到南方的真正原因呢？他不至于为了一个女人，为了一段婚姻，为了遵从爷爷的命令，就匆匆丢下被他称作“一生宿命”的事业吧？我和哥哥往往有多种猜测，仿佛是一个趣味无穷的猜谜游戏。大概，他当初觉得婚姻也是一种冒险吧，但婚姻后的平庸却是他始料未及的。爸爸跟爷爷之间长达十多年的冷战，就是这么开启的。

爷爷已经躺在床上好几个月了，难以辗转，前不久还长了褥疮。

除了和爷爷吵架，爸爸从来不过问他的任何事务。在爷爷病重期间，爸爸却频频进出爷爷的木匠小屋，照料起摆满了小屋的陈旧工具，像一个医生日夜照料着众多病人——磨平锥子柄上的木刺儿啦，清理遗落的锯屑啦，打磨铿子的刀刃啦，学着如何把桦木削得光滑啦……他在各方面都变得像爷爷。对此，妈妈有她一贯独特的理解：“他也得了神经病，天天泡在小屋里，靠啃木头填饱肚子。”小屋的工具似乎连接了爷爷的神经，他知道爸爸在捣鼓他的工具。有一次，我帮爷爷清理那些渗出来的黄液时——“叫你爸进来！”他说，那凶狠劲儿并没因身体的虚弱而减轻丝毫。很快，爸爸进来了。

“你不要碰我的工具！你一碰它们，我的头就痛，真是活受罪！”爷爷像一只黑暗大草原上的豹王，对着长夜发出濒死的怒号，呼哧呼哧的。

“我这不是学着照顾你的宝贝工具吗？要不然你死后，它们只会烂掉。”爸爸远远站着。

“狗屁！你怎么不学着把我照顾好呢？”爷爷停顿一下，“不必了！你还是回去养马，去养那些我一辈子都没见过的鬼东西吧！”

爸爸气得说不出话来。爷爷的头，就像甲壳虫的脑袋，在迟钝的身躯上“咔嗒咔嗒”地抖。那时，哥哥在二楼的夹层找老鼠，从那儿可以看得到爷爷的房间。老鼠在夜里出动，轰隆隆地在夹层上跑过，常惹得爷爷骂起粗话。

我闪到一旁，给哥哥使了个眼色，叫他快下来。他吐了一下舌头，钻进了昏暗的杂物堆里，继续找老鼠。

第二天，爷爷就归西了。

那是下午时分，风停住了。妈妈清洗爷爷被单上的秽物，不胜其烦，一抓到机会便数落爸爸的冷漠，又骂自己不带眼识人。闷热的空气里，晾在门口的被单怎么也不干，稍微有点儿风，被单就迅速地鼓起一个包，像有什么东西不断鼓胀。爷爷的尸体就是用这张潮湿的被单裹着送到木匠小屋去的。葬礼就在那里举行。

爸爸缺席了所有葬礼的准备活动，包括购买葬礼拜祭物品、茶叶水果、鞭炮、丧服和通知亲友等一系列枯燥的事情。爸爸在爷爷的床上一直昏睡到第二天的下午，他多次在睡梦中呼喊着爷爷：“爹、爹……”他躺在床上做着没完没了的噩梦，还说他梦到了很多子弹。哥哥还钻在夹层处，寻找老鼠的踪迹，听到爸爸的梦话便向下探出头来看。

“爷爷梦到了炮弹，为什么你也梦到子弹呢？你也参加过战争吗？”

爸爸大汗淋漓，睁着白眼，扭动着僵硬的躯干，背脊像有什么东西要长出来一样。他回答：“我的战争一直都还没有结束啊。”

唯一不用准备的是棺材。人们在收拾小屋，腾出空间的时候，在昏暗处发现了一口竖立的棺材。爷爷生前就为自己准备了一口棺材。棺材用上好的松木制成，表面光滑无刺儿，上漆的板面散发着甜甜的怪味。人们怀疑这根本不是一口棺材，而是一个檀香木箱。

“我死了要能够躺进这里，那该多好哇！”有人说。

空气沉闷得不行，十几号人挤在狭窄的小屋里，汗津津的。有些妇人假装大哭，这是一个葬礼的传统形式。我站在棺材旁边，正处于屋子的中心地带。爸爸跪在棺材前面，低着头，默不出声，像是又陷进了一次沉睡之中，在梦的迷宫里挣扎着走不出来。他突然直起背脊来，在众目睽睽之下，掀起那张盖着爷爷尸体的被单。我们看到，有一只黑色的地蜂，愣头愣脑的，从被单下面飞起来，翅膀的嗡嗡声在突然平静下来的小屋里很刺耳。它在半空中停留一会儿，便从天窗飞走了。

爸爸抬起头，看着天窗出神。宾客都离开后，在妈妈的拉扯下，他才像个木偶一样站起来。他跑回小屋里，看到那只黑色的地蜂。他蹲下来观察。它从地板的缝隙里探出头来，把腹部朝外，然后钻进去，往外扒土，灰尘簌簌地飞到了爸爸的脸上。

老房子的地板缝隙间，常有地蜂挖洞做巢，偶然飞进棺材里也不足为奇。爸爸说，这只从爷爷的身体里飞出来的地蜂，是地府派来带走他的魂魄的。

爸爸和爷爷一生的对峙，成了他无法摆脱的负担。当中的吵架风波倒是有益的，至少填充着爸爸婚后日益滋长的空虚。他甚至有点沉迷其中。而现在，爷爷死了，这种敌对关系随之结束，爸爸成了一个不安分的僧侣，空虚，躁动。

爷爷死后不久，在那些个同样古怪的日子，爸爸发现了一个悬挂在瓦片下的蜂巢。他开始在一只蜂身上，一砖一瓦地搭建起一种新生活。

乡里人对黄蜂巢，本是毫不在意的。

我们的村庄是个穷乡僻壤，很多旧房子用土砖来砌墙、铺地板，用松木做梁柱，用牛粪来糊紧缝隙。黄蜂造巢时，嚼烂这些干牛粪、木头，放在胃里转化成一种适合造巢的糜烂湿润的物质，最后吐出来使用。这种小东西，平常人见到了也不会多看一眼。它们并不像蜜蜂那样能用来大规模采蜜卖钱。

爸爸发现的那个蜂巢，在一片瓦下伶仃地垂吊着，像个干莲蓬，也是普通极了。我家的墙，跟东面的一堵破土墙形成了一条小巷子，巷子上方盖了一片石棉瓦。蜂巢就在瓦面下悄然发育，这引起了爸爸的注意。

爸爸开始把生活重心转移到蜂巢上来，填补爷爷死后的生活空洞。

自从发现蜂巢后，爸爸像卫兵一样守着它。他在蜂巢下方搭建了一个木质平台，这是他的蜂王台，又像个气候站。平台高三米，顶部离蜂巢仅有几十厘米，一步一步走上平台的阶梯，就可以坐在平台顶部，观察黄蜂的繁殖觅食活动，记录蜂巢的体积外形变化，在纸上描绘蜂巢精确得堪比神造的外形结构。为了好好保护他的研究对象，他甚至在蜂巢外用篱笆围起了一个直径几米的圈，防止外人靠近。

我去喂母鸡时，免不了要经过蜂巢。他总是迅速做出反应，停下手中的铅笔，把绘图稿纸卷起来藏在怀里，用怀疑的眼神看着我。

我手里端着米糠，母鸡在笼子那边饿得发昏，发了疯似的咯咯叫。我鼓起勇气从爸爸身边跑过去。他竟从三米的平台上一下子跳下来——我无疑成了地盘的入侵者——打翻了我手中的米糠，一脚踢翻了鸡笼。几只母鸡跑出来绕着他的脚转圈。接着，母鸡连蹦带跳地飞上平台，伸长脖子要去啄蜂窝。惊慌失措的黄蜂一下子飞了起来，产卵的蜂王吓得掉了一颗卵。那一刻，爸爸近乎崩溃，所有事都跟他作对。他绷紧着脆弱的神经，保护他最后的领地。

他唯有一棍子打死了那只母鸡。

妈妈闻声而至，捡起母鸡，一边说母鸡死了可惜，一边却拿去拔毛，宰了。那天，我们难得吃上了一顿美味的鸡肉。爸爸“吧唧吧唧”地吃着，又瞪着眼睛，怒气冲冲。

并不能用“玩物丧志”来形容爸爸。毕竟，他丧失的只是对于家庭结构应有的维持，而他内心里日益充盈着的，是对于养蜂这桩事的无限激情，令人难以置信的狂热，以及对于注定悲剧收场的无知。

那时候，我对科学产生了极大的兴趣。以我的热情和冲动，我相信自己绝对能在科学家中占得一席，但怎么说，这都只是我的哀叹和幻想。我对黄蜂的热情完全不同于爸爸的狂热。他对黄蜂所倾注的那种观察的狂热、探索的激情，已经到达一个无法以正常思维去理解和包容的高峰。

“真是见鬼。”

妈妈经常一个人坐在门口的木椅上自言自语，咀嚼着内心的苦味。爸爸的失控对她产生了无形的压迫。

我跟哥哥说，爸爸有点儿不正常，不要去打扰他为好。但哥哥到处跟人家说，爸爸纯粹是在研究养蜂的技巧，希望邻居们不要打扰他。爸爸很赞赏哥哥的这种行为，常给他几个零钱去买吃的。哥哥对乡里隐而不见的糜烂情绪，没有足够的敏感。他完全通过我的行动来作出下一步的行动，往往抢先尝到甜头。他是一个外向、狡猾的兄弟。爸爸对他宠爱有加是有原因的。

我去村卫生站找过医生。医生说，你爸这是癔症。在我心里，爸爸对于黄蜂的痴迷，呈现了某种神秘主义的倾向，仿佛入了魔，这已经超越了癔症的学术范畴。

起初，蜂巢只有几只黄蜂，随着幼虫的蛹化，黄蜂便多起来了。

在白天，黄蜂盘踞在巢的四周，一有动静就倒转身体匍匐在巢上，抖动着细小而敏感的触角，前足抬起来隔空摩挲，一双双玻璃状的青色椭圆形眼睛，明亮晶莹，盯着专心绘图的爸爸。黄蜂的触须在空气里轻微地上下抖动，探测着事态的变化，只要爸爸保持距离，它们并不会贸然进攻。

晚上，是爸爸最自由放肆的时候。黄蜂全都入睡了，像被烟熏后一样昏迷冷静。爸爸凑到蜂巢前，翕动鼻翼，仔细嗅着。蜂巢散发着牛粪的刺激味，还有一股来自黄蜂唾液的奇异味道。爸爸对这样的气味如痴如醉，他叫哥哥一起加入这个闻蜂巢的行列，但是被爱子心切的妈妈阻止了。哥哥在昏暗中露出逃过大劫的神情。他必须极力维持在爸爸心目中亲切、富有孝心的形象，保证零花钱不断。而最想加入他的行列的小儿子，却只能在一个黑漆漆的窗口望着这一切。

我和妈妈过着爸爸形同不存在的生活。饭桌上，爸爸只跟哥哥绘声绘色地描述当天的新鲜发现，极具象征性的夸张手势往往打断了我吃饭的兴致。哥哥总是笑脸迎人，连连说是。

在一次外出劳作时，妈妈被哥哥放在田塍上的锄头绊倒了，门牙磕在一块石头上。妈妈失去了两只四环素牙，她早就想把它们拔了，所以她并没有太伤心。门牙的缺失使她说话总是漏风，怎么也没有办法说清楚一句话。每当这个时候，妈妈就表现得茫然无措，低下头来吃饭。

哥哥跟我说，我的出生只不过是妈妈对付爸爸“无节制的野心”的又一个手段。

总之，爸爸厌倦了跟我们母子俩说话。

经过昼夜的筑巢，蜂巢越来越大，像凭空生长出来。一个褐色肿瘤正以不可预见的速度增大，这引起了邻居们的恐慌。邻居上门坦言过这个蜂巢潜在的种种危险。爸爸将他们纷纷轰出门去。他们私底下开始密谋如何捣毁一个蜂巢，还企图拉拢我这个被排挤的小儿子做他们行动的卧底。我拒绝了这个请求。

这件事情不了了之。

黄蜂在屋子四周逡巡，停留在腐烂的木头上，用嚼吸式口器啃着柔软的木屑，再带回巢里去。这些天生的艺术家一点点地绕着圈，糊出一个个正六边形柱体巢房。

我在爸爸的房间看过他的手稿。他用碳素铅笔在素描纸上精细地描绘出巢房的基本形状，附带全方位视图，分阶段呈现黄蜂繁殖的过程。他还在狭小精致的巢房图案的暗处，画出了黄蜂产卵的姿态，一粒粒乳白色的细卵附着在巢壁上。阴影对比精确，每一张图都栩栩如生，呈现出艺术家的专注精神和呕心沥血的癫狂。我不知道爸爸是否学过绘画。在爷爷的柜子里，我曾翻看过很多建筑手绘图，爷爷是否曾在某段与爸爸停战的时期，传授过他绘画的技巧？

爸爸并不满足于观察蜂巢的外部结构。黄蜂的攻击天性让他止步于描绘无关痛痒的外部线条。他在昏暗的房间里，站着不动，长久看着桌上的画纸，仿佛被沮丧攫获，化成一尊石雕。他哪怕再深入一点，工蜂就会倾巢而出，甚至蜂王也会不惜出洞，向长久打扰它王国的男人发动攻击，宣泄近乎私欲性的残忍。

我在自己的房间里翻着科普书。其中，昆虫篇详细讲述了蜂类的习性和蜂巢的特征。我有几次攥着书，站在爸爸的门口，想给他提供科学家们的数据，那么他就可以更加深入地了解那个蜂巢。但我还是放弃了，缩回房间里。爸爸绝对不会接受我的“施舍”，他需要的并不是现存之物，而是将自己的精神毫无保留地投入这项私人性的事务中。他观测所得的数据，不会有更突破的发现。甚至，当他自以为发现了黄蜂的惊人秘密，那也可能是早已被证实了的事实。

我把科普书塞进杂物堆的深处，让它在纸皮堆里腐烂吧！爸爸将不会知道世界留给他的残忍结局。

蜂患越发不可收拾了。

在这个花朵开得异常繁盛的阴郁夏季，工蜂竟在短短的时间内培育了无数的蜂王，这在科学上是不寻常的。连刚咬破巢室、尚未完全羽化的幼蜂也在半个小时内褪去了苍白的外衣，跟成年蜂一样金黄明亮，扎眼的黄黑条纹标志着凶残的天性。闷热天里，很多蜂王离开了旧巢，开始在周围独立开启一个新的王国。一个个莲蓬状的、大小不一的蜂巢开始在屋檐下、树梢上、花丛里出现。还有一个竟然结在了一个燕子窝旁，几只发育迟缓的雏燕被蜇死了，掉在地上，引来了一群蚂蚁。

爸爸依然专注于观察和绘图，丝毫不受蜂巢失控的影响。这个时期，黄蜂对爸爸已不再有敌意，真叫人费解和惊讶。你随时可以见到一个满头都是黄蜂的男人在巢下拿着图纸，描描写写，然后若无其事地走进家里。

很快，阁楼出现了两个大蜂巢。

妈妈忧心忡忡地与邻居妇人讨论如何挽救这一场灾难。哥哥再也不敢靠近阁楼了，抓老鼠的游戏也不能进行下去。

“哥，你最好去劝劝你爸……”

“他也是你爸啊。”

“他跟你比较亲近。拜托，你去跟他讲讲吧，要是黄蜂成灾了，大家可就没好日子过啦。”

“他早就料到了今天，还很期待呢。看，有这么多蜂巢供他研究。”说完，哥哥就借机从我身边溜走了。

我在夜里睡不安稳，看见天花板上悬挂着无数个蜂巢，在昏暗的时分，闪着血红的光。在密密麻麻的巢房里，一只只黄白色的幼虫探头探脑，肥胖的身躯在狭窄的巢房里蠕动，它们的嘴一张一合，似在等待工蜂喂食。那是一幅恐怖的画面：幼虫们沿着一根根在黑夜里反光的丝垂吊下来，像一只灵活的蜘蛛，靠近我的鼻尖。我在梦里看到一个大黑球向我滚来，我本来以为那是炮弹，或者子弹，至少是冷兵器之类的东西，但是那个黑球在一个拐弯处，就睁开了一只眼睛，那是一只黄蜂独有的复眼。

爸爸摇醒了我。我在梦里哭着醒过来。

“哭什么哭！不要打扰我画图。”爸爸在床边站着，说完就钻进他的房里去。我抬头看看天花板，那里只有一窝小小的黄蜂，发出细微的嗡嗡声。

我把希望寄托于妈妈和邻居。她们必须采取严厉的手段，恢复往日的平静。

夏季很漫长，屋子周围热气腾腾，湿度很大，像是春天延伸了过来。渠水在太阳的暴晒之下，蒸出了腌臜的气味。

一个临时组成的灭蜂组织开始活动了。住在我家后面的小温，他家的阁楼至少有十个蜂巢，因此他是这群人中最卖力的，拿来了杀虫剂、扎有易燃松针的扫帚、防护雨衣、面罩。妈妈吩咐我留意爸爸，还用五块钱和一包饼干贿赂了哥哥，叫他不能把这件事情泄露给爸爸听。哥哥欣然答应了。我什么都没有得到。我是妈妈眼里的好儿子，自然被排除在这些物质性条件的协议之外。

我在屋顶上看到妈妈一行人，风风火火，全副武装，先是消灭了附近的蜂巢——那些蜂巢在一把大火中化为灰烬，烧出了浓烈刺鼻的牛粪烟味，被烧焦的黄蜂在地上挣扎两下就不动了。西边的天空，乌云密布，闪电在乌云中割出一道道银色的裂痕，山林升起两团青灰色的雾气，像两只眼睛在高处俯视这一切。

很快，妈妈开始了新一轮的攻势，她像是穿着盔甲的战士，享受着梦寐以求的进攻，反击黄蜂军团，反击邪恶之源——她的丈夫。

妈妈靠近瓦下的蜂巢时，远处的雷雨云也顺着风吹了过来，那是一片高压的乌云，黑夜似乎提前降临了。女人们都惊叫起来，怕雷暴劈到自己头上。那几个男子举高双手，叫大家安静，别坏了事儿。

狂风卷起地上的枯柴烂叶，撕裂塑料布，母鸡和白鹅在巷子里乱窜，为即将发生的变故造势。

那是一场小骤雨，虽在一刹那完成，却达到了狂风暴雨的强度。那堵土墙在狂风的猛烈吹袭下，轰然倒塌。我听到了沉重的坍塌声，像是天边的雷鸣。瓦块失去了土墙的支撑，整个儿倒在地上。那个三米高的木质平台也被砸成了碎片。

一个王国在剧变天气的肆虐下，迅速瓦解。

土墙的倒塌几乎没有任何灰尘飞升，狂风又悄无声息地带走了所有的噪声。那个灭蜂组织站在不远处目睹了整个过程，并在雨势减弱前悄悄离开了。妈妈卸下所有装备，在菜地里拔了一棵大白菜，几个胡萝卜，甩了甩根部的碎土，往家里走，像什么都没发生过一样，那么轻松自在。

蜂巢有一半露在倒塌的泥堆之外，另一半被压扁了。黄蜂被砸死了不少，仅剩的黄蜂在上方凌乱地飞，形成了一股黑黄色的旋风，用翅膀的高频率震动，对抗恶劣的狂风。肥大的幼虫，尚未羽化成型的幼蜂，在砖瓦的重压下失去了原形，压成了浆液。

这时，急促的脚步声，沉重的喘气声，一股劲地从屋子的深处涌出来。一只怒气冲冲的蜂王正要面临家族崩溃的噩运！爸爸要出来了。

支离破碎的蜂巢，跛行的黄蜂，分成两截甚至变成一摊糊状物的幼虫……爸爸像在地震过后搜救亲人一样，飞快地翻起瓦片，撬起土砖，捡起了那个被砸得不成样子的蜂巢，捧在手心，转着僵硬的脖子，东倒西歪地走进了他的房间。

其实，在他冲出来之前，我捡起了一只死黄蜂，胡乱地塞进了口袋。当时，黄蜂的腹部似乎动了一下，我的手指肚立刻感到了刺痛。我强忍着，没有把手抽出来。

那只用尽力气蜇了我后才死去的黄蜂，被我保存在一个玻璃瓶里。黄蜂细小的身躯，腹部扎眼的黑黄色斑纹，一并衬托着它的陨灭，那种震撼简直无与伦比！

我终于收获了一只属于自己的黄蜂！

这场事故并未掐灭爸爸一个月以来的狂热之火。

他的桌子从此变成了一个标本和图鉴的迷宫。图纸上不再是蜂巢的外形，而是开启了一个新的时代，出现了黄蜂的单体图鉴，每一条细腿都刻画得无比精细，腹部的轮廓让人着迷，那双玻璃状的大复眼炯炯有神。蜂巢的内部结构也开始被描绘出来。他拿了哥哥的量角器，在台灯下测量着巢房的构筑角度，终日沉浸在工作中无法自拔。

那时，哥哥对与爸爸的交谈已经失去了兴趣，还要挟妈妈给他买更多的东西，要不然会向爸爸泄露她的秘密。妈妈只好忍着。

手被蜇了后，竟然肿得像小腿一样粗。我怀疑蜇我的是一只蜂王，它把最后的希望之卵产在了我的身体里。蜂卵将在我的身体里孵化成无数条幼虫，钻进我的五脏六腑——我成了它育儿的容器。我在夜里哭泣，敲打着肿胀的手臂，一阵阵酸痛刺激着我疲倦消沉的脑袋。

我梦见每个毛孔都钻出黄蜂的可怖景象，吓得从床上惊醒，跑到了田野之中。我似乎体会了爷爷在梦里被炮弹吓醒的滋味。在月亮的光辉之下，那只肿胀的手臂显得慈眉善目，有颗心脏在里头隐隐跳动。一个星期后，肿胀竟然消失了，没有任何黄蜂从我的身体里钻出来。在万幸之余，我不免有点儿失落。

我听见妈妈在房间里哼哼叫。我摸黑推开门进去，看见她正裹在一张厚厚的棉被里，艰难地挪动，瑟瑟发抖。乡村的夏夜是寒冷的，可是也不至于盖棉被。除蜂那天，她有可能得了风寒。这时，我隐约看到，有个黄白色的东西从棉被里探出来，是一只黄蜂幼虫的尾部？

在散发着馊味的房间里，妈妈终日裹着被子——我怀疑她是一只巨大的黄蜂幼虫，正在蛹化。哥哥为了避开那些讨厌至极的蜂巢话题，故意不回家吃饭，天天去别人家蹭饭吃。我沉醉于观察爸爸的行为，却总是躲在暗处，不露面，也不插足他的任何事务。我们表现出了足够的冷漠。

某天，爸爸把工作的地点从睡房转移到了木匠小屋那儿去。

他终于意识到这个小屋的意义了。他开始了手工制作蜂巢的日子，开始了一段更加诡异的生活。我们不得不再次佩服爸爸的无限创造力，尽管这种创造力使人不寒而栗。

为了精确测量蜂巢的结构数据，那个扁塌的蜂巢，竟然被他还原得惊人的完好。他曾考虑过摘一个新的蜂巢，但无疑那样太危险。

他在屋子周围收集木头和夹板，甚至铤而走险地锯下梁木，使用大号的量角器在木头上做测量，然后仔细锯开来，准备着蜂巢的零件部分。那些工具仿佛注入了神奇的魔力，比如烂木头经过一番处理，看上去的确很坚固。在短短一个星期里，一个个莲蓬状的木头蜂巢，便有模有样地挂在了小屋的梁上，像一盏盏吊灯。

他建造的黄蜂王国已现雏形了。

为了让这些手工制品成为真正的蜂巢，爸爸接下来着手要思考的，是如何让黄蜂在这里安家。

他想出了一个办法：在每个蜂巢上涂满甜甜的蜜。当储存的蜂蜜用完了，家里的红糖便成了补给品。完成准备工作后，爸爸成了一个采集昆虫的狂热学者，拿着塑料罩子，在倒塌的土墙周围搜寻着那天飞散的黄蜂，希望能抓到几只还留恋旧巢的黄蜂，关到小屋里去。

“爸，看那儿！有几只黄蜂打架呢！哪只赢了，就抓哪只！”我鼓起勇气说。

爸爸不解地看看我，没说话。只见他举起罩子，向那两只决斗的黄蜂扑去。两只黄蜂在爸爸的罩子扑来之前，感到不妙，打了几个转，飞走了，消失在白茫茫的黄昏雾气里。

他还不知道，这是两只黄蜂在决斗出一只新蜂王呢。他无视一切，冲动鲁莽，是根本无法建立起一个全新的黄蜂家族的。他盲目地发展着他多维的世界，那种甜蜜的悲剧意味，已逐渐昭告天下了！

爸爸像是失了魂一样整天蹲在小屋里，偶尔抬头望望那些密密麻麻悬挂着的人工蜂巢。黄蜂不会再回来了，爸爸的事业也即将告终。他从爷爷那里继承了这个小屋，在这里进行了一场中途夭折的试炼。

死去的蜂王正静静地躺在我的玻璃瓶里，尸体越发缩小，薄薄的淡黄色翅膀失去了脉络线条，纵向折叠起来，像干枯的叶子。分节的腹部萎靡消瘦，只有一双明亮的大眼睛还在死死地望着我。

有一天，盖子打开了——蜂王不见了！

它复活了吗？

没人知道我偷偷藏起了一只死黄蜂啊。我胆战心惊，怕是爸爸发现了我的秘密。可这又有什么好怕的呢？就算他发起火来，也失去了暴戾。

蜂王消失不见的那天，是这个夏季最阴沉的一天，黑压压的乌云又在天边聚集。经过多次骤雨的演习后，终于要迎来一场盛大的暴雨表演了。小温被雷暴劈中了，被人抬回来的时候黑得不成样子，身上冒着烟，死翘翘了。

狂风灌进小屋里，刮起了瓦片，吹走了满地的锯屑，工具在风的搅动下四处逃窜，拼命逃离这间阴郁的小屋。

暴雨来临前夕，爸爸却迎着风狂吼。

“哈哈！快看！快看啊！”

他看见一只黄蜂飞进小屋里去了。他终于等到了成功的一天。那只在小屋里徘徊的黄蜂，是我的蜂王啊！它真的复活了，还准备在这里重新安家！

这时，哥哥跑回家避雨。爸爸飞奔到小屋门口，张着大大的嘴，呼喊着哥哥：“喂！喂！过来！”

哥哥把手放在眉间作帽檐状，以一种怜悯的心态看着这位可怜天真的父亲。

“哥！快把你爸拉回来！要下暴雨啦！”我在窗口叫。

哥哥只好顶着大风，小跑着来到小屋门口。爸爸兴奋极了，竟拉着哥哥一道进了小屋，“快看！蜂王回来了！”

同时，整个乡村的风，似乎一股脑儿地全涌进了小屋。暴雨下起来，硕大的雨点模糊了我的视线。天全黑了。我听到了巨大的雷鸣，伴随着一阵阵延长的、木头断裂的吱呀声。我看到了一个短暂迅猛的黑夜是如何毁灭事物的。

小屋在一场骇人的风暴中，成了废墟。一个庞大的堡垒轰然倒塌。几乎在下一瞬间，天空突然明亮了起来，带着死亡味道的光线从云层间溅射而出。

奇迹般活下来的爸爸，跪着翻起锐利的断木，满手鲜血，他在小屋的废墟中找到了哥哥。哥哥就像上一场灾难中的黄蜂幼虫那样，被砖瓦砸死了。谁都看得出来，悬挂在屋顶上的人工蜂巢，就是罪魁祸首。脆弱的老房子，将它的骨架奉献给了这些一无是处的、承载着希望的蜂巢。狂风给了它既轻佻又致命的一击，轻易地就结束了这个夏天。

哥哥的每个关节都被砸碎了，脸上的肌肉撕裂开来，眼球也被砸出一个深深的黑洞。他再也不能用这张脸摆出向爸爸谄媚和亲近的神态了。我趴在窗户上，看着爸爸如何抱着哥哥哭。这是这个夏天以来，父亲第一次哭。

得知哥哥的死讯后，妈妈依旧缩在被子里。这只巨大的“幼虫”能熬到蛹化期吗？她能成功在死亡的阴影下蜕变吗？这仍然是一个谜团。

夜幕很快就笼罩了下来。在平静得能抚慰人心的黑夜里，今天所发生的一切显得迅猛而飘忽。

爸爸抱起哥哥，放在房间的桌子上。他在等地府来的地蜂，带走他大儿子的魂魄。他偶尔看着门口，等我或者妈妈进来给他一个拥抱。房间里点起了蜡烛，摇曳的灯光下，我看到了哥哥模糊的脸庞，扭曲的肢体，紫红色的血污在他的手臂上描出一些复杂恐怖的线条。

“哥哥他怎么样了？妈妈她……妈妈她不舒服。”我说。

“她吃饭了吗？”

“没有。我煮好了，饭菜都凉了。”

“儿子，快去吃饭吧。”

“你要去看妈妈吗？她在床上好几天没下来了。她有点儿古怪……你最好去看看她。”

爸爸的眼睛没有任何变化，脸部的肌肉仍在紧绷着。

“那就去看看你妈吧。”爸爸说。

爸爸端着烛台，走进妈妈的房间。房间里有股腥味弥漫不散，附着在每一寸墙壁上，每一根梁子里。我听到木蠹虫在梁子里啃着木头。

“你的大儿子死了。”爸爸说。

“啊——可怜——”妈妈气若游丝，“我在准备一件事呢，不过，要等到天亮。”

爸爸不安地站在床边，手中的烛台摇摇晃晃。他在等着什么。

妈妈挪动了几下，说：“天要亮了。”她掀开被子，只见她的怀里揣着一团黑乎乎的东西，有很多密密麻麻的白色小点在上面蠕动。

是一个大蜂巢！最后的蜂巢！

爸爸身体一颤。一阵风吹灭了爸爸手上的蜡烛，只有窗边的煤油灯亮着。妈妈拿起桌上的煤油灯，把火力旋钮旋到尽头，房间倏地陷入黑暗中。

接着，我听到了灯座拧开的嘶啦声，液体流出来的啪嗒声。

“嚓——”妈妈点亮了一根火柴，照亮了她因为整日昏睡而浮肿苍白的脸。火苗跳动着，像个鬼火一样跃到那个大蜂巢上，“呼”的一声，整个蜂巢便成了一个火球。狭窄的房子充满了煤油的黑烟，和黄蜂幼虫烧焦的臭味。爷爷当时说的肉被烧焦的味道，大概就是这样的。

我退后几步，紧张地等着什么发生。爸爸会疯狂地扑上去救火吗？没过多久，蜂巢上的火焰变小了，只有几朵火舌还在蹿动，房间依然一片寂静。

“孩子他妈，去吃饭吧，菜凉了。待会你给大儿子换套干净的衣服吧。”爸爸仿佛从一场恍惚的梦境中清醒了过来。

那个烛台从他的手中掉了下来。爸爸沉吟一声，走出了房间。

“妈——”

“找你爸去吧，我没事的。”妈妈说，“你哥在喊我呢。”

只见妈妈捂着脸，蹲了下来，无力地抽泣着，发出像猫一样的呜咽声。蜂巢上的火焰随着妈妈渐渐变小的呜咽声，也越来越暗沉，最终变成了一缕浊烟，不舍地消散在从窗骨透进来的月光中。

爸爸走出了大门。外面是温柔的月夜。

我跟着爸爸，经过了小屋的残骸，一路走到村外的野地里去。月光融融，村子很安静，这样的夜晚是很难睡着的。山林里的鹧鸪声让人出神。

“儿子，你回去吧。爸爸要想点事儿。”他用疲倦的黑眼睛看着我，然后回过头去继续走路。我依然悄悄地跟着，呼吸着夏夜冰冷的空气。

一个叫阿金的中年男子，牵着一匹什么畜生，从一条羊肠小道的荆棘丛走出来，在一棵枯树下停住了。阿金和爸爸是从小的好伙伴，当年曾一起去草原牧马。他的头顶只剩几撮毛，脸瘦得像个骷髅。他有夜游症，不知道现在是不是在梦游。

枯树上停着几只乌鸦，树枝的分枝处有几个黑色的团状物，像是蚁窝，也可能是蜂巢。不过，爸爸对蜂巢已经失去了兴趣。爸爸走到阿金面前，抚摸起旁边的那只畜生。

那是一匹马。它伸长脖子张着嘴，却什么叫声都没有发出来。没有风，但马鬃依然飘着。

“唉——是你呀！”阿金的时间线仿佛滞后了一段，这时才忽然说起话来。

爸爸没有回答，拍了拍那匹马的背脊，接过缰绳，轻易地骑了上去。他挺挺胸膛，深吸了一口气。

那只畜生不安地前后踱步。这时，我才突然意识到，自己的眼睛被模糊的黑夜蒙骗了，这哪里是马呢？它分明是一头驴子！

“唔——看来你的骑术一点都没退步！”阿金说，“你想去哪儿？快走吧。”

山坳里突然传来一声巨响，像是雷鸣，也像是未完结的战争枪声。爸爸的身体抖了一下。他胯下的畜生也显然受惊吓了，笨拙地抬起蹄子，小跑而去。

那远处，依稀之中，爸爸抖动着背脊，长出了一双透明的翅膀（有可能只是一件披风），扬起了旷野的尘土，像是月夜的短暂风暴。

这蠢驴到底要带他去哪儿呢？我抬头看看月亮，它一寸都没有移动过。

哥哥的葬礼在夜里就开始了。还起了风，嗡嗡地呼啸着。那阵阴风正带走哥哥，我那可怜的哥哥。

一个神棍老头安排着仪式，纸钱在夜里烧起来，升起一阵烟雾，弥漫在小小的居室内。

“快给你哥跪下，磕个头。”

我跪在地上，额头抵着潮湿发黑的地板，泥土散发着内脏般的腥味。那股凉意从额头传进神经之中。我不想把额头从地板抽离。宾客们在烟雾缭绕的虚幻中神情萧索，他们都是从熟睡中被叫醒的，遵循着某种熟练的或者是天生的习惯，有模有样地坐在席位上，等待进入葬礼中属于他们的那一个角色。

然而，我的角色永远只是一个过度的参与者。在爷爷的葬礼中，我甚至没有跪下来磕头，而哥哥死了，却像有某种时间终止的意味，需要我这样长久地以虔诚的姿态伏在大地上。一种看不见的沉重负担，降临到我的头上——我是这个家最后的男丁了。

葬礼的乐手在野外的狂风中调试唢呐，几声单调的声音断续，嘶哑。一会儿，唢呐就流畅而落魄地响了起来。

# 金莲与捕蝇纸

此刻的黄昏已无别的可能，天空脱掉白昼外衣，露出灰色裸体。十几个村民组成搜索队，拿着镰刀，在杂草和树丛间劈砍。即使是手里电筒的光柱，也砍不破夏日的黑暗。他们对祖母的下落有不同的见解，到处是他们无用的争吵声，喋喋不休，像挤着嗓子唱出来的山歌。男人和女人有不一样的直觉，南无佬和问米婆有不一样的暗示：祖母一时在山涧，一时在树上，一时在隔壁村，或者她已经回家了，正在灶台烧饭。春聿在队伍的末尾，从清晨走到日暮，裤腿湿了又干，干了又湿。

入夜前，搜索队伍最终分成两帮，一帮跟着南无佬，另一帮跟着问米婆。南无佬带人回到灯火通明如天界幻象的村庄，继续寻人。问米婆坚持认为，祖母仍在山里，非要深入无尽的山坳，有着“我不入地狱，谁入地狱”的决心。春聿独留在人间。他的父亲和母亲向来意见不合，若父亲跟着南无佬走，那么母亲会跟着问米婆。始终没有人问过春聿的想法。但他谁也不要跟，躲在树后，等他们走远后才出来。春聿自有方法，但必须等这群人走远后才能行动。

问米婆差一点儿就成功了，若她不是那么迷信问米，而是认真问问春聿的看法，那他也许会告诉她——祖母在公牛山。

可惜，她已走远了，她相信撒一把米之后冥界所给予她的暗示。春聿始终认为，这是一场出自祖母之手的捉迷藏游戏，谁先找到祖母（的尸体），就能领取她古老宝箱里的奖赏。春聿怀揣着寻人的线索，秘而不宣。公牛山在他们所走的相反方向。高耸隆起的山脊，犹如蹲伏的公牛之背，前方低矮的山头发出公牛沉睡的鼾声。在漆黑的丛林之上，在宝蓝色的夏日夜空之下，公牛山的轮廓线鲜明而强烈，划分天界与人间。

月亮出来后，夜路很好走，只有轻薄的迷雾在丛林氤氲不散。公牛山的头与身之间，有一条蜿蜒的山坳，春聿从那里深入，向左或向右走，必定能找到祖母。在山坳前，头上树林交叉遮蔽，月色黯淡，正当他难以选择方向时，一道黑影在竹林里缓慢穿越，那东西的庞大身躯折断枯枝败叶，发出清脆的剥剥声，还不时打着响鼻。是公牛山的化身，一头公牛。此前谁也没见过野牛，也没报告过逃脱的公牛，那必定是另一种存在之物吧。春聿循声而去。公牛来去自如，在林中行走仿似水中游鱼，镜花水月，春聿的脚步难以跟随，颈脖和手臂的皮肤上落满竹林冰冷的夜露。

这头公牛的响鼻很特别，缓慢悠长，接近一声声叹息。记得昨夜，春聿在家里听见过它的叹息，正是它驮着祖母离开的。它或许就是死去的祖父，祖父和祖母的生肖都属牛。昨夜睡得正酣，春聿被一种蹄踏地板的声音唤醒，他来到客厅，看见祖母和一头公牛站在门口，沐浴在月色下，仿佛意欲远行，只是没有行囊在身。祖母的眼睛有一层如月的奶白色光泽，她靠在公牛壮硕的脖子上，有着与公牛相同的呼吸节奏，缓慢悠长。她叫春聿不要出声，不要惊醒爸爸和妈妈，她要和大家玩躲猫猫。但她只告诉春聿一人知——她指着公牛山的方向——她要到那里去，那里湖水浇灌，湖面的万千朵金莲，耀眼夺目。在天亮之前不要动身找她，若春聿听话，那么她房间里那个黑箱中的宝物都将归他所有。祖母如是说。黑箱中的宝物，是祖母出嫁的嫁妆，她苦苦守了一辈子，不给父亲也不给母亲。父亲说祖母抠，是个守财奴，哪怕饿死也不肯拿嫁妆出来换粮，更别说支持他创业做生意——父亲想经营一个小农场。母亲骂父亲不孝，说那是祖母对早逝的祖父的唯一念想。“你看我，从未打过那些东西的主意。”末了，母亲又补充道，“反正迟早是你的。”那时春聿睡眼蒙眬，迷糊地点头，望着祖母使尽最后的力气，爬到公牛背上，朝着公牛山上那个有着万千朵金莲的湖泊离去。翌日春聿才想起，村庄从来没有湖泊，公牛山也从来只是一座山。他隐约地感觉到祖母的本意。太阳高照，人们开始参与这场捉迷藏游戏，春聿不希望他们捷足先登，但为了不暴露行踪，他只能待到夜色降临，才独自出发。

“宝物是我的！”春聿咬牙暗想。思及此，他便跟紧脚步。公牛行走的声音如此近，又不可捉摸，不可见其全貌。可是转眼间，它的身影就赫然出现在山坳最末端，火红色的毛发如火飘动，仿似要点燃山林野草，深渊般的眼珠瞪着春聿。春聿定住了。云彩流转，遮住月色，阴影吞没了公牛的身影。公牛消失后，还有另一种声音会为他引路，春聿渐渐听到起伏的蝇声，以及某种细小爬行物在吸食时制造出来的黏稠之音。这就是终结这场游戏的线索。夏日的黑暗中，有不少蜂巢，还有求偶的蛙在鼓噪，会影响对蝇声的分辨。但仅仅是影响，并不会误导他。他对昆虫声音的区别了然于心。蜂纪律严明，蜂鸣持续流畅。苍蝇各自为政，起落迅速，声音短暂凌乱。至于蛙噪，只要他拍拍手掌，它们便吓得噤声，立刻收起薄薄的鼓囊。

在公牛消失的地方，有一个山洞，一条溪流从内流淌而出，微微泛着澄澈之光。里面传出嘈杂的蝇声，他再次循声而去，在洞内的一个泉眼旁，发现了祖母。祖母蜷曲身躯，手掌压在泉眼上，泉水汩汩冒出，从她的指间淌过，流经她赤裸的双脚，分裂成滋养这条村庄的众多支流。

春聿尽力把注意力放在这个圣洁的泉眼上，才能延缓另一种与此相反的污秽所给他带来的骇然与邪恶。祖母已然死去，她死去的气息引来一群黑压压的苍蝇，落在她除了被泉水浸润过的其他皮肤区域上。春聿轻拨一下，群蝇旋风般飞起，又迅速低伏落下。还有另一种东西似乎不受他的干扰，是一群同样乌黑的蚂蚁，爬满祖母的脸庞，制造一个个血肉模糊的伤口，再沿着山洞顶部的一条不易被察觉的蚁路，将血肉送回巢穴中，养育细小白嫩的幼体和臃肿的蚁后。春聿用冰冷的泉水为祖母洗去死咬着她的皮肉不放的蚂蚁，扯下洞口的蕨类驱赶苍蝇，将祖母从黑暗的洞穴拖出来。看着皎洁的月色下祖母那瘦小残损的身体，他没有哭，也忍住了呕吐的不适，因为他是这场寻宝游戏的最终胜利者。在等待大人找来期间，春聿试图搞明白，他是怎么在黑漆漆的洞内看见他所看见的：苍蝇、蚂蚁、伤口与泉眼。他觉得自己听到了那一切，声音有光、形状和颜色。春聿也有点内疚，若不是苍蝇和蚂蚁的侵蚀，他希望祖母的死是洁净的，是自然的，隐匿山林，与其融合为一。他不敢丢下祖母，生怕她再次被夺走，紧抱着她的身躯，竭力叫唤，让声音传出重山，直到搜索队穿越林地发现他们。

父亲要为春韭的祖母举办一场喜丧。喜丧在这里绝不寻常，哪有人家死了母亲是不伤心、不哭丧的？哪怕只是做做样子。父亲给出的理由是，他要为老母亲结束其痛苦的一生而庆祝，同时暗暗透露着，自己终于解除了作为人子的负担。后一个理由，出自母亲的揣测，而春韭觉得，父亲是为自己终于得到祖母的那笔遗产而狂喜，毫不掩饰自己的邪恶心思，要在这个村庄里搞一场前所未见的喜丧。春韭是第一个找到祖母的人，祖母的宝物理应归他所有，但黑箱的钥匙不知被祖母藏到何处去了。黑箱是坚硬的桃木，而传说桃木是夸父逐日渴死前手中之杖所化，多年不朽，非他一人之力能打开。

祖母的尸体安置在她卧室的棺材里。附近的叔伯兄弟顶着夜色，陆续前来，听到春韭父亲说要搞喜丧，个个觉得此非伦常之举，一时争执不下。父亲跟他们商量丧礼的细节，无暇顾及他最关心的黑箱。春韭趁机把黑箱藏到阁楼里去，接着，他掀开松动的地板和墙砖，摸遍木柜抽屉的缝隙，也抖抖枕头和棉胎……要把开箱的钥匙找出来为止。在守灵期间，谁也没问春韭是如何找到祖母的，也无人怀疑他早已知道祖母的去向。后来春韭也以为，那只是一个梦境，恰好梦到祖母告知他去向，这种不确定来自那头公牛，那头行迹隐秘、似祖父之化身的生物，给予他长久的怀疑。寻而不得时，春韭累得靠在祖母的棺材旁，怀疑所谓的宝物，也不过是一场障眼法，说不定黑箱是空的。他站起来，仔细端详祖母受损的脸，若早点去找她，可能她就不用遭受这样的折磨，谁知道她在被蚂蚁咬的时候，是否死透了呢？只有苍蝇才必然是人死后才会被召来的死神之物。春聿用指甲刮下墙壁上的腻子粉，一点点地抹在祖母的脸上，企图盖住那些结了痂的暗红色伤口。结痂，听起来这具躯体还活着，正在逐步痊愈。要是祖母活了，就能告诉他钥匙藏在哪儿。结果越是往脸上涂，祖母越是难看，越显出死人相来，在她死后，春聿终于第一次哭了，伤心又委屈。

母亲担心邻里的闲言碎语，说自己作为媳妇败坏风俗。在守灵的一整夜里，她极力劝阻父亲翌日搞喜丧。避开亲戚，她把父亲拉到一旁劝说："你这样搞算什么喜丧啊？"母亲问，"喜丧，是给子孙满堂、德高望重、福寿双全的人搞的。你也不想想你妈是怎么死的，浑身都是苍蝇蚂蚁……"母亲打了个冷战，看看安置着春聿祖母的尸体的房间，"再想想春乐（春聿的弟弟），那么可怜，小小的一个就死了，我们这个家怎么也不像有儿孙满堂的福分。""你讲够啦！我主意已决……"父亲挥挥手，"没必要把自己搞得像条哭丧狗！"他喝了一杯酒，"我爸死得早，你也是有眼看的嘛，我妈她天天哭丧着脸，茶饭不思，守着那些嫁妆，好像这样我爸就能活过来。她那些嫁妆，还是我爸当年用真金白银叫师傅打的呢。""又是嫁妆，你半句不离你妈的嫁妆。"母亲说，"我嫁给你时，你怎么不给我打几件？要是你有脑子，那时也晓得找个理由，问你妈拿几件来送给我这个过门媳妇，不至于后面每次吃闭门羹。但我可要跟你说啊，我是真没想过要你妈的东西，大家是女人，都懂。"父亲没回应母亲的埋怨，他知道喜丧根本不是什么重要的事儿，他只是不希望在那个目标成功在望之时，还把这个家弄得那么可怜兮兮的。所谓的目标，是他要拿老母亲的金器银器换一笔钱，带全家离开这个养蜂的村庄，去外地经营养牛的农场。

有的家庭养蜂是为了卖蜜，有的是留给自家食用。春聿家是村里唯一不养蜂的家庭。其实他们也曾养过蜂，还是这里第一家养蜂的人，后来之所以不养，全因为弟弟的意外离世。若不是在那个狂风骤雨的夏夜，为了抢救蜂房，弟弟就不会被坍塌的蜂房砸死了。自从弟弟死后，父亲就开始讨厌蜜蜂。“他这是在推卸责任，跟蜜蜂有什么关系呢？是他自己没有把蜂房建牢固，一场小小的风暴就把它吹倒啦。”春聿一直认为弟弟的死是父亲的过错。他的事业及种种自以为是的抉择，总是在摧毁这个家庭的方方面面。无论是早年开货车搞运输，弄丢了一整车价值不菲的货物，还是后来跑到建筑工地，被倾泻的混凝土埋在地下几分钟差点死掉，他的那些赔偿金和医疗费，都是家里的两个女人承担的——可是，即便负债，祖母也从来不肯把她的嫁妆换成钱。如今，每到鲜花盛开的季节，群蜂出没，整个村庄的野花丛和果树都停满了这些小家伙，父亲不堪其扰。任何一只小蜜蜂飞进家里来，他就要举起电蚊拍电死它，反而对那些肮脏的苍蝇宽容起来。母亲说：“如果有什么新兴产业是靠养苍蝇赚钱的，说不定，你又会是这里第一个干这事儿的人。”父亲后悔当初把养蜂产业引入村庄，现在自食其果。尽管大家明白蜜蜂对他来说，是一种不能提及的痛，但面对可观的利润和甜蜜的食材，只能当没这回事。

“我得养一群牛，把那些花花草草啃光。他们的蜜蜂，以后就叼牛粪去酿蜜吧！”原本是为了发泄，才这么随口一说，但父亲因此忽然有了新想法——不如离开这里，去干点别的吧！“我觉得这个地方克我，”父亲意味深长地说，“此地不宜久留。”自从萌生经营农场的想法，父亲就四处凑钱。对此，祖母却极力反对。“我跟你爸都是属牛的，你再去养牛，这多不吉利啊。”祖母说：“我们替人做牛做马，做足一辈子苦力，一看见牛就难受。”这个滑稽的理由显然无法打消父亲的念头，要是这样，那么十二生肖里除了不存在的龙，其余十一种动物估计都没法养。“别忘了，你爸就是死在田里的，牛还踩了他的头一脚。”祖母哀怨地喃喃，“总之，你养牛，就是要折磨我。”“要是肯早点把那些玩意儿典当换钱，我们还愁替人做牛做马吗？”父亲没把这话当祖母的面说出来，而是事后对母亲说的。目前的现实已无法更改，经营农场也需要一大笔启动资金，他犯不着在言辞上跟老母亲对着干，他还想从她那儿借点钱。“不养牛，可以啊，那我养羊吧。”每次开口求老母亲拿她的金器银器换钱，他就以这个作为理由。谁知道，这根本不是养什么牲畜的问题，是祖母根本没想过拿她的嫁妆出来。“你怎么可以拿你爸换钱呢？”祖母说，“自从你爸死了后，那些嫁妆就有了他的魂儿。卖不得，卖不得。”有时，春聿起夜，看见祖母悄悄从黑箱里拿出嫁妆，对着镜子穿戴起来，望着镜中的自己，脸上又是幸福又有着苦涩。他从没见过祖母用钥匙打开黑箱，之后又把钥匙藏在哪儿。祖母最爱不释手的，是一件金莲叶状的吊坠，在暗夜里泛着澄澈的金色光泽。母亲从来都说不想要祖母的嫁妆，那天听春聿说起那件金莲叶吊坠后——“那么美，戴上去估计像个皇后吧。一般人很难想象慈禧的生活。”她说，“你爸当时追求我，说要给我皇后那样的生活，现在你看，别说皇后，我活得连个宫女都不如。你奶奶说得对，养什么牛，自己活得就像头牛。”对春聿来说，养什么都无所谓，他唯一感兴趣的，是暗夜里的金光，是祖母手捧金莲叶吊坠时的神态，垂死而又满怀对前世与来世的想象与渴望。春聿渐渐想起，祖母在骑牛离去的夜晚还跟他说：“我的宝物都给你，只给你一个人哦……你爸不会懂，你妈也不会懂……”“你的宝物到底是什么？”春聿问。“你爸错了，它们才不是你爷爷找工匠打的。”祖母说，“它们是老祖宗传下来的东西，你只要戴上，就能看到一栋京城的阁楼，在那飞檐上啊，有天女散花……还有一条长长的巡游队伍，绕着后花园那个开满金莲的湖，吹拉弹唱，直到天亮……春聿啊，这世上没有比这更美的东西了。现在，我要先一步到那里去。”春聿呆呆地站在原地，目送祖母骑牛而去，即将加入那支盛大的巡游队伍。

见父亲一再坚持，叔伯兄弟不再说什么，死的又不是自己的亲母亲，主人家爱怎么搞就怎么搞吧。祖母的喜丧按照父亲的意愿举行，但这场喜丧没请戏子，没搭戏台，也没什么与之相关的装饰——所谓的喜丧，只是不许哭。父亲希望大家就当作来吃一场平常的宴席，放开吃，放开喝。那些不知情的妯娌一路哭着来，半路上被父亲派过去的弟兄阻止，硬生生把眼泪憋了回去。吃宴席期间，大家没有哭，也笑不出来，阴沉着脸不知如何是好。后来等那群男人喝酒喝上头了，开始胡言乱语，扯东扯西的，气氛才有所缓和，大家也便忘了这是一场丧礼。而作为主角的死者呢，还安置在她生前的卧室里等待出殡。

春聿不在宴席上。他没空参加。从昨夜起，他就独自在祖母的卧室里守灵，陪着她。他要在宴席结束前，特别是赶在父亲之前，找到祖母藏起来的黑箱钥匙。隔着门，他听到外面一些妇女在嚼舌根，谈起他祖母被发现时的恐怖死状，个个倒吸一口气，还说她这一辈子过得很苦。“一点都不苦。”春聿想，因为除了他，参加宴席的诸位都不知道，他祖母的身体其实是蜜糖做的。要不然，那些蚂蚁怎么会爬到她身上吃她的肉，喝她的血呢？连苍蝇也来分一杯羹。祖母的身体就是一个蜂房，她用一生的痛苦在里面酿了蜜。她血管里流的是蜜，她的骨髓是蜜，她的眼泪也是蜜。这么想着，春聿闻到了逐渐浓郁起来的甜味。甜味是从棺材里传出来的。春聿站起来，凑到祖母的脸前——哦，甜味似乎是从祖母的鼻子里渗出来的。她也许还有一口气吧？春聿猜。接着，他看见祖母坐了起来。

祖母按按胸口，又捂着嘴，好像有点想吐，指着抽屉底下的陶罐，要春聿给她递过来。她开始往里面吐出一溜稠状的液体，在蜡烛的红色昏光下，液体的色泽鎏金似的。偶尔她要歇一会儿，喘口气，再继续吐。看吧，她开始吐蜜糖了。春聿屏气凝神，手握着陶罐一动不动。每当一个陶罐装满了，他就给外面那些喝得神志不清的宾客端出去，每人倒一碗。在这个养蜂的村庄里宴请宾客，蜂蜜从来是少不了的。一个醉醺醺的男人抓住春聿的手，问他：“哇，这些上等的蜜，是哪里来的？你家什么时候又养蜂啦？”春聿指着祖母的房间，随便编了个理由回答说：“看，就在那里。我们家有一个秘密蜂房，我爸没告诉你们。有谁不爱金黄透亮的蜂蜜？”

这样来回几次，祖母的身体逐渐空瘪了，吐出的蜜也越来越少。春聿担心祖母吐完最后一口蜜后，便会彻底从这世间死去，于是问道：“奶奶，你昨夜看到开满金莲的湖了吗？美不美？”祖母没回答他，看着天窗上的玻璃，一道光落在她苍白的脸上，寂静安宁。春聿希望祖母能多活几天，至少告诉他黑箱的钥匙在哪儿。在祖母吐出最后一口蜜时，春聿听到陶罐发出咣当一声。他伸手去掏，摸到了一根小玩意儿——是钥匙。原来祖母离开家时，就把钥匙藏在自己的嘴里。这才是寻人游戏的奖励，果不其然，找到祖母，就等于找到开箱的钥匙。春聿把这根珍贵的钥匙，连同这最后的半罐蜜，一块儿藏到某块松动的地板砖下的洞里。野生的蜜，是百年不腐的。

父亲又请那个南无佬过来吃饭，要他为老母亲的坟地选址。经过一番推算，南无佬把坟地定在狮子岭。“狮子岭？奶奶的骨灰要埋在公牛山！”春聿立刻反对，“你这个人，真是一点用都没有，没找到她就算了，现在又把她的坟地选错啦。”父亲要春聿住嘴，并向南无佬道歉，称小孩子不识世界。“为什么是公牛山？”南无佬挑了下眉毛问道，“我看风水多年，这老祖宗的东西，即便是依书直说，也不会错到哪儿去。你才上几年级，比我还懂？”“我奶奶告诉我的。”春聿又想起那个夜晚，“公牛山上的湖里有金莲。”“什么湖，什么金莲？你大头菜吃多了吧，净发白日梦。”南无佬没再搭理春聿，很快安排人手在狮子岭为逝者修了坟。祖母火化时，火葬场那根高高的排气烟囱所喷出来的烟，都带着一股神秘怡人的甜味。春聿恍惚以为，那儿是一个榨糖厂，世间所有的糖都是从那儿提炼出来的。

祖母的骨灰埋在狮子岭后，春聿甚觉不安，夜里频繁梦见狮子吃牛，连牛角也嚼碎咽下去。似乎所有东西都想吃掉她。他只好安慰自己：也许祖母那天就已登上京城高高的阁楼，夜夜望着湖中耀眼夺目的金莲，过着她的另一种盛世人生了。祖母留给春聿的宝物时刻牵动他的心，他渴望亲眼看看祖母所描述的风景。在那些风景中，肯定有一个身影是祖母本人，陪在她身边的是春聿没见过的祖父。在祖母下葬后的第二天，父亲便发现，原本放在老母亲床头的黑箱，不翼而飞了，旋即开始疯狂搜寻。此刻，黑箱藏在阁楼里，钥匙则埋在地板下，只要对任何问题一问三不知，春聿相信，父亲是绝对找不到它们的。黑箱其实是一个不太大的首饰盒，盒盖里还镶嵌着一面小小的铜镜。即便在镜面磨损后，早已映不清自己的五官面貌，视力衰退的祖母还在使用这面铜镜，只有在这面镜子里，她才是一个漂亮的女人，才能看到自己出嫁时的青春容颜。她永远忘不了祖父娶她时，曾许诺会带她进京城，享受荣华富贵。“你们家男人结婚前的嘴，比蜂蜜还甜，说得天花乱坠。”一提到那父子俩，母亲就哀叹自己跟祖母的命运，“一旦把女人弄回家了呢，才发现蜂蜜里还掺了砒霜。”

春聿在阁楼找到一个老鼠洞，把黑箱塞了进去，用泥砖堵住，还在外面摆了几个腌菜用的陶罐打掩护。父亲像只暴躁饥饿的公猫，要抓住那只偷油的老鼠，找回失窃之物，整日翻箱倒柜，逼问母亲。他第一个怀疑是母亲拿走了黑箱：“快拿出来吧！我早就看透你的小心思啦，嘴上说不要，私底下惦记了好多年。”“你最好把话想清楚了再说，”母亲冷笑一声，不急不躁，“我倒是希望是我拿走的。人家说最近黄金升值，这些东西啊，存着也总比你拿去败光要好。投资有风险，你也不想想，这些年自己亏了家里多少钱。”“你们懂个屁，”父亲掀开祖母的床板，在黑暗处摸索，“就是因为你们这些目光短浅的人，我的计划才一直没法实行。这次是我的翻身仗。”“春聿，你是怎么回事呢？怎么不劝劝你爸？”母亲转过头来，问坐在一旁沉默的春聿，“你妈我真可怜，嫁给你爸时，一无所有，碰也没碰过你奶奶的那些心肝宝贝，到头来还要被冤枉。是啊，我做梦都想戴一下呢，谁不想做皇后？”说着，母亲的脸泛起一层浅浅的青蓝色。春聿没回答，觉得此时的她看起来，像是庙里那些因油彩剥落而越发老旧的观音娘娘。“你最好别让我找到。”父亲撂下话，又继续在屋里倒腾。母亲拿起抹布，开始收拾宾客留下来的残羹冷炙。一根被啃得精光又锋利的鸡爪子，卡在抹布里，在她紧攥抹布时，扎伤了她的手。母亲心不在焉，似乎并未察觉，手一边擦桌子，一边流血，她埋怨这鬼东西怎么会流血，还越擦越不干净。“这破桌子是我们结婚时买的，这么多年还没换，真寒碜！旧的不去新的不来，烧掉吧，和你妈那些旧衣裳一块儿扔到火里烧掉。”

一楼的空间比较宽敞，但没什么旮旯，能藏东西的地方很快被父亲彻底翻了一遍。他开始频繁造访堆满杂物的阁楼，相信是这个家出了内鬼，把黑箱藏了起来。父亲一到阁楼，春聿就不由得提心吊胆，这一切都被母亲看在眼里了。那几天，母亲总是在背后盯着春聿，有意无意地说：“那天你是不是一个人在奶奶的房间里？没有其他人进去过吧？”“抬棺材时，有那么多人进去过，谁知道是谁拿走了黑箱。”春聿回答。“是吗？我闻到你身上有贼的味道呢。”母亲说，“但你要知道，妈妈是跟你站在同一边的。”他发现母亲脸上的青蓝色越发深了，皮下的青筋浮上来，不再像一尊旧观音，而是一只青面獠牙的鬼。他隐约感觉母亲已知晓真相，但他同时相信，母亲不会向父亲透露任何信息，若父亲得手了，那一切就完蛋了。他还注意到，只要爸爸消停一会儿，离开阁楼到外面去，母亲就以打扫卫生死角为由到阁楼上去：“旧的不去，新的不来。”她一待就是一个小时，直到听到父亲回来的声音，才踮着脚溜下来。他们一直没得逞，春聿不得不佩服老鼠天生的打洞能力，能在黑暗的角落挖出一个曲折幽深的墙洞。

天气升温，屋子里的苍蝇多了起来，被什么吸引了似的，纷纷聚集在一个地方。春聿又提心吊胆起来，因为苍蝇聚集的地方，正是他藏陶罐的地板。它们落在地板砖的缝隙间，挤破脑袋似的要钻进去，这么明显怪异的行为肯定会引起父母注意。而且，母亲已经知道黑箱就藏在阁楼里了，春聿决定，将它们转移到另一个地方。他对宝物的思念也越发强烈，迄今为止，他还未得到机会摸摸那些属于他的宝物，整日心绪不宁。窗外，不时传来什么猛兽的嘶吼声，上半夜，他再次梦到狮子吃牛，到了下半夜，意识又缓缓坠入金碧辉煌的京城幻象中。

夜阑人静，时机已到，春聿溜下床，来到祖母的房间。那儿弥漫着一阵臭味，此前空气中那股蜂蜜似的甜味早已消散。

春聿打着电筒，照亮藏陶罐的地板砖。一大群苍蝇聚集在此，丝毫没有受到光照惊扰，死死附着在地板砖上。春聿一脚踩下去，苍蝇便死了一大片。臭味是从地板下传来的。他将地板砖掀开，臭味更浓了，四周的苍蝇像兀鹫一样盘旋降落。那个灰色的陶罐，装着祖母吐出来的半罐蜜糖，和那把开箱的钥匙。春聿打开陶罐盖子那一刻，涌出来的臭味将他熏得眩晕。当电筒光照亮内部，他看见的根本不是什么蜜糖，而是一只在黑水里泡得发烂发臭的老鼠。春聿坚信，自己看到了祖母吐蜜的过程，那是他对于祖母一生丰硕成果的见证，而这只老鼠，肯定是在偷蜜时不小心掉下去淹死的。但老鼠是怎么穿过地板，又穿过封闭的盖子，来到陶罐里头的呢？也许是在他盖上盖子的某个瞬间，或者老鼠本来就在里面。春聿快速地设想了各种可能，每种可能都牵连着一个过去。他撸起袖子，伸手到陶罐里，把死老鼠拨到一边去，在黏稠发臭的水中抓起那根钥匙，跑到水龙头那儿冲洗干净。然后，他踮起脚，四肢并用爬到阁楼。阁楼是木地板，那里总是有群鼠出没，而正下方便是父母的房间。小时候跟母亲睡在一起的每个夜里，他都被头顶上老鼠跑过阁楼时发出的阵响，吓得捂住耳朵，躲进被窝。春聿竭力减弱自己的脚步声，或者干脆模仿老鼠奔跑的窸窣声，以免引起父母的怀疑。

移开腌菜用的陶罐，拿出堵住洞口的泥砖，春聿小心翼翼地从洞穴深处拿出黑箱。他还没想好要把它们转移到什么地方，此时一个声音在他背后响起。“果然在这儿。”是母亲，她飘浮在那儿似的，无声无息，“别出声，你爸还不知道呢……奶奶跟我们玩捉迷藏，连你也这么调皮。哎，我们这个家真是复杂……来，给我吧，天一亮，我们就拿去换钱。”“妈，你不是说过不能换钱吗?”春聿把黑箱往老鼠洞的深处推回去。“总要换一部分嘛，我们家的日常开销可大着呢。”母亲劝诱道，并把阁楼的门轻轻合上。可是，门猝然被另一股力推开了，他们甚至没注意到有人走上楼梯，仿佛是埋伏在暗处屏息的猎人，直到扣下扳机的最后一刻才露出真身。父亲闯进来，手里的电筒光如子弹一样，射穿这对母子惊恐的身体。父亲冲到春聿身旁，把他那只抓着黑箱但还卡在洞穴深处的手猛地抽出来，洞口在他的手臂上划拉了几道血口子。“你们两个想造反啊!”父亲夺过黑箱，厉声说道。春聿用还在流血的手举起钥匙，宣示开箱的关键在他手里。父亲哼了一声，拾起泥砖，狠狠地把黑箱砸了个稀巴烂。那些首饰瞬间散落在地板上，它们无法被黑暗夺走一丝一毫的光芒，此刻更是被从天窗倾泻下来的月光照得生辉。父亲立刻抓起一把，塞进口袋里。春聿没想过，那个黑箱实际上如此易碎，而那根钥匙，在父亲面前不过是一个无用且多余的威胁，它唯一能封锁的，只是一种永恒的想象。

母亲见状，及时抢过来一件，“别全部拿走！好歹留一件，留一件给他!”母亲抢过来的首饰，正是春聿最为着迷的金莲叶吊坠，似乎是为了彰显合理的正义，她很快就把吊坠戴在春聿的脖子上。“这是女人的玩意儿，他戴来干什么?”父亲作势要把吊坠扯下来。“别，这是他奶奶的遗物!”母亲挡在父亲身前，拨开那只朝儿子伸去的手，“你拿得够多啦，给他留一件，留个念想吧。”“不切实际！我没有退路了。”父亲越过母亲，又把手朝春聿的脖子伸去。今夜阁楼里的骚动，比老鼠在多年里制造的骚动加起来还要大，地板似乎要塌了。母亲极力阻挠父亲，像极了母鸡在保护小鸡免遭老鹰的毒手，可是春聿没有丝毫被保护的安全感，反而觉得，那是两只猎食者在争抢食物，因此深感孤立无援。趁父母还在纠缠，春聿从楼梯跑下去，把自己反锁在父母的房间里，躲在被窝中，一边紧握金莲叶吊坠，一边紧张地留意阁楼上的骚动。那两只大老鼠为了生存的食物，将整夜不眠，彻夜战斗。由于紧张而失去知觉，第二天，当他打开手掌时，发现吊坠尖锐的金属叶角扎入他掌心的皮肉里，扎出几个血肉模糊的伤口。这些伤口的形状，跟蚂蚁在祖母脸上制造的是如此相似，春聿有种莫名的幸福感，身体似乎跟祖母达成了某种一致。

父亲跑遍金店、典当行和银行，到处比价。那些实际上成色一般的金器银器，没有如预期那样为他带来一大笔钱，但数额足够他启动酝酿已久的创业计划。每当在饭桌上说起他的计划，父亲便忘了手中的筷子是用来干什么的，悬在那儿比画着，仿佛朝地上这么一指，一个美丽富饶、牛羊遍地的农场便会立刻在眼前展开。这不是异想天开，因为父亲确实准备从隔壁镇一位农户手中接下一个小农场。在这片土地上，也许有那么一个农场，多年来一直为他预留着，等待他去接手、开发。过几天，他打算带家人过去看看。他逢人便说，他才不稀罕养蜂，因为他要去养牛了。

眼见父亲的计划一步步推进，母亲也不再说什么，只求不出岔子。她说，前半生把青春赌在了父亲的婚姻里，现在又将晚年的幸福赌在这场投资上。她一直以来没有选择权。“我唯一的选择是，让你爸去做选择……”在灶台烧水时，母亲对着蹲在一旁的春聿唠叨。春聿还戴着那条金莲叶吊坠，这几天，无论他怎么变换佩戴的方式，他都没有看见祖母描述的幻境，哪怕在梦里也没有。他相信祖母不会骗他，只要他掌握诀窍，多加锻炼，一定会抵达那里。母亲往锅里加水，要春聿帮忙烧火。烧火赋予春聿一种奇异的质疑：人为何能在空无一物的黑暗空气中，制造一朵肉眼可见、手却无法触摸的火苗，但又并不觉得那是虚幻之物？那么，假如他某天看到了祖母描述的幻境，会有人相信，那是与火苗一样真实存在的东西吗？他怎么也点不着干柴，火柴一根接一根地划，火苗只在柴堆里亮起那么几秒便熄灭了。祖母是怎么烧火的呢？用柴皮架起一个中空的柴堆，让空气流通，于是，火柴划出的火在内部变得恣意了，引燃更多物料。待火起势，他趁机拿起竹筒，模仿祖母吹火的动作——不，那不是一个动作，而是一种气息：掌控吹气的节奏——绵长，起伏，如那夜公牛呼吸的节奏，让气从自己的肺部，一直顺着竹筒送到火的中心地带。多么奇妙，随着一次次的吹气，仿佛在将自己的生命通过竹筒转换为火的生命，他的脸一下被熊熊燃起的火照得通红发亮。交叉堆叠、持续燃烧的火炭，搭建起一座形状鲜明的京城阁楼，如同在一场大火中，最后一次凸显它的恢宏壮美——在金红色的火炭里，春聿看到了祖母描述的幻境，而胸前佩戴的金莲，也随着火舌的高低起伏变化，呈现出不一样的轮廓。“妈，原来奶奶说的是真的！”春聿抬起头说，却看见母亲那张变得更加青蓝可怖的脸，分明在盯着那条金莲叶吊坠……

父亲约了农场主在一个周末早上见面。前夜，母亲买了老鼠药，说这么多年一直睡不好，每次阁楼上有老鼠出没，她就要做噩梦，是时候该清理一下鼠患。春聿只想趁着周末睡觉。在梦里，或在灶口燃烧的火炭里，他越来越清晰地看到京城的阁楼，湖里那些含苞的金莲，正临近盛开的时刻。两个人都表示不想去赴约。“你们怎么能胸无大志，只想着睡觉呢？”父亲坚持要带上他们，非要他们一起去见证他的大计。春聿知道母亲在说谎，她才不关心老鼠，她只不过是想趁着父亲外出时，问春聿借金莲叶吊坠戴一下，在姐妹面前显摆显摆。其实父亲早已不在意这条吊坠，也不在意母亲是否真的觊觎它，他相信接手农场后，生意将风生水起，那时他会给母亲买她想要的一切。“你把我当什么人啦？这可是春聿奶奶的遗物。”母亲依然嘴硬。父亲只是要求春聿不要老戴这女人家的东西，会遭人耻笑，还不如交给母亲保管。春聿不知道父亲为何突然深明大义起来，其他嫁妆都被父亲换成了钱，他才不会把最后一条吊坠交给别人。

临行前的清晨，母子二人还在假装忙碌，在阁楼上撒老鼠药，拒绝跟父亲同行。直到父亲说起那个农场在湖区，今天太阳高照，想必有一番美景，春聿才把老鼠药还给母亲，跑下来说要一起去。母亲骂春聿背叛了她，但她绝不能让金莲叶吊坠离开自己的视线半步，生怕父亲趁机拿去典当，只好找个借口同行：“哎，总不能累死自己。就让那些老鼠多活几天吧。”他们开三轮车去。离农场还有几百米，春聿只看见一间小屋和一个宽阔的牛棚坐落在前方的草地上，附近有几头散养的奶牛在吃草，倒是没有任何像湖泊的地方。他埋怨父亲骗了他。“我可没骗你，湖就在牛棚前面。”父亲指着牛棚正前方。但春聿看到的，仍是一大片黑乎乎的土地。一丝风都没有，太阳烘烤着草地，热浪中，几头棕白色条纹的奶牛看起来像融化了的牛奶巧克力。越靠近牛棚，牲畜排泄物的臭味就越浓烈。当他们把车停在牛棚前，春聿才意识到，父亲确实没有骗他，他刚才看到的所谓的黑土地就是湖泊。湖面被漂浮的牲畜粪便和腐烂草料覆盖了，形成一块厚厚的污膜。若不是恰好有风吹来，在污膜上艰难地吹裂一道涟漪，露出底下发黄的水体，谁能看出这是一个湖呢？但父亲也确实骗了他，因为这根本没有美景可言。湖面还有些低矮的水生植物，同样因为被污膜覆盖，看不出具体的品种，也许是浮萍。春聿朝湖里扔了块石头，一道黑旋风顷刻卷起，铺天盖地，发出巨大的噪声。父母以为飞来的是一群疯狂的蜜蜂，马上护着头。春聿非常清楚，那只是无处不在、以食腐为生的苍蝇。这个藏污纳垢的湖，是它们美丽的家园。

听到抵达的车声，农场主从小屋走出来，看样子有点迫不及待，使劲挥手，叫他们过去。他们经过牛棚时，朝里面望了一眼，拥挤的铁栏里塞满了长势健壮的肉牛。父亲指着那些牛，兴奋地说：“看吧，这以后就是白花花的银子。”无数硕大的牛眼，在灯光昏暗的牛棚里如一颗颗发亮的珍珠，与他们视线相对，而沉重的喘息声、反刍声如洪流灌入耳朵。春聿只感到一种恐怖。农场主五十来岁，头上的毛发还没有他养的牛的数量多，给三人随便倒了一杯冷掉发涩的浓茶，坐下来便问什么时候签约。“牛，那天你也看过了，个头都健康得很。你再不要，我就给其他人了。”农场主灌了一口茶，吐出一片茶叶，“这是附近仅有的专业化农场，散养户跟这可没法比。”“这什么话，我当然要！”父亲激动得站起来说，“你要我把钱一次性付清，我这不是才凑够钱嘛。钱够了，我立刻就来了。”农场主以比市场稍低的价格，连那批肉牛一起把农场转让给父亲，听着很诱人，只是这批牛的个头还没到可以卖的时候。对父亲来说，接手这个农场，等于捡了个便宜，既不用照料牛犊，又不用重新搭建牛棚，只需要按照农场主教的方法，再养它们一年，明年夏天这个时候就可以卖掉大赚一笔。“为什么不等这批牛卖掉再转让？”母亲问。“懂什么，别多嘴！”父亲不让母亲问下去，生怕人家反悔。“下个月，我就要和老婆孩子移民到国外生活啦。”农场主回答。“移民？真羡慕。你看看人家。”父亲说，似乎这也将是他们的未来。“嗯，没什么大不了的，你也可以。这几年靠养牛赚了钱，”农场主环视这间简陋的小屋，“我终于摆脱这里了。当然，你们可以从这里开始奋斗。”“你真是个榜样。”父亲说。农场主还特别提醒父亲，那些牛都是公牛，夏天这个时候发情，性子躁动，如果不想农场变成战场，千万别让它们闻到母牛的骚味。就这样，父亲买下农场，买下公牛，还发现那个湖也归属于农场土地的一部分。

他们在路边的草地上，挥手目送农场主开着冒着白烟的车，消失在道路的尽头。“他怎么看都不像有钱人。”春聿说。“越低调，越有钱，你懂个屁。”父亲讥讽道，“难道像你这样，天天把金链子挂脖子上？”母亲已经学会不去反对，只是补了一句：

“你闻到了吗？你爸爸是一块银子，身上有钱的味道。我的皇后生活，现在才开始。”春聿的耳朵全是湖里的苍蝇声，听不出母亲的话是认真的，还是在开玩笑。“你们最好别给我添乱，”父亲现在是新任农场主，说话的底气特别足，“你们后面是吃粥还是吃饭，就看那些牛啦。”

自此，父亲热情高涨，忙得不可开交，每到学校周末，他就喊春聿到农场帮忙，协助运草料，买饲料，放牛，喂牛，还要提防其他农户散养的母牛。春聿经常看见母亲愁眉苦脸，拿着铁铲和扫帚，站在牛棚大门前不敢进去。原来那些公牛在发情，母亲一进去打扫卫生，它们就使劲儿撞铁栏，用牛角相互打斗，这让她非常难为情。“烦死了，这些牛怎么人畜不分呢？没见过母牛也不至于这样吧。”每个狭窄的铁栏里，挤着两头公牛，稍微挪动身体，四只角就撞在一起，发出沉闷的咚咚声。春聿不喜欢进去，一是里面的臭味太大，公牛的排泄物是通过管道排到湖里的，但排放速度慢，有时还需要人工辅助，不及时清理容易发臭。另一个原因，是他觉得这些牛的生命太低级，在他眼里，最威严、神秘、自由的公牛，是他在祖母离开的那晚在公牛山见到的那头。他永远无法忘记它那身火红色的毛发，深渊般的眼睛，一旦被盯上了，便灼人血脉。而他眼前这些肉牛，只管吃食增膘，每个部位被精准切割，在超市架子上安排妥当。父母为了照顾农场，每周基本在小屋里生活，挤在一张小小的床上，周围散发着旧农场主住过后留下的汗酸味，他们也来不及打扫一番。若要在这里过夜，春聿宁愿睡露天草场。

那天，天气闷热，春聿在草场上打地铺睡觉。清晨，他被几个穿着制服的人晃醒，问他农场主在不在。春聿说父母在小屋里睡觉。“他什么时候多了个老婆孩子？”一个人问他的同伴。面对这些不速之客，春聿只好把父母从疲惫的睡梦中叫醒。双方在湖边见面，面面相觑，对彼此的出现感到诧异不解。他们是政府环保部门的人，并不知道旧农场主已经把农场转让给春聿一家。他们把整改通知书交给父亲，说不管农场目前归属于谁，但期限已到，若农场的排污系统还未整改，将强制关闭拆除。父亲对这一纸通知一无所知。这张通知单，几乎成了农场的死刑判决书。原来早在转让农场之前，旧主人就已接到整改通知，不允许把牲畜粪便直接排入湖中，必须想办法引流到附近的市政排污系统。然而，加建排污管道的费用，需要农户独自承担，因为农场所在的范围是湖泊保护区，本就不允许修建农场。也就是说，这整个农场是一个庞大的违建物，不仅如此，环保人员提出，他们需要额外承担清污工作，将湖面清理干净。父亲错愕不已，费力解释真相。母亲咬着牙，想发脾气，又竭力忍住，自言自语似的哀叹：“你妈说了不要养牛，不吉利，你偏要。不听老人言，吃亏在眼前。”父亲恼羞成怒，在母亲的手臂上狠狠拍了一掌，要她住嘴。环保部门的人商量过后，决定再宽限他们一个月时间，到时要么整个农场搬走，要么自行加建排污系统，而无论如何，他们都必须把漂浮在湖面的牛粪和草料打捞干净。旧农场主人转让给父亲的，不是一个农场，而是一个烂摊子，是一个陷阱，他带着从父亲那儿骗来的钱远走高飞，电话再也打不通。

加建排污管道谈何容易呢？先不说向政府部门报建，接受环评等流程，更大的问题在于，离这儿最近的市政排污管道，竟然有几公里远，这笔工程款绝不比卖农场的费用要低。旧农场主当初为了诱惑父亲买下农场所抛出的地理优势——“这是附近仅有的专业化农场”——如今成了一个致命伤，它意味着附近没有已建成的可供接入的排污管道。环保部门不会追责散养农户，以及他们那几头不成气候的牛，牛在草地上拉屎撒尿就当作给草地施肥，人用的又是旱厕。只有这个农场十恶不赦，人畜粪便统统排进湖里了。一夜未眠，母亲建议父亲像旧农场主那样做，把农场转让给下一个人。“只有我们才愿意当这个傻瓜。”父亲眨巴着肿泡眼，没有力气去指责母亲的愚蠢建议，“我已经没有退路了。我不会放弃这个农场，就算挑，也要把牛粪挑到别的地方，直到明年卖掉这批牛。”“然后呢？每一年都挑牛粪吗？”母亲的脸又浮起了青蓝色，“还是花钱把农场挪到别的地方？我们的存款经不起折腾啦。”“也许吧。”父亲望着窗外的月亮，虚弱地嘀咕。“不可理喻！”母亲骂道。

春聿坐在湖边，对于小屋里的争吵无动于衷。他总是听着他们的争吵声过日子，家里只有祖母活在自己美丽的梦境里，把年老的生命全用在非世俗的想象和渴望上。春聿拿起金莲叶吊坠，对着月亮，欣赏它的轮廓，能雕刻出如此细致的莲叶纹路的工匠，该多么有造诣啊，想必和祖母一样吧，在他们的想象中，存在一片金碧辉煌的京城大地。他把吊坠放回衣衫里，心想，奶奶说得没错，爸爸不会懂，妈妈也不会懂，他们的理念是对立的。月亮唯独没有在湖面投下倒影，因为那里全是黑乎乎的牛粪，照亮的只有苍蝇亮闪闪的薄翅，亮得像黑水晶一样。

父母把牛棚通向湖泊的排污管道堵上，这样一来，公牛每天的排泄物暂时只能靠人力清理。这群莫名其妙的公牛，在草场上散步吃草时不拉屎，一回到牛棚，屁眼子偏偏就像开了闸似的止不住。他们每天花上大量的时间，把公牛的屎尿挑到几公里外，打开市政污水井盖，倾倒进去。春韭也没闲着，他不得不乘着小船，到湖上去打捞牛粪。小船一进湖面，在厚厚的牛粪污膜上荡开一条船道，群蝇便纷飞而起，落在他的衣服上、脸上、头发上，钻进他的耳朵里。他用网兜捞起牛粪，装进纤维袋运回岸上，炎热的太阳持续烘烤，茫茫的湖面似乎没有尽头，散发着恶臭。但他发现了一件惊人的事，当他拨开覆盖在水生植物上的污膜，才知道那些不是浮萍，而是一大片睡莲！果然是出淤泥而不染呢，只需稍加清理，睡莲叶便恢复了好看的青色，几朵因为牛粪的重压而沉在水面下的莲花，也冒起头来。春韭原已疲惫厌倦的身体，充满了活力，他期待湖面洁净的那天，睡莲能重新焕发生机，而这不就是祖母所描述的幻境吗——在那湖水浇灌的土地，万千朵金莲，耀眼夺目。他甚至有一丝“塞翁失马，焉知非福”的侥幸，认为父亲在这儿买下农场，又遭遇骗局，是为了让他有机会清理湖面，创造一个美丽的世界。

父母清理牛棚的速度，跟春韭清理湖面的速度相比，显然慢得多，因为他们还要处理其他事务。一旦他们忙昏头，没有及时清理牛棚，牛粪很快就堆积如山，恶臭难顶。他们搞不清楚，公牛身体里这么多的屎尿到底从何而来，仿佛它们是通过咀嚼消化空气来充饥的。某日清晨，父亲打开牛棚大门，因连日劳作而视线模糊的他被吓坏了，他听到铺天盖地的嗡嗡声，在那黑暗处，盘旋着一个张牙舞爪的气团状物。他跑回小屋，跟母亲说，那些可恶的蜜蜂在里头筑巢！三人来到牛棚大门前，发现那并非蜜蜂，而是数不清的苍蝇，它们像黑毯子一样落在牛背上，高高的牛粪堆是它们寻欢作乐的酒馆。也许是因为湖面逐渐恢复洁净，苍蝇统统飞到牛棚里了。父亲不敢进去，说那些嗡嗡声让他想起恐怖的蜜蜂，里面宛若一个庞大的蜂巢，那些从黑暗的铁栏里伸出一个个头来、哞哞叫着讨食的公牛，又跟蜂巢里蠕动的幼虫多么相似啊！母亲心如死灰，跟春聿说："对于春乐的死，你爸一直没有原谅自己呢。"为了捕杀苍蝇，父亲买来几箱捕蝇纸，铺满牛棚的每个角落，但苍蝇太多了，捕蝇纸很快粘满密密麻麻的黑点，他不得不每天更换新的捕蝇纸。"你更像是在养苍蝇，而不是养牛。"母亲最近喜欢上挖苦父亲，这是她唯一的发泄方式，"希望市场上有人会买你的苍蝇吧！"

母亲最近第一次离开农场，是因为班主任给她打电话，说学校检查仪容仪表时，春聿被抓到佩戴饰品，也就是那条吊坠，要她过去谈谈德育问题。春聿就在那天失去了他的宝物。母亲当着班主任的面，被赋予某种权力似的，从春聿的脖子解下金莲叶吊坠，说春聿是因为贪玩才拿了她的首饰，下次不会再犯。其间，班主任还跟母亲说，很多同学反映春聿每次回来衣服都有股异味，希望她能多教育孩子注意卫生，勤换衣服。"老师，我们这些劳碌下贱的人啊，身上都有味道。"母亲说着，就把吊坠戴在了自己脖子上。那天是周日，所有住宿生在这天都要回校，于是，母亲把春聿留在学校，戴着吊坠离开了。春聿觉得脖子空荡荡的，仿佛被斩首。一整周时间，他无心学习，一到周五晚上，立刻坐车回到农场。

当春聿问母亲要回吊坠时，他发现母亲脖子上空无一物，除了几道貌似是指甲抓出来的血痕。母亲说，吊坠不在她手上，被父亲抢走了，因为没钱买捕蝇纸，他要拿去典当。春聿跑到小屋那儿，却没看见父亲。也许他到典当行去了，一切已无法挽回。春聿那一夜过得多么艰难啊，他恨死父母了，特别是自己的父亲。哭累后，睡到午夜，春聿听到牛的叫声，他看见窗外的湖边，有一头牛在踱步吃草，月色下的牛背泛着一层银光。那是一头母牛，也许是祖母来看他，来接他离开这个绝望的家。春聿步出小屋，先是打开牛棚大门，爬到母牛背上，骑着它在里面走了一圈，然后朝着那个盛开着万千朵金莲的方向，头也不回地离开。那一夜，谁也没有察觉到牛棚里发生的剧烈骚动，直到父亲第二天运草料归来，才看到因为打斗而遍体鳞伤的公牛，奄奄一息，有些死去的公牛的角，还深深地扎入另一头公牛的脖子里，遍地凝固的鲜血上落满了狂欢的苍蝇。随后赶来的母亲站在门口呆住了。父亲已接近崩溃，没有力气责备任何人了，只是回头问母亲："那条项链呢？给我，我们从头再来！""什么项链？！没有！被你儿子弄丢了。"母亲不会说出那个真相，也不会有人知道，那天在离开学校回来的途中，她戴在脖子上的项链被人抢走了。"那以后我们怎么办？"父亲瞪着无神的双眼问道。"吃苍蝇吧！"母亲抓起一块粘满苍蝇的捕蝇纸，朝父亲的脸盖了过去。

没人知道春聿去了哪里。同一天，附近有农户报告自家的一头母牛失窃。人们在得知春聿家的农场惨况后，纷纷前来安慰。但他们的注意力，都被眼前的奇异景色吸引了。他们几乎忘了这里有一个湖，如今在夏季明媚的阳光之下，湖光荡漾，满湖的金色睡莲，正迎风盛开。

# 幻想几何学

王山而先生和我之间，最初只存在一种简单的几何学关系，那就是根据斐波那契数列画出的那道神圣美丽、代表自然最佳增殖模式的曲线——斐波那契螺旋曲线。不过后来，很可惜，他变成了一个扁平不立体的人。我是建筑事务所的咨询顾问，可以为他提供一个从二维平面到三维立体转变的方案，把他构造成一个有立体个性的男人，因为在我看来，人体跟建筑具有同等的分析意义。但我们之间偶然产生的情欲，和一个横在我们之间的死者，将这种几何学关系推入了非现实的维度。

我注意到他的第一个几何学特征，是他脸上被修成带弧度三角形的胡子，再加上那宛如弓形的上唇线，辅以流畅的颧骨轮廓，他的脸庞无疑呈现出了形式上的纯粹美感。曾经有很多个心醉神迷的时刻，我闭上眼，任由他的胡子从脚背一直摩挲着，滑向胸部，那种感觉仿佛微风抚体，又如赤脚穿越柔软的草原。三角形的圆弧，黑暗中的图像，几何学的幻想……给予我身体欢愉的，到底是一种特定的形状，还是他那嘴唇肌肉操纵的细微运动？如果他把胡子修成别的形状，我的身体是否能抵达同一个欢愉的高地呢？

但我没来得及提出这样的要求，王山而就把胡子全部剃掉了，甚至想把所有毛发都剃掉。在他准备剃掉眉毛时，我抓住他的剃刀，像在自杀者自刎的紧急关头，及时制止了他。如果他真的要自刎，我其实更应该躲在卫生间门外，静静欣赏他流血的过程，完成他的忏悔和救赎。但他的胡子，或者说，他的胡型，是一个重要的象征性的证据，是我唯一能抓住的线索。

因为去年，我的一个姐妹斐斐，死了，警方没找到确凿死因。她啊，更像一朵花，自然而然地凋零。值得注意的是，她背上有一个文身，对的，正是斐波那契螺旋曲线。她的陈尸现场就在一座桥底下，在漫漶的水边，水草缠绕脚趾，她的身体蜷曲，似乎极力要弯成一个螺旋形，超越肢体极限。在死之前，斐斐的情人正是王山而，两者同样有着几何学的关系（这种关系先于我和王山而）：王山而的胡型是带弧度的三角形，或可近似描述为一个九十度的扇形，这个基本形状可以组成斐波那契螺旋曲线，这个自然界最完美的黄金分割图形。

为了调查斐斐的死因，一年前，我借机接近王山而。我仅凭这点就怀疑她的死与王山而有关，也许过于武断和臆测，但在这个悬而未决的时刻，这种猜想散发出微妙迷人的数学之美（数学是上帝的语言！），令研习建筑学的我为之沉醉，逐渐偏离接近他的初衷，不顾危险地爱上了他——抑或说，我爱上的是一种人体的几何学关系。是达·芬奇的《维特鲁人》以及他的《蒙娜丽莎》这两幅作品的人体都遵循黄金分割比例。但有一点必须提出来，除了他刻意修剪的胡型，和人体生来就符合斐波那契数列和曲线形状的器官（比如耳朵）外形和数量，王山而的身体比例并不接近黄金分割。所以说，我爱上他的原因，若是出自几何学层面，并不完全准确。因为单论王山而的脸庞，就足以让我为之倾心。数学无法概括，也无法描述人类情感的模式。

这一年来我从未跟他讨论过斐斐的失踪细节，想要把他从罪案中独立出来，以情人身份将他据为己有。而他似乎也并不知晓，他那个突然消失的旧情人，其实早已魂断桥下。我当初接近他的借口，是为了帮他寻找旧情人的行踪，最后我却意外卷入相似的迷局，这可能是注定的。要调查受害者的受害过程，第一件事便是把自己变成受害者，先爱上凶手。“斐斐”其实只是个代号，是我为这桩死亡事件取的代号，不是我姐妹的本名。当然，我非常希望找到死亡真相，但从中作祟，阻挠我把王山而当作一个嫌疑人来看待的，却偏偏又是我最初紧抓住不放，以为是唯一线索的几何图形，神圣美丽的曲线。

“连眉毛都不要了？”我试图挽留。毕竟他剃掉胡子，哪怕是修剪一个角度，都会破坏我的性欲啊。

“嗯，没必要留着。”他挣脱我的手，坚持剃掉眉毛。

我没有再阻挠他，因为最重要的胡子已经被剃掉，只留下一片青色的胡碴儿。眉毛对案情进展没有任何帮助，死亡的迷雾很快会卷土重来。剃刀沿着眉型轻轻刮下去。在接触锋利的刀刃那一刻，眉毛发出清脆细微的断裂声，像紧绷的钢丝逐条断裂。在完全剃光时，他的眉头挣脱力的束缚似的，瞬间舒展开来。我凝视镜中的王山而：没有眉毛，没有头发，没有胡子，甚至连眼睫毛都拔掉了。一种惊惧，使我退后一步，我浑身发冷。他已经不像一个人，更像刚培育出来的克隆人，通体青冷而光滑，双眼流露着睥睨人世的冷漠。

“想知道我为什么剃掉它们吗？”王山而左右转动脑袋，又抬起双手检查腋下，直至没发现任何一根遗留的体毛，才满意地停下来，通过镜子看着我的眼，问道。

“知道。你想销毁证据。”我回答。

“证据？我不知道你在说什么。”王山而说，“但我要向你道歉，我知道你最喜欢我的胡子……但我必须剃掉它。因为我感觉，我没有人的气味了。”

“你这个怪模样，才没有人的气味咧。”我说，又补充道，“这叫身体的冷暴力。”

“不是模样的问题。正因为我失去了人的气味，我才要把这副皮囊稍微修饰得接近它的内在。我要表里如一。”王山而转过身来，抓起我双手放在他腰间，抱着我，要我仔细抚摸（或说检查）他，“你身上有活人的芬芳。我没有。即使一个星期不洗澡，我也不会有味道。你爱的野性，你想要从我身上得到的愉悦，很快会消失殆尽。我是一个活生生的塑料模特——对，这个比喻很恰当。”

我把鼻子埋在他的脖颈处，鼻尖如锥子般要刺入他的血肉，但闻到的是一阵流动漂浮的感觉，他没有汗味，没有灰尘。那是纯净的空气。我们上次做爱已经是几个月以前的事。他的性欲曾是季节性的，仿佛受日升月落，潮汐交替的影响，但如今已经完全消失了。他身体明确的几何关系，随着毛发的脱落，随着皮肤越来越光滑，逐渐被消解为任意的形状，施加于我身上的那份如同被几何形状入侵的身体之重，我再也不能体会。雾气，水或海浪，给我带来的是不定形的恐惧。想想斐斐死在水边，古怪的身体姿势，与自然熨帖的一道流线。只有棱角形式分明的建筑，才能在我脑中平原上筑起欢愉的神圣之塔，重整我体内积聚起来的混乱。

我像以往那样，轻咬他的耳朵，亲吻他的嘴唇，试图唤起他消退的情欲，但一个喷嚏打断了我。有一根毛发在我的鼻翼那儿撩拨了一下。那不是王山而的毛发，但如果他身上还残留着什么毛发的话，我敢打赌，那肯定是一根猫毛。果不其然，在镜子前，我看见嘴唇上沾着一根泛着银光的细丝。

这根细丝，来自王山而养的斯芬克斯猫。我以前给它取了个名，“达达”。

王山而对自己现在的外形很满意，走出卫生间，拿起扫帚开始打扫遍布卧室的毛发。阳台外的风吹来时，地面如有一层涟漪在微微荡漾。他就像蘑菇在夜晚悄悄向空气中散落生殖孢子那样，把毛发弄得到处都是。

“你在模仿达达？”我调侃道，挑了个干净的位置坐下来，“猫本来就对人类感情淡漠，你不必学这个无毛的物种，彻底剃掉自己的毛发，又长期禁欲——不对，你知道吗，其实斯芬克斯猫，长有少量的毛……”

“那是因为这只猫只黏我，它不爱你，你才觉得它冷淡。”王山而把毛发扫成一个小山堆，又准备给猫换猫砂，“还有，我告诉过你的，不要随便给我的猫起名字！”

“我不需要它爱我，我只需要你……哎，你的冷漠是从什么时候开始的？嗯，我记起来了，就是从你收养达达那天开始的。”我朝蹲在枕头上的斯芬克斯猫叫了声“达达”。

但这只满脸皱纹，活像个老头的生物，雕像似的趴在那儿，正眼都没看我一下。看来它真的不喜欢我给它起的名字，无法在“达达”的发音中感受到我想与它交流的信息。除非它明白为什么我要给它起这个名字，否则这种交流的走廊将无法搭建。从一个封闭房间，到另一个封闭房间的走廊，是一条信息的神经。

“哦，达达是什么……”王山而按下抽水马桶，冲掉猫粪，问道，像是为了缓和刚才自己过于急促的语气，“是那个乐队吗？”

“是一种主义。”我回答。

“那我就是动物主义。”他随口说，转移了话题焦点。

王山而在椅子上坐下，猫跃到他赤裸的身上，像给他披了块猫皮做的绒子。从前一回到家，王山而就裸着身，抱着猫玩，身上偶尔沾着细小的猫毛。我们刚认识时，他的性欲还很旺盛，玩完猫后拉我到床上缠绵，汗水，细毛，呼吸……后来，我更像一只宠物，被他冷落，坐在沙发上被嫉妒感折磨。养猫的人知道，人与动物的亲密可以超越人际关系。而旁观者常常因为无法获取当事者的爱，嫉妒他们那种超越物种的亲密。

我怀疑猫毛曾通过这样的方式，进入我的体内，刺穿血管，在身体里流窜。每到秋季，我的皮肤就开始过敏，似乎有什么东西要从真皮层下钻出来，好比蘑菇的生殖孢子从一棵树的表面汲取营养，最后破皮而出。我是温暖的生长母体，是被利用的培养基。但这种担忧，现在完全可以放下了，他宁愿抱着猫睡觉，也不愿意与人有肌肤之亲，我们再也没有情欲互动，再没有肉体厮磨。猫破坏了一切已经建立起来的中心，包括我们的关系、王山而的情欲，皆流离失所，却久久没有显露出重建中心的迹象。离间，破坏，是所谓的达达主义。

一只达达主义的猫。

自从养了猫，王山而发现自己原来可以跟人保持足够多的距离，社交热情以及曾经把他折磨得半死的性欲，也慢慢如潮水退却了。哦，巴塔耶说，涨潮的同时意味着退潮的酝酿。他隐隐觉得，那些从他身体里退却的潮水，其实并未远去，而是在酝酿着下一次反扑。猫就像一个定身符，一个驱魔的十字架，把那股恶魔般的潮水暂时阻隔在自身之外。但一切都是暂时的，是缓兵之计。就像被叫作无毛猫的斯芬克斯猫，本身也不是完全无毛的，看不见不等于不存在。但猫是罪魁祸首吗？也不见得。在后面不着边际的谈话中，王山而流露出以上观点。这看似很有自知之明。是的，剃光毛发并不能帮助他抹掉人的气味，反而欲盖弥彰，显示他在极力掩盖某种罪恶气息。那种罪恶感，也许跟斐斐之死有关。这一年来，我都在等他亲口承认这件事。

王山而把猫放在垫子上，再把自己撂在床上，像具苍白的尸体。我不打算在这里和一个死人过夜，这里也没有我的容身之处，活像一个坟墓。我说要走了。王山而回应我的是他的鼾声。我经过猫身边时，它抬起倦怠漠然的脸，从不觉得我是它的女主人。

我曾经用尺规和图纸，以它那只青色的眼珠为中心，向外画了个美丽的斐波那契螺旋曲线。它用那阴沉古老的眼睛审判我，宛如神秘的数学在计算我整个生命，又恍惚变成蹲踞在埃及大地上的斯芬克斯，向我抛出致命的谜语，质问我：你接近我的主人究竟为了什么？

我受不了这种凝视，匆匆离开。

夜色已深，城市夜空的云在旋转，那些目力不能及的邈远群星，是否也遵循斐波那契螺旋曲线的规则，罗列它们的运行轨道和彼此的相对位置？葵花籽的左右螺旋，洋甘菊的花瓣数，树枝的分叉形式，鹦鹉螺的黄金螺旋，甚至斯芬克斯猫在空中跳跃或者蜷曲时形成的身体圆弧，都是这种数学曲线的美妙表达。

图形无处不在，在白昼中蒸发，在夜色中凝结，近似精确，又无限趋于模糊。时代更迭中的人类情感增殖是否也符合此模式？我的心思在钻牛角尖，为自己不能穷极宇宙数字的奥秘，在秋夜的街道上发出长长的叹息，遗憾地错过了最后一班回家的列车。

"乘车吗，这位……"

一辆出租车驶到我面前，摇下来的车窗后，露出司机黝黑的脸孔。在昏黑的街道上，司机试图搞清楚我的性别。跟王山而的脸孔相比，他简直称得上是丑陋。可是在这个城市茫茫无助的黑夜里，这个司机却是唯一能为我提供救命方舟的人。那位我所爱慕的男子自身难保，在令人乏力的睡眠荒漠里，与斯芬克斯为伴，相互慰藉，互相猜谜，不与人来往。

"师傅，请载我去——"

我坐上出租车的后座，即使想起了明天有项早已预约好的工作，也无暇顾及。司机开始在城市里兜圈子，绕远路，圈子的直径越绕越大，朝着郊区驶去。兜圈子是个障眼法，为了干扰我对路线的判断，毕竟深夜搭车的命案总是层出不穷。难道我没告诉他我要回家吗？我可以马上叫停司机，让他在寂寂无人的街道放下我。可是，我望向车窗的天空，感觉到出租车仿佛沿着群星罗列的轨迹，在有规律地行驶。从高楼大厦，到低矮民房，最后满眼只剩下星辰、野树和工厂。我那份恐惧与不安，在逐渐加深。

“师傅，你载我来这里干什么？！”

“你是乘客，我只是个听指挥的司机。你问得有点奇怪。”

“那么，是我叫你载我来这里的？”

“要不然呢？我从未见过像你这样的乘客，要我满城绕圈子。你在躲谁吗？钱倒是其次，我只是担心不够油原路返回。在这样的夜晚，遇上你是我倒霉。我把藏宝图还给你吧。”黑暗中，司机伸过来一条触手似的手臂，把一张宽大的图纸递给我。“藏宝图”三个字从他嘴里蹦出来，带着调侃的味道。

我是什么时候把这张图纸交给司机，要他按照上面的路线驶来此地的呢？外面是郊区的桥，月亮在乌云里分割出块状的裂痕。借着微弱的月光，我阅读这份亲手制作的图纸，准确地说，这是一张地形图。

我有一张这个城市详细的地形图，在建筑事务所，这样的资料到处可见，只有我在上面发现了某种隐藏的图形。要认出它来，方法跟童年时的一种连点描图的智力游戏很相似：城市错落的建筑，是图纸上的方格；方格彼此排列，形成纵横的街道；要在无数大小不一的方格中，用笔将有效部分连接起来，画出一个清晰可辨、具有实际意义的图形，需要参与者运用创造性的想象力，进行预设性的判断。

走进王山而的生活前，我以他居住的小区为起点，在小区红线内的土地上画一个长度为一的正方形，将其框住，输入计算机进行递推拼接，最后成功在城市地图上描出那道螺旋曲线。不知是出于巧合，还是存在某种奇异的关联，曲线以王山而的家为起点，最终神奇地穿过一个特定的地方：斐斐的死亡现场，也就是现在出租车停靠的大桥的下方。这让我更加确信，斐斐的死与王山而有关。

我想起最近有一股文身潮流，把由斐波那契螺旋曲线衍生出来的各种斑斓纹理，文在皮肤上。如果在街上或者游泳池里，看到谁的手臂、背脊或者大腿上有一个形状相似的文身，就可以推断那个人是斐波那契的信徒了。我和斐斐认识多年，无话不说，她从什么时候开始迷恋上几何学图案，我完全知晓。后来，她告诉我，她认识了一个男人，在那个男人身上，她看到了来自人体的几何之美。斐斐数学成绩很差，她难以运用一个专业名词来形容那到底是什么几何学内容。直到她经过一家文身店，偶然在图集上看到斐波那契螺旋曲线时，她仿佛被神圣的辉光照耀，恍然醒悟，那种来自王山而的几何之美，就是此物！

斐斐和王山而这对情侣曾经爱得死去活来，维系他们感情的，不是生活默契，不是灵魂相投，而是一个图形。当时的王山而，跟我现在接触到的他判若两人，似乎斐斐的死正悄无声息地把王山而身上用于构建生命的受力结构抽掉了，但他对此毫无察觉。他开始养无毛的猫，把自己的体毛剃掉，性欲退潮，变成一条没有骨架的黏滑虫。

我下车来到大桥边，悄悄翻起衣服，让腹部那个以肚脐眼为中心的斐波那契螺旋曲线文身，沐浴在清冷的秋夜月色下。那道曲线似乎跟随着黑暗肠道的蠕动，在不断蜿蜒，度量自然的万物法则。斐斐陈尸的河岸现在被涨起的河水淹没了。旁边那片田野，长满了跟去年一样茂盛的向日葵，饱满的花盘，葵花籽左旋和右旋交叉排列。月色下的向日葵，比阳光灿烂时看起来更加具有生命力量，如脑袋低垂的思索者，在黑暗中低语。斐斐曾问我："哪里有向日葵田野可以看？"因为她查过资料知道，向日葵花盘的左右旋数量，正是斐波那契数列中的数字。我告诉她的地方，便是我眼前这片六边形的田野。向日葵在夜风中互相摩挲，发出"嚓嚓"的声音，我闭上眼睛聆听，微风抚体，好像王山而的胡子擦过我的肌肤。令人怀念的神圣时刻。

不知在桥上酣然沉思了多久，直到另一辆车抵达的引擎声，刺穿梦的泡沫——是一辆警车。

司机在向警察交代情况，声音显得小心翼翼。也许，司机以为我深夜独自一人来到河边，是被心事困扰，企图轻生，于是他悄悄报了警？警察手里的电筒光直打在我脸上，他知道我不是轻生者，更像在警告我不应在深夜来这种地方。这条河不深，桥也不高，跳下去绝对死不了。更主要的原因是，在彼此打量后，我记起去年在这同一个地方，我们似乎见过面。

"凶手回到作案现场，可是常有的事。"警察说，把光柱从我脸上移开。

"说谁是凶手呢？警察说话也是要负责任的。"我说。

"那你这么晚来这里，是为了悼念那位死去的朋友？"

“我在调查她的死因。”我边说边离开桥面。

“事情早已水落石出——”

“不，是螺旋曲线。这才是唯一的谜底。”

我径直走向出租车，要司机载我回城里。司机看看我，又看看警察，很为难。得到警察默许后，司机才启动汽车。司机问我，是否还需按图纸路线返回，但那样的话，我们迟早会在半路耗尽汽油。我要司机直接载我回到建筑事务所，我打算在那里等夜色结束，迎接翌日的工作。

一只偶然飞进来的蜜蜂，在车厢内嗡嗡乱撞。它时而停在我外耳廓上，绕着圈子爬行，时而甚至爬到耳内，为我修筑甜蜜的梦幻蜂巢。

我是这家建筑事务所里最不切实际的咨询顾问，但老板很重用我。老板这么做并不是因为我为客户提出的建筑方案多么符合经济效益，又多么切实可行。恰恰相反，他利用我来应付那些异想天开的富人。不谈操作可行性，只在艺术层面完善他们脑海里的建筑构想，肯定他们的品位，收取高昂的服务费，等最后落到实处时，再让他们深切意识到方案只是一座空中楼阁，无法复制到现实中来。即使如此，富人们仍会心满意足地带走方案图，将其当成人类的伟大构想，带回家去，装裱后挂在卧室里。这类客户当然是少数，但他们愿意出一大笔钱财，足以支撑公司的运作开销。

我因此有很多闲暇的时间，却永远不会是一个闲人。哪怕只是看着天空中流变的云，我也是在构思新颖奇异的建筑形式，为下一个客户的到来做准备。但我厌倦了当一个只会根据客户需求来作出反馈的咨询顾问，变得跟一台智能问答机器无异。我一天所有情绪的反复变化，也都拜王山而所赐：他高兴，我就高兴；他冷漠，我就冷若冰霜；他在床上需要什么样的姿势，我也尽量满足配合……我需要做出一次主动的转变，拔掉呼吸机，让肺自主呼吸世界的空气分子。

没猜错的话，今天安排我负责接待的客户也是这类人中的一个。他们总是关心内心多于钱财，令人嫉妒的是，他们很富有，从不担心会被饿死。我在座位上涂涂画画，揣摩这位客户是个什么人，会带来什么令人大开眼界的构想。整个上午过去了，客户仍没来。经过我座位的同事向我投来羡慕又怜悯的目光，羡慕我没有持续性的工作，又怜悯我因手头没有工作而经常被空虚折磨着，一旦接到工作，却永远是无法落实的痴人说梦——这也意味着在我的职业生涯里，我将没有拿得出手的代表作，所有方案最终只是纸上谈兵。在这个国家，没有经济效益的事通常不值得花费时间，所幸我的工作依然能为自己和公司带来收益，不至于被绝望吞噬。

临近下班，老板才从门外走进来，他身后还跟着一个人。

“很抱歉，今天客户爽约。”老板满是歉意地望着我。这种歉意让我很不自在，因为他是老板，我是员工，无论发生什么事，他都应该表现得冷漠才对，而不是向我道歉。

“老板，没关系。”我莫名地赔了个笑，“但你身后那个是谁？不是客户吗？”

“是我。”老板身后那个人冒出来说道。竟然是王山而……

“啊，你来我公司干什么？”看着王山而那颗光溜溜的头，我非常难堪。在这种人来人往的场所，他这个完全不像人的生物，倒像是从太空来的外星人。

“我下班路过，顺道看看你。”王山而回答。

“你先到那儿稍作等候好吗？”老板指着待客室，要王山而进去。

这两个人今天的举止都很温柔，从前他们可是冷漠的代表。一个代表工作生活，一个代表感情生活。难道昨夜的星象发生了什么逆转，改变了部分人类的性情？

“那个男人跟你是什么关系？”老板挑着眉毛问。

“几何学的关系。”

“什么？”

“啊……没什么，您继续。”

“他看起来不爱说话，但造型很酷，人也很热心。你看，这份客户方案就是他替你拿来的。”老板把一份方案放在我桌上，“听他说，那个客户在楼下碰见他，知道他要来公司，就托他把方案转交给你，自己却跑掉了。不过好在客户已经把定金付了。行，你看看方案吧。”

老板大摇大摆地走入电梯，离开大厦，他期待着又能从这项虚无的业务中大赚一笔。然而，我有种预感，面前这份方案里写满了阴森的字眼，描述的建筑形式跟以往的迥然不同，甚至危及生命的根本。我的神思陷入种种恐怖的想象，大概是因为自王山而进入接待室后，他那暧昧不明的目光就穿过玻璃，盯着我，恢复了昨天的漠然，仿佛刚才我感受到的那份温柔只是回光返照。我不敢打开方案，直接把它塞进包里。此时，王山而已经朝我走来。我们一起进入电梯。

“今天有个警察找我。”他说。

“警察？你犯了什么事？”

“不。他说，斐斐早已死了。她是叫斐斐吗？我记不太清楚了……”

“对，斐斐死了。”

“死了，她死了……”王山而似乎在揣摩“死了”这个词的含义，“但你从没告诉我。”

“警察没告诉你斐斐是怎么死的？”

“没有，他说你最清楚。”

“他不直接告诉你斐斐的死因，还要你来质问我？”

王山而没有继续追问，走出电梯后，我们在人流中分别。即使走开很远，我仍感觉斐斐的死就如一条弹性很大的细丝，把我和王山而绑在一起，不断施加力量。警察的行为令人费解，昨晚我们意外相遇后，今天他就找到了王山而，通过王山而来向我施压。然而，我只是向他隐瞒了斐斐的死亡事实。如果我有罪，那么激起斐斐对几何曲线的狂热的人，不正是王山而自己吗？美丽，总是伴随着危险。我只不过是给斐斐指了一条通向向日葵田野的道路。想知道斐斐是怎么死的，很简单，只要在网上随意搜索新闻。但我仍不愿这么做。我觉得斐斐走向死亡的过程，是曲线型的：我，王山而，包括斐斐自己在内，都是这条曲线的转折点。这么一想，斐斐的真正死因就显得不再那么重要了。

“她早就死啦！”睡到半夜，我被梦中的尖叫惊醒。

这时手机屏幕亮起，王山而发来信息，他为下午的言行道歉，说不该在不知前因后果的情况下贸然闯到我公司，还质问我，但他希望斐斐的问题能得到解决，不要影响我们之间的感情。感情？我很费解，似乎他是为了套我的话，才换上一种我们之间存在情侣关系的口吻。但最终促使我重新思量斐斐之死的，是那个未曾露面的客户送来的建筑方案。

我以往接手的方案，它们的荒诞不可执行之处，不过是因为有太多庞杂无用，又违背力学原理的结构。但我手里的这份，却可以称之为真正异想天开的概述，简单，笼统，却在这短短的一段话中，令人忍不住揣摩这位神秘的客户，到底想在这世间制造何等辉煌的事物。

人在各种形状的空间中度过其一生，即使身处旷野，栉风沐雨，仍是立足在地球这个椭圆球体之上。我想起八面体的大金字塔，在塔高三分之一处的肉体，干而不腐，如此神秘。杜拜尔在《形状波》中声称，球体和金字塔状的空间利于健康，方形带来的是消极的宇宙能量。而灵魂总是安于特殊形体的保护。我近来觉得自己的肉体正被剥除，欲望、热情、触觉、荷尔蒙，被蒸馏、提纯、萃取，只剩下贫瘠的灵魂结晶。如果没有一个形状特殊的空间来保存我仅剩的灵魂，那么在不远的将来，我预感到自己会在日头暴晒之下，蒸发成渺茫的水汽。也就是说，我委托贵公司设计的这栋建筑，必须能达到金字塔一样的聚能效果，重新塑造我作为人类的自然力场。但对于金字塔，我已厌倦。想必有其他几何图形比它还古老吧？这就交给你们来思考了。我还不想死，还不想变为虚空，我还想去爱上另一个人。身体是美丽的造物，性爱是美妙的僭越，荷尔蒙的分泌是活着的运动形式。我想成为地球自然的心脏。最后，特此致谢。

读完后，我首先想起了斐斐。刚从母胎生出来的婴孩，都是一个坐标原点，有些延伸为平面几何，另一些向三维扩散，构造立体几何。我相信，斐斐和这位客户都是后者，即使一个死于追求一种几何的狂热上，另一个为了活下去要特意建造某种特殊建筑，以保存所谓的灵魂。

若在一年前接到这份方案，我肯定难以判断这位客户到底是什么人。但在我多读了几遍后，一个形象在我脑海里逐渐清晰。且不说神秘的客户临时爽约，方案竟那么巧经由王山而之手交给我，只要看看方案里的剖析——几乎是王山而本人的写照，我就有很大把握，这位客户就是王山而自己。他的淡漠就如树木在冬天落叶，先是脱净衣服，再剃光毛发，最后连血肉也要溶解，只剩下灵魂。我无法探寻深藏在他大脑皱褶中的记忆、情绪和幻境，若我能为他做什么，只能是按照方案委托的，建造一种可以安放他的特殊建筑，让他如朽木发芽，枯泉喷涌，成为一个可以爱这个世界，可以爱人的人。比如，我们可以重新相爱？

但这一切只是我的个人臆测，为了不掺杂私人感情，我必须把它当作一项常规的建筑咨询来对待。在剩下的资料中，客户列出了施工地址（在一个海边），还说已经有工人在往那边运输建筑材料了，仿佛万事俱备，只欠我的一个想法。可是，在拿到各种许可证之前就私自动工，最后只会被强行拆除，况且凭我一己之力，如何能建起一栋房子？跟其他同事相比，我的实际设计经验少得可怜，毕竟从我来到这家公司，踏入这个行业开始，我就在处理那些只属于幻想国度的事务。

这份委托是一项不可能完成的工程啊。

电话铃响，如使命的催促，来电的是王山而，因为我没回复他的信息。我在最后一声铃响时接听。他没有马上说话。那头有一阵呼吸声，夜雨正拍打玻璃，还有列车行驶时不变的节奏，种种外界的声响在代替他说话。他在一趟列车上，和他的斯芬克斯猫一起。我听到猫咪因为不习惯陌生的车厢而发出轻微的叫唤。王山而把猫搂得更紧了。

经过漫长的犹豫后，王山而用他夜深时特有的气声说："竟然下雨了，一点都看不清外面。我把猫藏在行李箱里，才瞒过了乘务员，下车时我还要故技重施。我不知道还能不能回来，客死异乡是常有的事。我的骨头化成了水，变得跟猫一样柔软，没有方向，四处流动。夜里我的头顶很冷，因为没有头发。我的眼睛要结冰了，因为没有睫毛。我不敢举高双手，不敢去公共浴室，因为别人会嘲笑我没有腋毛，没有阴毛，像头白皮猪。我的胡子再也没有长出来，恐怕所有毛孔都枯竭了，变成一口口枯井。但我还有一点希望，如果你能来找我，就算找不到我，最好也能把猫带回去。猫没人照顾很可怜。猫会像狗那么聪明认得回去的路吗？不能吧，因为它不会坐车。哈哈，其实，我只是想和猫出去旅行一趟。我问过你要不要一起去，但你没回复，我只能做个孤独的浪子……"

这时另一趟列车平行驶过，嗡嗡的风声淹没了王山而后面的话语。后来只剩下挂断的忙音。我没有回拨电话，决定第二天早晨就前往方案资料上写的那个地址。如果那位神秘的客户果真是王山而，我很可能会在那里遇见他。真相会在旅程之后揭晓。

在后半夜的睡眠，不息的铁轨声和雨声，没有离开过我的头脑。它们彻夜交响，伴随我呼吸，仿佛我就在列车上。当我醒来时，我已站在一个陌生的站台上，列车准备从我身后驶离。那些混混沌沌，模糊不清的旅途是怎么发生的？我已完全忘却，似乎只花费一个梦的时间，人就可以去到很远的他方。

“你好，附近是不是有个海滩？”我问乘务员。

“是的。但劝你别去，那里的酒店都在拆迁了。”乘务员回答。

“是吗？我还听说有人准备在那里建房子。”

“怎么可能，那不等于在海上建房子吗？”乘务员一脸惊讶，“由于温室效应，海平面升高，不出一年，那里就会被海水淹没。虽然我觉得，速度没有预计的那么快，有点耸人听闻了，但每次退潮的距离都比上次要小一点，恐怕事情是真的呢。在那儿建的房子，注定是会消失的啊。”

“也许吧。但我还是得去那儿处理一下业务。”

“早去早回吧。那间酒店有很多人在搬空家具，你在路上很容易就能找到它。”乘务员给我指了个方向，然后他上了列车。车开走了。我想，海水会不会有天把这个火车站也淹没……

搬家具的工人开始涌入火车站，将货物送上载货的列车。他们单个或者几个人扛着沙发、镜子和吊灯等酒店设备，排成一支曲折的队伍，从前面转弯看不见的地方一直延伸过来，像感受到大气湿度变化，忙碌着搬空巢穴里的蚁卵和食物的蚂蚁大军。我逆着人流，朝酒店走去。

一个看似没有边际的海滩，四周没有树，只有白茫茫一片，我像来到了荒漠行星。那座酒店是这个行将毁灭的星球的中心，不断有子民从里面迁出，携带着沉重的行李。其实酒店离海滩还有一段距离，海水缓慢地冲刷着海滩，看不出有任何要被淹没的迹象，即使会发生那也是百年后的事情。我没见到客户所说的工地在哪儿，建筑材料又在哪儿。但酒店是我唯一可以探问的去处。我没有过去，没有未来，好像在宇宙之初就被安排在这里等待，执行任务，聆听客户的想法，作出反馈，是个亘古不变的角色。

酒店里值钱的设备几乎被搬空了，只有几盏昏暗的灯维持照明，原来富丽堂皇的吊灯只剩下一个基座。还有工人四处巡查，看是否还有值得搬走的东西。见我进来，其中一个工人说这里要搬迁，不再登记入住。我说自己是来找人的，问他酒店经理在不在。工人朝右边黑暗的走廊瞄了几眼，说经理去找一个偷偷跑进来的古怪旅客，我可以在前台那儿等他回来。

大概十几分钟后，经理气急败坏地从走廊某处出现，不时回望身后。

“这家伙比老鼠还厉害！”经理骂道，看见我后，怔了一下说，“有什么事吗？这里不住人了。”

“经理，”我指着黑暗的走廊，“躲进去的，是个男人，而且养了一条斯芬克斯猫对吗？”

“对啊！他跟那只猫一样光溜溜的。你是他朋友吗？赶紧叫他滚吧！要不然等我把大门全锁上，看他还怎么出来。”经理语气更加激烈了，沉默一会儿后，他冷静了下来，“我今天就要把酒店转手给一个房地产商。不过现在已经是下午三点了，我们约好五点见面的……”

“你说的房地产商，可能是我的客户。”

“正好！正好！”经理说，“那他到哪儿了？”

“他要我设计一栋建筑。但我一直没见着人，也不知道在哪儿建。我这次是来勘察地形的。”

“哈哈，就在你眼前。”经理指了指天花板。

“你是指这家酒店？”

“对。他说要把酒店改建成一个生命装置。这些我不懂啦。总之，在海水把酒店淹没之前，它还能发挥剩余价值，我就心满意足了。我们不收一分钱把酒店转让给他，因为只要想想，未来有人潜入海底，发现它变成了一个泰坦尼克号那样的地方，住满海底生物，多么壮观啊！这应该就是他说的生命装置吧？”经理非常自豪，充满希冀。只有经理这类人才会跟那位异想天开的客户在这种事情上达成一致。但我猜，也有可能是因为这里的旅游业生意冷清，加上海平面升高的恐忧，除了那位客户，根本不会有第二个人来接手了。

“但问题是，你那位朋友还躲在里面，会耽误我和客户见面。”经理补充道，“请问可不可以……”

“不必了。因为你已经跟他见过面了。”

经理恍然大悟，无比热情地跟我握手道谢，解脱了似的，飞快逃离酒店，仿佛要去赶离开这个荒漠星球的最后一趟飞船。很快，剩下的工人也离开了。这个荒漠星球，顿时变得冷寂。温度下降，一股难忍的寒冷。我和躲在酒店某处的王山而，是这个星球最后的人类了。我们好像亚当和夏娃，我是取自他身体的一根肋骨，我因他而存在，而来到此地。事实上，我不确定王山而跟神秘客户是不是同一人。既然我预言的巧合在这里发生了，那就说明两者有重合的部分。我姑且相信他们是同一人，这个想法将影响我未来的行动。

我走入走廊的黑暗深处，走遍酒店的所有楼层，逐个房门打开，连蟑螂都看不到一只。王山而和他的猫不会留下任何一根能被追踪的毛发，似乎下定了决心，要躲在这里直到世纪末。我忽然意识到，自己正在执行那项委托工作，因为勘察酒店内部，是工作的第一步。

酒店所有平立面构造都是方形的，也许大多数酒店都这样，只不过因为神秘客户在方案中提到杜拜尔的《形状波》，声称方形会带来宇宙的消极能量，我才特别注意到这座酒店的形式。后来我饿了，去寻找餐厅时（那里肯定没有吃的了），发现餐桌是方形的，碟子是方形的，灯泡是方形的，甚至连透明的红酒杯也是方形的，我才再次肯定，这座酒店是一家方形主题酒店，是宇宙消极能量的聚集器，难怪生意惨淡。这种解释过于玄乎，但却可以解释为什么神秘客户要改建方形酒店，王山而为什么要来这里：形式从方形到圆形，生命从衰败到新生，这里是一切的起点。我要做的似乎是女娲的工作，用一团泥巴捏造新生命。我的幻想越来越影响我的职业判断，理解问题的方式竟然远至神话，又拔升至宇宙的高度。

我很幸运，在餐柜里找到了压缩饼干。电还供着，但水停了。我啃着干巴巴的饼干，坐在酒店大门，周围白茫茫的景致包围着我。进食意味着代谢的反馈，就如同涨潮意味着退潮的酝酿。自然界里有关事物临界点变化的最具体的表现，不就是海浪吗？涨落的海水不断模糊海域和陆地的边界，王山而身体里的性欲之潮，也受月亮和季节的摆布。一切都是可以逆转的，充满变数。我对王山而的归来也充满希望。

夜晚，我在顶楼的客房睡觉，半夜时分被海浪拍打声惊醒。我奔上天台，望向远处的海潮，以为海水正迅疾淹没过来。确实涨潮了，不过离酒店还远着呢。水是运动的，建筑是固定的，若能把方形建筑改造成具有水的流动性的形式，比如把所有棱角削掉，再磨圆，会是个好办法吗？真是艰巨的工程。

下楼时，我在一晃而过的走廊尽头，看到了王山而的身影，他裸着苍白的身体如同幽灵，身后跟着他的斯芬克斯守卫。我没有追上去，我眼下的工作不是揪他出来。我决定睡在他出现过的那条走廊旁的房间里，敞开门，等他随时进来。我不确定后半夜他是否来过我的房间，用新长出来的柔软胡子抚过我的脖子，或许那只是我的幻觉，是午夜的海风在模仿他的身体，给予我最后的安慰。我一次次地梦见海潮高涨，充满我体内，也正一点点灌满酒店的每个房间。

翌日，王山而通过酒店广播与我谈话。我知道广播室的位置，但我忍住了，不去找他。我坐在餐厅，听他说话，一边继续吃昨日剩下的压缩饼干。我手边没有广播麦克风，却神奇地发现，即便我轻声细语地说话，话语也能透过墙壁或者是空气，传到他那里。这座酒店是一个传声筒。他说了很多话。

“这里很安静，每个房间都是连通的。有时从六楼的房间出来，人就到了一楼。这就是为什么你找不到我。因为对你来说，建筑仍是稳固的存在。而在我眼里，一切都没了形体。哦，我思考了一个晚上，想起了一些事情。其实在你来找我之前，我就知道斐斐死了。我也知道她去的那片向日葵田，是你叫她去的。她出发之前告诉过我。”

“这么说，你应该知道她的死因……”

一阵延长的寂静，好像信号的延迟，然后王山而才回答：“我知道她是怎么死的。全世界只有你不知道，还是你刻意遗忘了呢？人类的记忆就像下雨，虽然在地面消失了，地下河却在汹涌着，压抑着。”

“我大概是不记得了。既然这样，那为什么还要瞒着我一年？

“你腹部的文身，斐波那契螺旋曲线，是我们共同的符号。我认为你可以代替她。斐斐的狂热是肤浅的，不过是为了跟我在一起，为了讨好我，她才去做文身，去研究斐波那契数列，去练习画出一道完美的曲线，去观察向日葵的花盘……只有你对斐波那契螺旋的狂热，是从基因里出来的。你是一个有趣的样本。”

“我只是你眼中的样本……”我一直以为是我在观察王山而，如今发现自己才是显微镜载玻片上的细胞切片，“你……爱过我吗？”

“爱不过是一个符号性的东西。我说不清我对人的爱，是源自人本身，还是那道曲线。也许这两者本来就是一体的？或者说，我的爱，是对大自然的爱？所以我跟猫生活在一起，也能感到很满足。别以为我看不出，你选择跟我在一起，不过也是那道曲线在作祟罢了……所以我才要把一切身体符号抹除，像轻轻抹掉画在镜子雾气上的图形，看这样你是否还爱我。”

“你说得对。如果你身上没有那些符号，我可能不会爱你。但它们是你的一部分。”

“可是……”

“可是什么？”

“可是我后悔了。我的过去是一片浩瀚的海洋，我的现在是一片干涸的沙滩。那道海浪在摇摆，海平面越升越高，漫出，侵蚀，很快将覆盖干涸的沙滩。昨天我忽然想把头发长回来，享受修剪胡子的快乐，看看每天枕头上遗落的头发，明确地知道自己正在生长，也在衰老。这才是大自然的模式，对吧？”

“是，你可以做到，现在就可以做到！你出来吧，我们一起回去。”

“不，这座酒店把我困住了。只要我从大门口走出去，马上又会被传送到酒店内的某个房间。这就是幽灵的哀伤，它的世界是封闭的。”他开始说胡话了。

“很可惜。那天你帮忙拿到公司的方案，其实是你自己的对吗？你就是那位客户。”

“没这回事。我确实在大厦外面遇到你的客户，他托我把方案交给你。”王山而停顿一下，似乎又记起了什么，“是他，是那位警察。他就是你说的那位客户，那天告诉我你知道斐斐死了的，也是他。”

那位警察的形象，在我脑海里突然模糊了。一年前叫我到斐斐陈尸现场的警察，似乎不是他。闯入我们生活的警察，是一个警告者，这份方案更像是他交给我和王山而两人共同去完成的项目。我们是建设者，也是被建设的对象。但王山而仍有可能是在说谎，他非常善变。不过我很高兴看到他的转变。一种温暖在蔓延，来自海水的温暖，驱散这里的寒冷。

“至于斐斐是怎么死的，是你要搞清楚的问题。要不然，你也会成为这座酒店的幽灵。我们中总有一个要继续生活。斐波那契螺旋曲线，是我们重生的路径。”王山而最后补充道，然后关闭了广播。电磁的沙沙声，让这座酒店看起来是一个电子虚拟空间。我和王山而，还有斯芬克斯猫，都是这座也许名为薛定谔的方形酒店中的实验对象。我们的命运有无数种可能。

压缩饼干败坏了我的胃口，我需要步行到城里吃点肉食，补充蛋白质。

我还没离开酒店几步，一群工人怒气冲冲地涌入酒店，宣称要把这座酒店据为己有。他们发现我还逗留在此地，问我是不是那位接手这座酒店的房地产商，若是的话，我需要承担酒店的负债。我说我不是房地产商，只是受其所托，来参与改建酒店的一个咨询顾问。

“哦，抱歉。酒店方跑路了，没有给我们搬运费。这酒店，我们要拿来抵债。”工人代表说。

“你们拿它要干什么呢？海水要淹没这里了。”我说。

“既然你明知会被淹没，为何还要改建它？”工人代表反问我，“嘿，说明它还值点钱嘛。”

“我至今还没见到房地产商。也许房地产商也跑路了。”我说。

经过一轮讨论，部分工人平息怒火，觉得理性为上，要另谋出路，不能在这里虚耗时间。另一部分工人则听从我的建议留下来，包括那位工人代表。留下来的人中，都对海平面上涨的事持怀疑的态度，认为那是百年后的事，期待能从这座空荡荡的酒店里挽回损失。可是，把这座酒店值钱的东西全部掏空的，正是他们自己。他们难道没意识到，这座酒店只剩下一个空壳和几包难以下咽的压缩饼干吗？但我没戳穿这个显而易见的事实，心里盘算着可以暂时利用他们的热情。

“在海水淹没它之前，我们可以把它弄出点花样来，赚一笔钱。”我说。

“你有什么想法？”工人代表问，“沙滩上有批前几天运来的砖块，看样子还会有更多的运过来。我们可以去找找看。”我们走出酒店，去找砖块，可是没有发现砖块的踪影。直到一个工人指着远处的海边，喊道：“在海里！在海里！海平面果然上升了！”人群一阵慌乱，以为海水淹没了原来还干燥的陆地。

“只是涨潮罢了。”工人代表安抚道。趁退潮后，他们把砖块全部转移到酒店前的空地上。

接下来便是我的工作。我像以前对王山而居住的小区做过的那样，以方形酒店为起始点，向外设计了一道斐波那契螺旋曲线，在螺旋曲线上建起高高的墙体，将其变成一座大地上的立体建筑。工人之中有一位是迷宫爱好者，我要他在墙体与墙体之间搭建众多砖墙隔断，和迷惑性的岔道，以此设计一个迷宫。迷宫的入口是酒店的大门，出口则衔接通向火车站的那条柏油路。工人们对我的设计目的，显然感到费解，不明白这样一个迷宫对发掘酒店的价值有何意义。

海浪冲上来一个鹦鹉螺，我用小刀切开它的剖面，向他们展示螺体内部的美丽螺旋线，说道："从方形到圆形，从衰败到新生。"我说，随后又补充，"等迷宫建好了，我们以海平面上升，即将淹没这座酒店为噱头，招徕游客体验这座不久后就会消失的迷宫，赚取门票。"

他们似懂非懂，只觉得这其中有希望，但更多是被我虚构出来的连我自己都不相信的迷宫生意打动了。而我只是把这座迷宫当作一个生命的道场，迷宫的入口伸入酒店内部，如果王山而能从迷宫走出来，顺着这道最美丽神圣的自然曲线走出来，迎接他的就会是永恒的新生。仪式向来具有宗教力量，当然，这是我一厢情愿，可我别无他法了。这将是我唯一成功复制到现实中来的建筑方案。

非法施工，非法收取门票，我们进行的是一趟卑劣又神圣的冒险。我们选择在夜里动工。每到天亮，世人就会发现，在那座孤寂冷清的海边酒店四周，有一种立体的，又具有流动性的事物，正拔地而起，正悄悄生长起来。那几天，我通过广播告诉王山而，我正在搭建一个通道，希望他能完成这个迷宫游戏，从迷宫走出来，我在出口等他。我说了很多，解释了很多，却依然无法说服自己，无法确定自己执行的，到底是不是一项有效的工程。这个迷宫实则建立在王山而说过的那句话的基础之上："斐波那契螺旋曲线，是我们重生的路径。"在某种意义上，我执行的确实是王山而提出的方案。对于我的漫长阐述，王山而只在一个逼近黄昏的时分，在广播说了一句话：“我在一个巨大的监牢里，你在为我挖掘逃狱的地道。”

迷宫正式完成的那天黄昏，格外明亮，巨大的落日在海天相接的地方，燃起一道滚烫的火线。我们感到一种空洞的幸福，在沙滩上举行篝火晚会，仍然吃着压缩饼干，因为大部分的钱都花在购入更多砖块上了。第二天，迷宫正式运作。出乎我们的意料，前来的游客比预想的要多。工人们欢呼雀跃，他们冲到海里畅游，忘了浸没他们身体的海水，最终也会浸没眼前这座迷宫酒店。在这个世纪的某一瞬，我们享受着短暂的快乐。

“海水什么时候会淹没这里？”工人代表问。

“这取决于未来的天气吧。”我回答。

“今夜很大概率只会刮风。”他也跃入海里，如水般的流线型身躯，有着人类肌肉俊美的起伏。

我每天观察海平面，如预言那样，它正缓缓往岸上移动，也会忽然退回很远的地方，但每次都比上次更深入内陆，像个狡猾的渗透者。王山而先生能在海水淹没这里之前走出来吗？我幻想着他走出迷宫时，会拥抱我，会用浓密的胡子抚过我早已干燥失序的身体。即使他走不出迷宫，其实也早已重塑了所谓的“人类的自然力场”。因为从一开始，所有的生死困局，无论立体或扁平，丰盈或贫瘠，不都是普遍的人生吗？

有趣的是，首先走出迷宫的，不是一个人，而是王山而的斯芬克斯猫。它慢悠悠地来到我脚边，蹲在那儿，神情超然、淡漠，望着海浪不断冲刷海陆边际，像斯芬克斯守卫身后的金字塔，而法老帝王正在里面沉睡。在这世上，有人给自己建迷宫，有人给自己设谜语。我想起斯芬克斯在白天给旅人提出的那个“以人作为谜底”的致命谜语，那么在夜里，斯芬克斯会梦见自己给自己设谜语，却无法解答吗？它是否会自杀，死在古老的幻梦里？正如我是所有客户的顾问，却从未认真问过我自己：谜底是什么？这个世界正请我猜谜。

这时，猫咪抬起两个小爪子，要去抓一只飞来的昆虫，是一只蜜蜂。蜜蜂绕了几圈美丽的弧线，停在我的手臂上。当斯芬克斯猫正要抓我手臂上的蜜蜂，蜜蜂却冷不丁地蜇了我一下。

蜜蜂。蜂巢。肿痛。蜂毒。提醒着我。

我突然全部记起来。我叫斐斐去那片田野看向日葵，还有另一个原因：那里有蜂巢（巢房的排列形式也正好符合斐波那契数列），但我没有告诉她这点。我也忘了蜂毒导致的过敏，对斐斐来说是致命的，是我的疏忽，还是出于对王山而的爱的嫉妒呢？我忍着蜂毒的疼痛，抬头望望那些没有具体形状的云块，它们像极了蜂毒在斐斐皮肤上造成的恐怖荨麻疹，恢宏地布满整个天空，被狂风一吹，瞬间瓦解了所有几何关系。